吉林财经大学资助出版图书

魏晋南北朝志怪小说的佛教元素

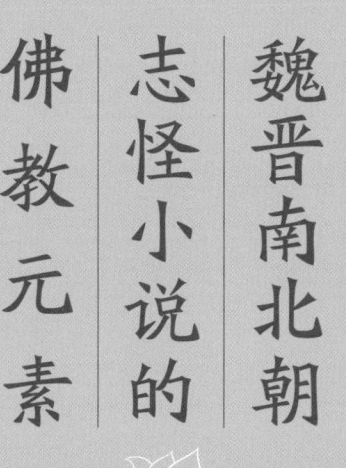

BUDDHIST ELEMENTS OF MYSTERY NOVELS IN WEI, JIN, SOUTHERN AND NORTHERN DYNASTIES

冷艳 ◎ 著

社会科学文献出版社
SOCIAL SCIENCES ACADEMIC PRESS (CHINA)

目 录

绪 论 …………………………………………………………… 1

第一章　魏晋南北朝佛教勃兴 …………………………… 16
第一节　魏晋南北朝佛教的基本特征 ………………… 17
第二节　佛典翻译与佛教文学 ………………………… 25
第三节　社会各阶层对佛教的容受 …………………… 39

第二章　魏晋南北朝志怪小说的渊源与繁荣 …………… 59
第一节　志怪小说流变 ………………………………… 59
第二节　魏晋南北朝志怪小说溯源 …………………… 64
第三节　魏晋南北朝志怪小说的总体特征 …………… 75
第四节　魏晋南北朝志怪小说吸纳佛教因素探究 …… 91

第三章　魏晋南北朝志怪小说的涉佛题材 ……………… 98
第一节　佛教文学演绎 ………………………………… 98
第二节　观世音应验题材 ……………………………… 117
第三节　僧尼神通题材 ………………………………… 127
第四节　佛教与中土思想碰撞融合题材 ……………… 136

第四章　魏晋南北朝志怪小说中的释家精神 …………… 150
第一节　三世三界的时空观 …………………………… 150

第二节　因果轮回的报应观 ………………………… 162

第三节　灵魂不灭的地狱观 ………………………… 182

结　语 ………………………………………………… 207

参考文献 ……………………………………………… 209

绪 论

　　佛教与中国文学的交融是多年来被普遍关注的研究热点，本书以《魏晋南北朝志怪小说的佛教元素》为题，意在研究魏晋南北朝时期佛教文化与志怪小说之间的关系。佛教传入中国，是异域文化与本土固有文化碰撞和融合的过程，对中国的社会生活和思想意识都产生了深远的影响。汉末儒家正统观念的崩溃和玄学的兴起，再加上长期战乱和社会动荡，为佛教的滋长提供了良好的契机，佛典得以大量翻译、本土佛教学人的著作纷纷问世、般若学不同学派相继出现，佛教也冲出了此前只在皇室宫廷和上流社会中流传的小天地，逐渐推向民间，得到空前的发展。民间信仰日益高涨，形成了中国佛教发展的第一个高潮。

　　佛教繁盛发展对魏晋南北朝志怪小说的创作颇有影响，志怪小说的特征、题材、主题等方面无不流露出佛光法影，且当时志怪小说还承担着宣法弘教的重要任务，出现了一批"释氏辅教之书"，宣明奉佛得福、因果报应等释家观念。可以说，魏晋南北朝志怪小说的繁盛与佛教和佛教文化有着密切的关系。因此，值得深入研究魏晋南北朝佛教与志怪小说的关系，本书力求展示这一时期完整、详尽的志怪小说面貌，进而寻求文学发展与宗教文化之间的深层规律。

一　学术史回顾

　　佛教的传入对中土社会生活、思想文化产生了巨大的影响，魏晋南北朝时期兴盛的志怪小说表现得尤为明显，其中不少志怪小说成了辅教之书。由于历史上对小说研究颇不重视，魏晋南北朝志怪小说研究无法与同时期的诗歌、散文等其他文体研究相比；纵观小说发展史,其同唐传奇、宋元话本、明清小说等更为成熟的艺术作品研究亦是无法抗衡的。魏晋南北朝志怪小说研究集中在20世纪,主要包括文献的辑佚校正、作品文体与艺术表现研究、对小说史的系统梳理、对小说的历史文化分析和解读等内容。学者对志怪小说文体的探究,开始逐渐呈现出由零散到系统、由表及里的研究轨迹。下面对学术界的志怪小说研究做简要回顾。

(一) 魏晋南北朝志怪小说研究综述

古代也有关于魏晋南北朝志怪小说的研究材料,如明胡应麟《少室山房笔丛》中有甚多零散考据,具有一定研究价值,但只言片语不成体系,尚未构成现代意义上的学术研究。真正开启现代学术研究的应当是五四新文化运动,受到西方学术研究影响,志怪小说研究逐步深入开展。

1. 志怪小说的钩稽整理

被学界奉为圭臬之作的是鲁迅先生的《古小说钩沉》,于1909年秋至1911年底完成,对大量散佚并散落在各种文献中的自汉至隋古小说进行系统钩稽爬梳,主要以《汉书·艺文志》《隋书·经籍志》《新唐书·艺文志》三志"小说家"为目录,并将未录入史书的也收纳其中,包括当时刚发现的敦煌唐写本类书残卷,共从八十余种古书文献中辑录了三十六种散佚小说、一千四百余则故事,共二十余万字,是近代研究古小说的基础文献。尽管当时研究条件落后,但鲁迅先生对文献的选取仍然十分慎重,注意去伪存真。郑振铎曾评价:"这是乾嘉诸大师用以辑校周秦古籍的方法。而用来辑校古代小说的,却以鲁迅先生为开山祖。而其校辑的周密精详,至今还没有人能追上他。"① 广泛的搜集考证,使得《古小说钩沉》收录佚文颇为完善,征引广博,历代类书、笔记、训诂等搜罗殆尽。同时,鲁迅先生还注重文字校勘,所辑语义更为精恰流畅。这般系统梳理校勘令散落各处的唐前小说集中起来,基本呈现原书面貌,对于补充小说研究领域的基础资料起到了关键作用,此作一直沿用

---

① 郑振铎:《中国小说史家的鲁迅》,《人民文学》1949年第1期。

不衰。

著名目录学家、文献学家余嘉锡先生的《四库提要辨证》系统考辨清代《四库全书总目提要》讹误，书中涉及的魏晋南北朝时期志怪小说有《搜神记》二十卷、《搜神后记》十卷、《异苑》十卷、《还冤志》三卷，共四部，对内容、版本、作者等都做了翔实的考证。书中取材广泛、各家异同比较清晰、考证客观细致，在文学、文献学、历史学等方面均有重要参考价值。

当代学者对志怪小说的辑录校注进行了大量的重新整理，汪绍楹校注的《搜神记》（1979）和《搜神后记》（1981），均以清代张海鹏《学津讨原》为底本，进一步考订真伪。汪注《搜神记》录四百六十四条，补辑三十四条，第一次对《搜神记》进行全面梳理，是最为通用的、较为完善的本子，为后出各类本子参校。《搜神后记》录一百一十七条，补辑六条，汪氏在整理中发现不少条目的文字与唐人类书所引不同，反而同宋人著作字句相合，这与前人认为《搜神后记》为唐前古本相去甚远，其筚路蓝缕的开创过程及取得的成果为志怪小说整理和研究奠定了坚实的基础。郑晚晴辑注的《幽明录》（1988）以鲁迅《古小说钩沉》为底本，补充若干条作为附录，按事类进行重新排序，并加新标题，便于阅读，同一故事有多种类书引述的则收录情节较为完整的。

郑学弢校注的《列异传等五种》（1988）以《古小说钩沉》为底本，校注了曹丕《列异传》、祖台之《志怪》、荀氏《灵鬼志》、戴祚《甄异传》、祖冲之《述异记》五部古小说，择善选取材料，分别收录五十一条、十五条、二十三条、十七条、九十三条，对作者、历代著录情况做了简介，并对六朝词语、史实、制度等都做了说明。范宁的《博物志校正》（1980）采用清代汪士汉校刻《秘书二十一种》为底本，后书因流传久远字句脱讹较多，范氏多次对全书进行梳理钩沉，校勘正误，是迄今关于《博物志》最完善的校本。范宁点校的《异苑》（1996）采用《津逮秘书》为底本，广泛搜集文献资料加以校勘，共辑十卷三百八十二条，力求展现全书原貌。由于在明代以前官方没有收录《异苑》，今传本子出自万历年间胡震亨收录的《秘册汇函》，学界对《异苑》研究关注较少，仅散见在小说史中，尚未有专著研究，校勘和文学、思想研究不足。齐治平校注的《拾遗记》（1981）以现存最早最完善的明世德堂翻宋本为底本，选取类书参校，择善而从，订讹补阙，注释中标注史实、典故，简明扼要。唐宋时期《冤魂志》尚存，其后亡佚，今所见均为辑本，且书名在流传中多有变化，罗国威的《〈冤魂志〉校注》（2001）从各种典籍中去粗取精，共辑六十条，附六条佚文，并作笺释。三种《观世音应验记》在六朝和隋唐时期影响颇重，其后久佚，20世纪90年代通过中日两国学者共同努力才从日本介绍回国，其文学和佛学研究价值颇高、意义重大，而且这部文献保存完整，有助于全面、完善地描绘古小说发展。孙昌武对原文进行过录整理、点校的《观世音应验记（三种）》（1994）使人重见原著面貌。董志翘的《〈观世音应验记三种〉译注》（2002）则在文字、训诂等方面对本子进行精校，对中古的俗语词等的理解、断句标点等进行了重新梳理，参校资料更为丰富全面，对深入解读和研究此书做出了进一步贡献。鲁迅曾言《搜神记》是一部"半真半假的书籍"，李剑国《新辑搜神记　新辑搜神后记》（2007）对二书作者、版本、文本进行逐条考证，发现存在大量辑入他书内容、正续书误辑或漏辑、校辑资料不全导致的辑文不完备或有误、妄改或误改文字、文字脱衍讹误等诸多问题。李先生重新对南北朝到元明清古籍中的记录进行一一考辨，仔细辑佚，并确定了从早、从众、干书优先三条原则，综合考量，谨慎斟酌，较旧本分别新增四十七条和八条，书后五个附录包括两书新旧本对照表，便于把握新辑本与旧本的异同。对校注也有诸多修改，新辑本资料详尽，考据严谨，其学术价值和水平颇高。此外台湾学者也在持续不断地进行文献整理工作，相关著作包括王国良《搜神后记研究》（1978）、《神异经研究》（1985）、《续齐谐记研究》（1987）、《六朝志怪小说考论》（1988）、《汉武洞冥记研究》（1989）、《海内十洲记研究》（1993）、《颜之推冤魂志研究》（1995）、《冥祥记研究》（1999），周次吉《神异经研究》（1977）、《六朝志怪小说研究》（1986），唐久庞《博物志校释》(1980)。这些著作多是偏重于对作者、版本、内容的文献和史料的考证，研究全面，资料运用更为广泛和可信。

在总集、选集的编撰和辑注方面亦有基础建设。

总集编撰主要有上海扫叶山房石印本《五朝小说大观》(1926)，全书选取魏、晋、唐、宋、明"五朝"传奇、志怪、志人等笔记杂书四百八十种共四百九十五卷，规模宏大，是明代以前的大型文言小说丛书。商务印书馆出版的吴曾祺编撰的《旧小说》(1933)，选取汉至清末二百七十六部小说。上海古籍出版社出版的《汉魏六朝笔记小说大观》(1999)，收录汉魏六朝小说二十一部，按照作者生活年代排序，每部作品前有校点说明，介绍作品、作者、版次等内容，编校精良，但概不出校。

选集有徐震堮选注的《汉魏六朝小说选》(1956)，精选汉代两部作品，六朝十三部作品，共百余则具有代表性的故事，注重选材的艺术性和文学表现力，各类别小说均有代表作入选。每部作品均设提要，介绍作品、版次等情况，注释明确，便于阅读。刘世德《魏晋南北朝小说选注》(1984)，选取了二十二部魏晋南北朝小说，共七十则故事，每部作品下先介绍作品、作者，每篇小说后有说明，为便于理解小说内容和艺术表现手法，后附有解释，注释字词。沈伟方和夏启良选注《汉魏六朝小说选》(1982)、蒲戟选注《古小说选》(1984)、罗宗阳选注《历代笔记小说选》(1984)、滕云《汉魏六朝小说选译》(上)(1986)、李继芬和韩海明《汉魏六朝小说选译》(下)(1988)等都是有一定影响的选注本，为普及志怪小说内容和进一步深入研究提供了参考资料。选集多以选家喜好为择取标准，文本选注还有待进一步展开研究。

李剑国的《唐前志怪小说辑释》(1986)以缜密扎实的材料研究为基础，系统梳理唐前志怪小说的创作风貌，辑唐前志怪小说四十四种，按照历史发展编排为先秦两汉、魏晋、南北朝三编，考据严谨，材料之前均有叙录，介绍该书时代、作者、版次、著录等情况。凡底本有误的作品，参看其他版本及诸书所引校正，均出校语，文中注释多取原始资料，并标注出处。该书资料准确翔实，观点明确中肯,以深厚的学术功底和严谨的治学态度,对唐前志怪小说进行辑佚汇编,取其精华以观志怪之脉络,是研究志怪小说的重要著作。所辑篇章都为代表作,尚有完善选篇之空间。

2. 文学史所涉志怪小说研究

早期的文学史编撰中,很少对魏晋南北朝小说有所探讨。黄人(1866~1913)《中国文学史》完成于清末,开始用于东吴大学讲义,1907年出版成书,是以"世界之观念,大同之思想"撰写的中国文学史拓荒之作,著作中论及魏晋南北朝小说的内容较少,选录《拾遗记》25条、《晋事》3条、《博物志》13条、《搜神记》13条、《搜神后记》3条,所选皆为纯正小说,不涉佛道思想,作者做了大篇幅摘抄引录。林传甲(1877~1922)《中国文学史》(1904)是较早的文学史论著,未涉及小说。谢无量《中国大文学史》(1918)仅有一章对以干宝《搜神记》为代表的志怪小说进行了简要分析,为志怪小说在文学史著作中留有一席之地。此外还有胡适《白话文学史》(1928),但未涉猎志怪小说。郑振铎《插图本中国文学史》(1932)是采用附入插图方式的文学史著作,将中国文学史分为古代、中世、近代,侧重论述每个文学运动、每种文体或文学流派的兴衰,在第十九章"故事集与笑谈集"中提到了多部志怪小说,总体对唐前小说的发展、特色有所探讨。刘大杰《中国文学发展史》(1941)是中国文学通史中重要的一部著作,全面真实地反映了中国文学发展历程,采用文学观念、按照史学方法论述中国文学前后发展的源流关系。第八章中简述了"魏晋的神怪小说",包括《青史子》《武帝内传》《搜神记》等,第十章中简述了《世说新语》《冥祥记》《拾遗记》等小说在观念形式和艺术表现方面的特征。当代研究中,章培恒和骆玉明主编《中国文学史》(1997)、袁行霈《中国文学史》(1999)等均有篇章对魏晋南北朝志怪小说进行全面梳理,志怪小说在文学史中成为不可缺少的组成部分。随着中国文学史研究的逐步深入,学者对魏晋南北朝志怪小说的内容和艺术特色关注增多,志怪小说在大文学史背景下地位逐渐提升。

与此同时,志怪小说专史研究开始起步。20世纪二三十年代就开始呈现出专业系统的学术研究风貌。例如，张静庐《中国小说史大纲》（1920）、郭希汾《中国小说史略》（1921）等。后者翻译日本盐谷温《支那文学概论讲话》中的一节，列举了两汉六朝小说作品材料，但研究不够深入。对小说史真正进行深入研究的当数鲁迅先生，其于1923年出版的《中国小说史略》在中国文学研究领域开了小说史研究先河，书中有两个篇章系统介绍了志怪小说生成原因、作品内容和艺术价值等。1924年在讲义稿件基础上形成了《中国小说的历史的变迁》一书。这两部著作系统梳理了中国小说发生、发展的脉络，分析并评价了作品的艺术价值。专门设有六朝志怪小说的研究篇幅，提升了六朝志怪小说在文学史、小说史中的地位，增加了这一领域的研究价值，为后世的志怪小说研究铺设了基石。此外，胡怀琛《中国小说研究》（1929）是早期影响较大的小说史研究著作，对中国小说在实质、形式、时代三个维度上进行分类和分析，在第四章晋唐小说一节中对六朝小说进行了考证和评价。胡怀琛《中国小说概论》（1934）划分为古代所谓小说、唐人的传奇、宋人的平话、清人传奇平话以外的创作、西洋小说输入后的中国小说等篇章，还原了中国小说发展的一般情况，在"古代所谓小说"一章中对《山海经》《西京杂记》《搜神记》《神仙传》等唐前小说做了重点介绍。

  1949年新中国成立后，志怪小说专史研究日趋丰富，八九十年代尤为繁荣，受到学术界充分重视。刘叶秋是从事笔记小说研究的学者，其著作《魏晋南北朝小说》（1961）是一部知识性通俗读物，旨在向大众传播关于文化遗产的基本知识，引起他们阅读古典文学作品的兴趣，因此文字浅显通俗。全书系统地介绍了魏晋南北朝小说的内容与类型、生长环境，梳理了小说发展的来龙去脉，对代表作者和作品进行逐一分析，并指出了在文学史上的影响和作用。全书虽篇幅不多，但在当时的历史环境中，填补了魏晋南北朝小说研究的空白，也为后世的研究奠定了基础。他的另外一部著作《历代笔记概述》（1980），论述魏晋到清代笔记小说的发展历程、类别和代表作品，对魏晋南北朝笔记做了分类与评析。李剑国《唐前志怪小说史》(1984) 是一部学术价值极高的专门史,将志怪小说分为先秦、两汉、魏晋南北朝三个时期,地理博物体、杂史杂传体、杂记体三种类型,两条线索交错使得庞杂的作品得以系统归纳,该书条理清晰,梳理了唐前志怪小说的流变和发展情况。这部著作资料丰富、旁征博引、考证充分、论证严密,是文言小说研究中具有突破性的代表。从原书到多次修订版,一直是国内外研究关注的热点,是志怪小说研究的扛鼎之作。侯忠义《汉魏六朝小说史》(1989),以历史发展脉络为经,以作家作品为纬,分为汉代小说、魏晋小说、南北朝小说三部分,后两个部分均分为志怪小说和逸事小说。从每一时期小说的兴盛原因、内容种类、艺术特征及对后世的影响等方面进行论述,展现汉魏六朝小说发展轨迹,注重宗教、社会、文化、经济等对小说的影响,揭示小说发展的内在规律,为小说分类建构了新的模式,这部著作是同时期研究中的代表作。此外吴志达《中国文言小说史》(1994)、王枝忠《汉魏六朝小说史》(1997)、陈文新《文言小说审美发展史》(2007) 等著作对魏晋南北朝小说发展现状做了较全面讨论。

3. 志怪小说的文化研究

近年来对志怪小说的文化研究成果较多,代表性的有台湾学者王国良《魏晋南北朝志怪小说研究》(1984)。这是一部系统研究魏晋南北朝志怪小说与文化的著作,全书分为上中下三篇。上篇为宏观概论,从历史背景、社会文化的视角对志怪小说的产生、发展、价值及影响等方面进行详细探究。中篇为内容分析,将魏晋南北朝志怪小说按照主题分为八类,并逐一举例阐述,采用主题学研究方法进一步发掘志怪小说与民俗、宗教、社会生活之间的关联,把握作者创作思想、创作原则和作品的艺术特征,为古小说研究开启了全新的研究视角。下篇为群书叙录,逐一考订五十五部志怪小说的作者、卷本、内容等,对真伪杂糅详加考辨。纵观全书,既有宏观视野,又有具象剖析,视角不局限于文学解读,更扩展到社会、宗教领域,使得志怪小说成为对魏晋南北朝社会风貌的折射。

李伟昉《英国哥特小说与中国六朝志怪小说比较研究》(2004),

在比较文学视野下平行研究英国哥特小说与中国六朝志怪小说的异同，分析各自文化传统的本源。王青《西域文化影响下的中古小说》（2006），全书采用跨文化的多元视角，考察西域文化对作家的思维方式和观念模式的影响，以及作品在题材内容、情节与形式三部分受到的外来文化的影响。孙芳芳、温成荣《魏晋南北朝志怪小说探微》（2009）分为上下篇，上篇为小说分类和作品评析，探究古小说发展轨迹，下篇侧重对小说主题、艺术表现、审美等方面以专题方式开展研究。谢明勋《六朝志怪小说研究述论》（2011），分为回顾省思和研究举隅两部分，前者对台湾地区六朝志怪小说研究成果进行了回顾，后者多角度解读志怪小说文本。刘湘兰《中古叙事文学研究》（2011），采用叙事学理论和比较法研究中古叙事文学，在叙述角度、叙述手法和观念等方面进行考察。阳清《先唐志怪叙事研究》（2015）以唐前八代志怪文本为研究对象，从文献、问题、文学、宗教、文化五方面出发，对志怪叙事文学做了宏观和具象研究。

还包括多篇博士学位论文。华东师范大学魏世民《魏晋南北朝小说的嬗变》（2003），以历史发展脉络分三阶段分别阐述先秦两汉三国西晋、东晋十六国、南北朝及隋代小说的发展演变过程，梳理和总结其演变规律。四川大学袁武《魏晋南北朝小说的叙述者》（2009），以叙述学理论为工具，在魏晋南北朝小说文本中分析叙述者的叙述行为与社会、政治、民俗、信仰等因素之间的相互联系。台湾"清华大学"苏曼如《六朝志怪中人的生命周期之主题探析》（2011）以六朝志怪中人的生命周期为范围，考察各生命历程阶段的人与异类的纠葛。

4. 古代小说工具书的编撰

这一工作集中在20世纪八九十年代，为古代小说的基础研究提供了便利。程毅中著《古小说简目》（1981），收录汉至五代古小说三百余种、魏晋南北朝小说五十余种，编排上以类相从，附有书名和作者索引便于查阅。袁行霈、侯忠义编《中国文言小说书目》（1981），是第一部文言小说书目，收录先秦至清文言小说两千余种，凡传统目录学中小说类列书，不论存佚，网罗收尽。此外还有侯忠义主编《中国历代小说辞典》（1986），刘世德主编《中国古代小说百科全书》（1993），宁稼雨撰《中国文言小说总目提要》（1996），刘叶秋、朱一玄、张守谦、姜东赋主编《中国古典小说大辞典》（1998），朱一玄、宁稼雨、陈桂声编著《中国古代小说总目提要》（2005）等。

（二）佛教与中国文学关系研究综述

对魏晋南北朝志怪小说研究的一个重要方向，就是从宗教文化视角切入，特别是志怪小说与佛教连接的层面。魏晋南北朝是佛教在中土扎根、逐渐扩大影响的重要时期，佛教的发展对中国思想观念、文学与文化都造成了巨大的冲击，佛教教义的传播要借助文学这一载体，对六朝的文学演变带来重要影响，甚至出现了很多宣佛的"释氏辅教之书"。针对佛教与中国文学的关系、佛教文学与志怪小说的关系等领域，学界也有诸多研究成果。

梁启超是我国较早研究佛教文学价值的，代表成果《佛学研究十八篇》是从佛学历史与典籍、中国印度佛教交通等方面进行梳理的文集，以现代新学阐释佛理，中西合璧、融古汇今，开拓了佛教研究领域。"我国近代之纯文学，若小说、若歌曲，皆与佛典之翻译文学有密切关系"①，他认为任何事物的产生都是自身与他力共同作用的结果，文学与佛教之间的微妙关系不可忽视，为后人研究开拓了新空间。胡适《白话文学史》（1928）中有两个篇章论述佛教的翻译文学对中国文学的影响，涉及文体、小说叙事形式、文学想象力等方面。此外还有鲁迅、陈寅恪，这些老一辈学者都是该领域的开拓者，他们的研究内容基本上涉及汉译佛典的文体特征及其对汉语文学的影响，佛经文学对小说的题材、叙事等方面的影响，还有中印文化比较研究，这些开创性研究，阐发了佛教文学的价值及其在中国文学史、文化史上的地位，确立了佛教与中国文学作为重要研究领域的学术地位。

---

① 梁启超撰《佛学研究十八篇》，上海古籍出版社，2009，第161页。

20 世纪 20 年代至 40 年代郭立诚、周一良、季羡林、钱锺书等人关于佛教与中国文学之关系的研究范围进一步拓宽，个案研究也较为深入，随后进入几乎停滞的状态。

至 80 年代，佛教与中国文学研究再度升温，出现了一大批学者以及他们高水平的论著。孙昌武的《佛教与中国文学》（1988），从汉译佛典及其文学价值、佛教与中国文人、佛教与中国文学创作、佛教与中国文学思想等方面宏观探讨中国文学在历史流变中受到的影响。第三章"佛教与中国文学创作"中，提及佛教主要在思想内容、艺术构思以及表现方法上对小说产生影响，以多则志怪小说事例进行分析。孙先生的其他著作中，《中国文学中的维摩与观音》（1996）阐述了维摩与观音两种信仰在中国与文人居士、文学艺术之间的因缘，《文坛佛影》（2001）辑录关于佛教与古代文学关系的多篇文章，均涉及魏晋南北朝小说。蒋述卓《佛经传译与中古文学思潮》（1990）认为佛经翻译与中国文学思潮是双向互动关系，第二章"志怪小说与佛教故事"中阐述了在历史变易中志怪小说留有佛教诸多痕迹。陈允吉的《古典文学佛教溯缘十论》（2002）、《佛教与中国文学论稿》（2010）辑录多篇文章，多角度研究佛学对中国文学之影响，但对志怪小说涉猎不多。王晓平的《佛典·志怪·物语》（1990）从翻译学、接受美学等方面对汉译佛典、志怪小说与日本物语进行对比研究。孙逊的《中国古代小说与宗教》（2000）上篇按照时代脉络论及古小说至宋元讲史各部分与宗教的联系，其中魏晋南北朝时期部分探究了志怪与古代鬼神崇拜之间的关系。张庆民的《魏晋南北朝志怪小说通论》（2000），按照宗教信仰分为古代宗教志怪小说、道教志怪小说、佛教志怪小说三类，分别考论宗教发展状况、志怪小说的创作与传播、志怪观念、小说范型。王青的《魏晋南北朝时期的佛教信仰与神话》（2001）第四章对观世音信仰、《冥祥记》中佛教教义的渗透做了深入探究。普慧的《南朝佛教与文学》（2002）第七章深入讨论了佛教教义、譬喻故事对志怪小说叙事和内容的影响，系统梳理了其内在联系，此外其《中国佛教文学研究》（2012）、《中古佛教文学研究》（2014）均有相关论述。王连儒的《志怪小说与人文宗教》（2001）对历代志怪小说做了全方位综合性研究，分两个篇章对汉魏六朝志怪小说中的道教养生和佛教惩劝做了分析。龚贤的《佛典与南朝文学》（2008）考察佛典对南朝各种文体的影响，专设有志怪小说一章。

论文方面，蒋述卓的《中古志怪小说与佛教故事》（1989）从志怪小说的故事结构、情节和类型等方面的承袭角度，探究佛教文学对志怪小说的影响。吴维中的《志怪与魏晋南北朝宗教》（1990）透析志怪内容和文体如何反映当时宗教信仰风潮，对道教、佛教等宗教思想在志怪中的渗透方式逐一进行分辨。张跃生的《佛教文化与南朝志怪小说》（1998）以四部志怪小说为蓝本，析理志怪小说和佛教文化的交涉。普慧的《佛教对六朝志怪小说的影响》（2002）尝试从佛教教义与志怪小说情节、叙事方式的关系角度进行分析。博士学位论文方面，陕西师范大学刘惠卿的《佛经文学与六朝小说母题》（2006），引入母题研究方法，归纳出三类七种母题，研究佛经与六朝小说之间的流变关系。山东大学李大伟的《佛音缭绕的六朝文学》（2009），第四章对佛教与六朝志怪和志人小说的关联试做分析，并解读了佛学观念对小说的影响。各位前贤以多样视角对佛教与中国文学关系开展研究，多为宏观鸟瞰，涉及志怪小说的部分仅为若干篇章，对魏晋南北朝志怪小说全貌之考察还有待进一步挖掘。

综上所述，魏晋南北朝志怪小说研究受到学者们持续关注，近年来逐渐成为热点。尽管成果斐然，但就研究数量和深度而言，远没有与志怪小说应有的价值相匹配，学术潜力提升空间很大，还有待学者开展更为深入的研究。

一是文献整理钩沉。目前魏晋南北朝志怪小说的文献整理已经收获了丰硕的成果，但从整体看仍有很多没有涉足的领域，而且由于志怪小说历史久远、数量庞大、亡佚较多，作品辑佚、校注、考释等还有待整理和完善，从整体看可谓系统工程，还需持续开展整理和整合工作。

二是志怪小说史论研究。现有研究史论的工作相对密集，有断代史研究，也有小说通史中包含的魏晋南北朝时期志怪小说的部分，视角、思路、书写等各有所长，但较为零散不成系统，内容也不够详细，仍有继续深入细化研究的空间，对小说发展历史轨迹的追溯尚有新的内容可供充实，以更全面展现魏晋南北朝志怪小说发展面貌和内在属性。

三是志怪小说的跨学科研究。不局限在文学研究领域，从历史、社会、宗教、文化、美学、政治等不同学科和领域开展全新探索，既能援引有关学科的研究成果为志怪小说所用，又可对志怪小说从不同视角做解读，建构更为系统的志怪小说认知体系，以多元化观照和深层次研究，生发出更多的学术创新点和新的研究方法。

现阶段而言，就佛教与志怪小说的关系做深入具体探讨的还较少；探讨佛教文学对志怪小说创作的影响时，考察题材的较多，剖析观念渗透的较少；以往多选择几部较有代表性的志怪小说集或作品作为研究对象，全面细致的文本考察还不足。鉴于此，对魏晋南北朝佛教与志怪小说创作、题材、观念的关系探讨，尚有待深入挖掘，尤其是建立在文本研读的基础上进行文化考辨，具有一定学术研究价值。本书在众学者的研究基础上，继续拓展研究视野，以志怪小说与佛教的内在联系为研究重点，试图从多维度的研究思路深入探究，进一步拓展和充实志怪小说研究的方向和内容。

二　研究框架

纵观魏晋南北朝志怪小说，其中多部作品与佛教有密切联系。相比其他文体，小说这种叙事体裁是与民间结合最紧密的，所载内容多为民间"道听途说"的传闻，风格粗犷，内容广阔庞杂，缺少明确的艺术创作目标和精细的艺术打磨，更为真实地描述了民间文化特质，适合社会各阶层以口耳或书面形式相传，小说还有着丰富的想象成分、相对完整的故事情节，能够通俗易懂、生动切实地描述佛教教义和各类灵验神异之事。基于此，本书选择研究魏晋南北朝志怪小说，并将之放在特定的时代、文化背景下，理清其与佛教发展之间的内在联系，探究志怪小说在发展历程、题材、精神体现等方面与佛教的关系。

本书由绪论、正文四章和结语构成。绪论主要是探讨目的和内容，对学术研究做简要回顾，确定研究方法和基本范围。结语总结全文，阐明受佛教影响，魏晋南北朝志怪小说在文坛的重要价值，并对基本框架和各章的写作思路做简要陈述。

第一章"魏晋南北朝佛教勃兴"，主要梳理魏晋南北朝佛教盛行的若干特征以及佛典翻译过程，阐述佛教东传对中土社会各阶层的深刻影响。佛教东渐借玄学之力在中土发展，令大乘般若学一度成为显学，随着佛典翻译增多和对佛教思想的进一步探索，涌现出各种学派，扩大了佛教在中国的传播范围。佛典翻译经历了从口授、笔录到设立译场，从直译到意译再到两者兼用的发展过程，大量汉译佛典的问世为佛教本土化提供了理论准备。佛典中具有文学意蕴和趣味的佛教文学推动了佛理阐发，促进了佛教观念传播。在这样的时代环境下，帝王皇室、士人文才、百姓民众自上而下地崇佛习法，佛教文化渗透至社会各阶层的精神思想和日常生活中，成为中土社会中重要组成部分。

第二章"魏晋南北朝志怪小说的渊源与繁荣"，考察魏晋南北朝志怪小说的发展源头和表现特征，探究志怪小说吸纳佛教元素的原因。魏晋南北朝志怪小说是在上古神话传说、巫与鬼神等迷信思想以及先秦两汉志怪的基础上逐渐发展并繁荣起来的。尽管中国古代对小说的评价一直不高，小说仅是史书之附庸，价值不大，处于文坛边缘，但在顽强的生长过程中，魏晋南北朝志怪小说展现出前所未有的峥嵘奇观，在小说数量、创作队伍、题材内容、艺术表现等方面呈现出全新的特点。究其原因，与佛教的哺育和滋养大有关系，创作者兼修儒释，佛教文学中丰富的佛经故事和真实的佛教信仰满足了志怪小说的发展需求，拓宽了中土文学视野，丰富了文学品类。

第三章"魏晋南北朝志怪小说的涉佛题材"，分析魏晋南北朝志怪小说的涉佛题材。题材主要有佛经文学演绎、观世音应验、僧尼神通、佛教与中土思想碰撞融合等四种类型。梳理佛经文学演绎类志怪小说的题材渊源和流变情况，对其变异进行分析。对三类题材作品，逐类述之，以窥其与佛经之关联，阐述该类题材的现实意义。

第四章"魏晋南北朝志怪小说的释家精神"，论述魏晋南北朝志怪小说展现的释家精神世界，包括三世三界的时空观、因果轮回的报应观、灵魂不灭的地狱观。佛教有着一套与中国本土完全不同的时空观、人生观和道德观，以善恶因果、六道轮回为主体，这些观念在以志怪小说面目出现时，都在向民众传递劝善惩恶的主题，这些作品就成为魏晋南北朝佛教观念世俗化的重要传播渠道。佛教观念在积极渗透的同时也不断调整以适应中土文化，被民众接受，从而出现了一些反映释儒道思想杂糅的作品。

三 研究方法

在写作中，充分搜集占有资料，爬梳有关文学、宗教学、历史学、文献学等的文献资料和研究成果，立足于佛典和志怪小说文本，力图通过文史互证、实证与阐释相结合的方法推进研究进程，将文化研究与文学研究相结合，对佛教与佛教文学对魏晋南北朝志怪小说文本的渗透进行多层面的考察。在解读志怪小说的佛教观念时，注重文本细读、归纳类型及分类梳理，并做深入思考，力求得出较以往研究更加贴近魏晋南北朝志怪小说实际状貌的结论。

第一章　魏晋南北朝佛教勃兴

从曹魏代汉至隋灭陈止，魏晋南北朝是中国历史上战乱频繁、社会长期分裂、民不聊生的阶段。东汉末年起义纷乱，各路军阀混战，随后出现了魏、蜀、吴三国鼎立的局面。至西晋实现了统一，但这种短暂的安定仅持续了二三十年，接着就陷入了更为严重的混战和南北大分裂中，出现了南方东晋政权与北方十六国少数民族政权的对峙。东晋建都建康，大批北方汉族民众南下过江，加速了对南方的开发与建设，出现了经济向荣的景象。由于门阀制度的存在，士族集团在动荡的政治舞台中一直互相牵制势力，保持稳定的权力和地位。与南方政治上的稳定和经济上的繁荣不同，北方则连年战火、灾疫不绝，匈奴、鲜卑、羯、氐、羌等少数民族先后建立十六个国家，相互掠夺压榨，至北魏太武帝时，才最终统一了北方的广大地区。东晋灭亡后，南方先后建立了宋、齐、梁、陈四个政权，宋立国最长，约六十年，齐国寿命最短，只有二十余年。政权频繁更迭，再一次出现了南北对立的局面。北魏积极采取改革政策，在政治、经济、农业生产、文化、语言等方面吸收汉族的先进资源和经验，巩固了政权统治。这一局面维持了一百多年，北方再一次分裂，东部建立东魏、北齐政权，西部建立西魏、北周政权。最终北周战胜北齐，统一中国北方，结束了北方的对峙。外戚杨坚篡夺北周政权，建立隋朝，又灭掉南方陈国，结束了长达四百余年的南北分裂局面，实现全国统一。长期战乱和政局分裂，并未令社会止步不前，反而政治、经济、文化、社会思想等方面都有长足发展，并且带有鲜明的时代特色。

魏晋南北朝的分裂局面促使社会思想呈现极为活跃的面貌。各种学说并兴繁荣，人们在"哲学本体论、思辨逻辑、社会伦理观、人与自然之关系等诸多方面"[①] 提出了新的认识和看法。个人意识和创造精神不断觉醒，曹操反对天命、鬼神、圣人之言，求才时重人才、重能力，这是对儒家思想的极大否定；诸葛亮更是反对天道，"造化在乎手，生死在乎人"[②]，强调人的作用和力量。儒家思想的统治地位发生了动摇，魏末晋初，老庄哲学以全新面貌兴起，玄学思想蔚然成风，吸引了大批士人为之思辨探讨。

两汉之际传入中土的佛教，一直未有较大发展和影响，直到魏晋南北朝时期，才得以迅猛发展，可以说是当时的政治环境和社会思想氛围为它的壮大提供了适宜的土壤。佛经翻译成为外来宗教佛教能否广泛传播的重要因素，以鸠摩罗什、支娄迦谶等为代表的一批著名高僧承担起译经重任，将三藏典籍引入中土。以道安、慧远、竺道生为代表的高僧则担负起讲经传法的重任，吸引士人研究佛理，并得到帝王的支持和倡导。佛教弘传的过程，也是佛教与中国本土思想文化碰撞的过程，不断适应社会需要，持续更新、裂变与融合，形成具有中土特色的佛教思想，这种变化令更多普通百姓乐于接受，他们身处动荡社会、担忧性命安危，往往把希望寄托于佛祖的庇护和来世的幸福。由此，在中土社会形成了自上而下的信佛崇佛之风，佛教成为一种普遍的信仰，加速了在中土的传播。

第一节　魏晋南北朝佛教的基本特征

佛教传入中国的确切时间在学界有诸多分歧，一种主要说法是西汉末年即公元前2年，"哀帝元寿元年，博士弟子秦景宪受大月氏王使伊存口授浮屠经"[③]。另外一种是在历史上长期流传的，东汉明帝永平年间因梦到佛陀而派人前往西域求法，这种说法在各类史记

---

① 章培恒、骆玉明主编《中国文学史》，复旦大学出版社，1997，第290页。
② （蜀）诸葛亮著，段熙仲、闻旭初编校《诸葛亮集》卷二《阴符经序》，中华书局，1960，第58页。
③ （北齐）魏收撰《魏书》卷一百一十四《释老志》，中华书局，1974，第3025页。

魏晋南北朝志怪小说的佛教元素

和佛教典籍中都有记载,但略有不同。《后汉书》记载:"世传明帝梦见金人,长大,顶有光明,以问群臣。或曰:'西方有神,名曰佛,其形长丈六尺而黄金色。'帝于是遣使天竺问佛道法,遂于中国图画形像焉。"① 基于这些说法,可以发现认定佛教传入中国是在两汉之际是有一定依据的。

作为一种外来宗教初传入汉,佛教经历了曲折的发展历程,在不断变化调适中立足于中国社会。佛教起初被看作民间流行的神仙道术,随着东汉末年僧侣交流增多、佛经翻译增加,佛教才开始逐步兴盛起来,即"汉魏法微,晋代始盛"②。主要表现为魏晋玄学盛行,名人研习玄学,佛教尤其是大乘佛教般若学与之有机结合,以空观否认、漠视世界,与玄学相应和;再加之汉译佛典增多,僧俗各界探讨佛理者越来越多,形成多个学派,以各部经论法,推动佛教在南北方长足发展。至南北朝时佛教持续扩张,得到统治阶级的扶持,成为维护封建政治的工具,也在同儒、道斗争与融合中向着更加广泛的社会层面渗入,呈现多元化蓬勃发展态势。

一 玄佛交融

汉末儒家正统思想崩溃,社会上各种学说、思想同时兴起,其中玄学之风兴盛,成为当时一种主要的社会思潮,并取代经学成为主流思想。以何晏、王弼为首开创"正始之音",主张"天地万物皆以无为为本""贵无",提出"名教本于自然"这一哲学命题,他们推崇《老子》思想,突出《庄子》《周易》地位,并做出全新诠释。玄学力图调和名教与自然的矛盾关系,探究宇宙本体和认识论问题,立意深远,思辨性和哲理性都很强,与政治社会生活相距甚远。当时部分文人名士极力远离政治藩篱,隐逸山林,而心中的悲愤与怀才不遇之感只得在"三玄"的阅读中得以慰藉。清谈宇宙与

---

① (宋)范晔撰,(唐)李贤等注《后汉书》卷八十八《西域传》,中华书局,1965,第2922页。
② (南朝梁)僧祐撰,李小荣校笺《弘明集校笺》卷第十四《弘明论后序》,上海古籍出版社,2013,第795页。

人生大事、评品人物、崇尚辩诘理性，从玄学中寻求政治依托和行为法则，成为魏晋名士风度的一种表现。玄学之风盛行，对社会思想文化、文学、艺术等都有颇深影响。

玄学兴起与流行，为佛教发展创造了良好的思想基础，作为外来宗教，佛教乘机与中土文化相适应，与社会风尚相融合，研习老庄思想、玄学之风，并与之相结合以解读佛理，扩大了佛教在中国的传播。"此五十余年中，中华学术生一大变化。此后《老》《庄》玄学与佛教学玄学相辅流行……而牟子做论，兼取释老，则佛家玄风已见其端。"① 牟子《理惑论》是第一部佛学专著，共37篇，以一问一答的方式论述佛教，常引证《老子》解读佛教或引述佛教附会《老子》。

> 问曰："孔子以五经为道教，可拱而诵，履而行。今子说道，虚无恍惚，不见其意，不指其事，何与圣人言异乎？"牟子曰："不可以所习为重，所希为轻，惑于外类，失于中情。立事不失道德，犹调弦不失宫商。天道法四时，人道法五常。老子曰：'有物混成，先天地生，可以为天下母，吾不知其名，强字之曰道。'道之为物，居家可以事亲，宰国可以治民，独立可以治身。履而行之，充乎天地；废而不用，消而不离。子不解之，何异之有乎？"②

"牟子教人守恬淡之性，观无为之行。以《老子》之要旨，譬佛经之所说，谓佛道在法自然，重无为。"③ 无为是《老子》基本思想，这里附会意味浓重。佛教依附中土传统思想，使得世人对佛教有了进一步认同，大大降低了陌生感。

彼时名僧热衷研习玄风，依附黄老，对玄学问题深入思考，采

---

① 汤用彤：《汉魏两晋南北朝佛教史》，中华书局，2016，第85页。
② （南朝梁）僧祐撰，李小荣校笺《弘明集校笺》卷第一《理惑论》，上海古籍出版社，2013，第16页。
③ 汤用彤：《汉魏两晋南北朝佛教史》，中华书局，2016，第87页。

魏晋南北朝志怪小说的佛教元素

用玄学思想解读佛教观,并通过译经、与士大夫阶层交往等形式传递佛法妙义。支谦、康僧会身为西域人,但在中土出生,深受中华文化影响,内外备通,他们在译经中常引用《老子》与《庄子》中的词语和典故诠释佛理,行文中有浓重的玄学色彩,汤用彤称"佛教在中国之玄学化始于此时"①。康僧会的《安般守意经序》《法镜经序》两篇中就有诸多隐晦之义,即多引老子话语。支遁"尝在白马寺与刘系之等谈《庄子·逍遥篇》,云:'各适性以为逍遥。'遁曰:'不然,夫桀、跖以残害为性,若适性为得者,彼亦逍遥矣。'于是退而注《逍遥篇》。群儒旧学,莫不叹服"②。王羲之起初不信,"遁乃作数千言,标揭新理,才藻惊绝。王遂披衿解带,流连不能已"③。竺法汰弟子昙一、昙二"并博练经义,又善《老》《易》"④。庐山慧远"少为诸生,博综六经,尤善《庄》《老》……远乃引庄子义为连类,于是惑者晓然,是后安公特听慧远不废俗书"⑤。鸠摩罗什弟子僧肇"爱好玄微,每以《庄》《老》为心要,尝读老子《德章》"⑥,其论著中涉及老庄思想颇多。竺法潜"优游讲席三十余载,或畅方等,或释《老》《庄》。投身北面者,莫不内外兼洽"⑦。各位高僧博学多才,引《庄子》《老子》释经,令知识阶层更多地了解佛教,亦从全新的视角领悟佛理。对于佛教自身而言,迎合玄学兴盛之风,收获了士大夫的关注和认可,伴随着玄风清谈,说佛讲经成为社会风尚,佛教逐渐融入中国的思想文化,其在中土社会

---

① 汤用彤:《汉魏两晋南北朝佛教史》,中华书局,2016,第98页。
② (梁)释慧皎撰,汤用彤校注,汤一玄整理《高僧传》,中华书局,1992,第160页。
③ (梁)释慧皎撰,汤用彤校注,汤一玄整理《高僧传》,中华书局,1992,第160页。
④ (梁)释慧皎撰,汤用彤校注,汤一玄整理《高僧传》,中华书局,1992,第193页。
⑤ (梁)释慧皎撰,汤用彤校注,汤一玄整理《高僧传》,中华书局,1992,第212页。
⑥ (梁)释慧皎撰,汤用彤校注,汤一玄整理《高僧传》,中华书局,1992,第249页。
⑦ (梁)释慧皎撰,汤用彤校注,汤一玄整理《高僧传》,中华书局,1992,第156页。

的地位得到有力提升。

二　般若学盛行

如上所述，佛学传播初期还不能独立，必须借助玄学之力，随着佛法研究受到重视、佛经受到更多士大夫青睐、佛经翻译逐步增多，大乘佛教的般若学开始盛行，东晋时期帝王皇室、士族文人等纷纷研习，逐渐成为名士言谈的重要内容，般若学一跃成为佛教显学。关于如何研习、传播般若学，佛教般若学者呈现多种不同的认识。僧叡《毗摩罗诘提经义疏序》载："自慧风东扇，法言流咏已来，虽曰讲肆，格义违而乖本，六家偏而不即。"① 在鸠摩罗什之前，佛学研究有两个派别，一派为"格义"，一派为"六家"。

"格义"，始于东晋竺法雅，《高僧传》记载：

> 少善外学，长通佛义，衣冠士子，咸附谘禀，时依门徒，并世典有功，未善佛理。雅乃与康法朗等，以经中事数，拟配外书，为生解之例，谓之格义。及毗浮、昙相等，亦辩格义，以训门徒。雅风采洒落，善于枢机。外典佛经，递互讲说。与道安、法汰每披释凑疑，共尽经要。②

格义就是用本土传统思想解读佛学和教义的方法，如以《老》《庄》等外书中的概念、术语等对佛典进行解读，消除中外思想隔阂，寻求中外思想的共同特性，便于大众理解和接受。格义从晋初开始兴起，至道安、鸠摩罗什以后废弃。"事数"是指佛经条目名相，"五阴、十二入、四谛、十二因缘、五根、五九、七觉之声"③，格义是把佛经中名相和中土思想、概念匹配并规范使用的方法。格义的具体使用方法难以考证，在初期有较大使用范围和较好效果。

---

① 吕澂：《中国佛学源流略讲》，中华书局，1979，第44~45页。
② （梁）释慧皎撰，汤用彤校注，汤一玄整理《高僧传》，中华书局，1992，第152~153页。
③ 王根林等校点《汉魏六朝笔记小说大观》，上海古籍出版社，1999，第818页。

魏晋南北朝志怪小说的佛教元素

道安后期废弃格义思想,他在《道行经序》中言:"然凡谕之者,考文以征其理者,昏其趣者也;察句以验其义者,迷其旨者也。何则?考文则异同每为辞,寻句则触类每为旨。为辞则丧其卒成之致,为旨则忽其始拟之义矣。"① 指出每则文句含义都有不同,固执使用格义会产生迷乱。格义法虽有不便,但在初期传播和使世人接受般若学时确实是有必要使用的方法。

"六家"最早由僧叡提出,但他未说明具体分类,关于六家的说法也各有不同。有刘宋庄严寺昙济《六家七宗论》,但原书不存,梁宝唱《续法论》引用并列出宗名——本无、本无异、即色、识含、幻化、心无、缘会,僧肇文集《肇论》中提及心无、即色、本无,陈慧达作《肇论序》讲六家七宗,唐元康《肇论疏》中也有提及,日本保存的《肇论》旧疏、《中论疏记》中也有涉猎。学界一般认可刘宋昙济的说法,六家七宗"盖均中国人士对于性空本无之解释也"②,般若学核心是缘起性空,即世间万物皆因缘起缘灭,不存在永恒不变之物,皆是性空。六家中最有影响的是本无、即色、心无三家,其主张都与玄学有着紧密联系。本无家代表人物为道安,主张世界本为无,"无在元化之先,空为众形之始"。竺法深、竺法汰也是本无家代表,但与道安不同,二者偏于本无异。即色家代表是支道,主张即色本空,指世界上一切物质现象与心理现象皆为空无。心无家代表为支敏度、竺法蕴,主张心无、空心一说,不讲物无、空物,"无心于万物,万物未尝无",这与大乘空宗所讲一切皆空有很大分歧。六家主张都与玄学有相通之处,般若学各家观点可谓魏晋玄学不同流派主旨的变相,但二者也有根本区别:"般若学是一种以论证现实世界虚幻不实为目的出世间的宗教哲学,而魏晋玄学则是一种充分肯定现实世界合理性的世俗哲学。"③

西晋末年东晋初期社会动荡,政局多变,上层士族门阀厚禄,把持政权,忧患意识和对精神世界的追求愈加沉重,清谈之风愈加

---

① 吕澄:《中国佛学源流略讲》,中华书局,1979,第45页。
② 汤用彤:《汉魏两晋南北朝佛教史》,中华书局,2016,第194页。
③ 任继愈主编《中国佛教史》第二卷,中国社会科学出版社,1985,第214页。

强烈,他们发现佛教般若学能提供与玄学相似的精神氛围,同时又能在义理探究中延展新意,为已经成熟的玄学理论做补充。在玄学发展基础上形成的般若学思潮,以其独特的思维方式和逻辑理论,为士族开启了一个崭新的认知世界,满足了他们的精神需求,也迎合了占统治地位的玄学之风,为跻身于上层统治社会创造了良好的生存条件。

三 学派林立

南北朝时期,南北分裂,战火不断,朝代更迭频繁,社会动荡不已,百姓生活艰苦,这样的社会环境促使佛教迅猛发展。佛教成了统治阶级维护政权的工具,亦是民众认定的可以摆脱苦难的法宝,佛教意旨和信仰趋向狂热,佛学理念深入人心。这一时期前去西域取经求法的僧人不断,外来僧侣频增,是历史上佛经翻译数量和翻译者最多的时期。围绕着深入翻译和研习佛典,出现了对佛教思想进一步的探索,佛教对社会的影响也呈现多角度态势。

后秦僧人鸠摩罗什是中国佛教四大译经家之一,在罗什前翻译的佛经,由于多种原因,"多滞文格义,未达深理",罗什进入长安后重新翻译经典,十余年间同助手们共翻译佛经35部294卷。罗什对佛典理解精湛,所译文字简洁圆通,深入浅出契合教理,为日后佛教诸家立论成宗提供了经典依据。其所译《中论》《百论》《十二门论》,本属于大乘中观学派,翻译时以《大品般若经》为依据,将龙树、提婆的中观思想带入中土世人眼中,用"中道"含义阐述"空",解释"实相",是般若学的传承和演变。他的译著将两晋佛教主流的般若学推向了顶端,随之而来的是各种经学和思潮的涌现。

据《开元释教录》记载,从南朝宋永初元年到陈后主祯明三年,共有译者67人,译籍750部1750卷,[①] 译者之众,翻译数量之多,均超过东晋十六国时期和隋至唐开元十八年时期的总和。佛典翻译数量猛增,促使中土佛教极大地开阔视野,形成了僧俗学者专门讲习和研究某一佛典的风气,这些学者被称为"师",阐释的教义思想

---

① 任继愈主编《中国佛教史》第三卷,中国社会科学出版社,1985,第128页。

称"师说"或"师学",诸宗师说以研习的佛典为主,亦兼融其他典籍思想,出现了三论学、涅槃学、毗昙学、成实学、地论学、摄论学、律学、禅学等多种学派,扩大了佛教在中国的传播范围。

三论为鸠摩罗什译《中论》《百论》《十二门论》,加上《大智度论》亦称"四论",本为中观学派论著,但在南北朝演变为般若学研究,早期研究者有僧叡、僧肇等。梁初,僧朗在摄山弘扬"三论",至陈代发展为官方佛学,陈隋之际由吉藏命宗。三论学是将一切佛教思想统归二谛中道,是将认识上的空观与现实中的实际结合起来,但对于二谛的理解存有争议。涅槃学研习《大般涅槃经》,师者有道生、慧观、道朗等众人,主要阐述涅槃佛性思想,基本都认同"泥洹不灭,佛有真我,一切众生,皆有佛性",道生在佛性思想上又提出"顿悟"成佛主张,认为佛性本体为"理","性理不殊",要整体思悟,不容渐悟分割,这对后世中国佛教思想和宋明理学有着较深影响。毗昙学尊《阿毗昙》,以慧嵩为代表,清楚解释名相揭示含义,主张诸法自性不变,一切法自性所摄。成实学尊《成实论》,弘扬者有僧导、僧嵩,探讨四谛的真实道理,强调心性是后天形成的。地论学弘扬《十地经论》,代表僧侣有道宠、慧光,他们被称为"地论师",地论学是北魏到东魏的官学,南北二道对"心性"的解读存在一定分歧。摄论学弘扬《摄大成论》,真谛重译后得以发扬,代表者为智恺、智敷、道尼、曹毗等,探究心性和心声万有机制,提出九识说。律学方面,律经戒本早在三国时期就开始传入中国,至南北朝时期更是被大规模引入并翻译应用,戒律规范了僧徒行为和僧团生活纪律,也注重同儒家的道德观念融合,获得了统治阶层的支持,成为国家教化民众的工具,有助于佛教在社会中传播。禅学,以在贫苦和下层百姓中传播为主,便于统治集团控制他们,得到了北朝皇帝的认可。

僧俗学者尊各部佛典以阐释佛理,通过讲经、注疏等方式提出见解,师说思想各不相同,由此学派丛生,体现了佛徒和习佛者对佛教义理的多元化思考,彰显了他们进一步探索佛教本义的强烈追求。同时,他们在研习中并未局限于某一学说,而是互通共学,相互吸收大乘、小乘佛学，或将二者有机结合或区分差异，为隋唐五代时期演化成新的佛教宗派做了思想铺垫。

各学派师说在形成的过程中，同样也受到了中国传统思想和文化的影响，儒、道、玄等多方思想的摄入、相斥与融会，对佛教义理的论证，对心性问题的探索，使各派提出了新的视角和主张，一次次掀起了佛学研究的新高潮。同时，各派师说起到了促进佛教知识普及和佛教文化传播的积极作用，佛教中凸显的今世苦痛来世解脱、因果报应、人人成佛等教义内容，极大地吸引了百姓众生，符合他们渴望摆脱苦痛、向往转世安乐的心理需求，百姓成为皈依佛门的弟子，也在一个层面上顺应了封建统治者维护社会秩序的需要，巩固了阶级统治，加强了思想控制。

第二节 佛典翻译与佛教文学

宗教确立与教义传播必然依托典籍，佛教典籍通称佛书或者佛典，是佛法的代表，深受佛教徒重视和崇奉。佛典主要包括古印度佛教的经、律、论三部分典籍，以及其他国家地区佛学者的撰述。"经"是以佛祖释迦牟尼口吻叙述的典籍，"律"是关于佛家弟子行为规范的戒律，"论"是理论上解释"经"的著作，由三部分构成，因此也称佛典为"三藏经"，表示收藏三类佛教典籍及贯穿佛教义理的含义，又因卷帙浩繁而称为"群经""众经""一切经"等。隋唐时期改称佛典为"大藏经"，当时译出的佛经近6000卷。佛典翻译是佛教徒传法的重要事业，是外来宗教融入华夏地域的必要途径，在与本土文化交融、碰撞中寻求生存机会，渐成为被接纳的异域文化，最终实现中国化演变。汉译佛典所依据的蓝本主要为梵文佛典，是从西域传入的早期佛教经典，以大乘佛教典籍为主，代表佛教中后期思想，亦有从巴利文和其他西域语言翻译而成的，它们连同中国僧人的撰述著作共同构成了汉文系佛典，流传于亚洲各地。

佛典翻译推动了佛教教义在中土的弘扬，也因同西域文化交流兼具多重意义。古印度文化极富玄幻夸张色彩，想象充沛，在此氛

魏晋南北朝志怪小说的佛教元素

围中集结成的佛典包含了一部分可视作文学作品的内容，充满艺术色彩。诸如佛陀本生故事、树立神圣权威的佛传以及运用譬喻来宣传教义的寓言，都是生动的文学作品。这些塑造佛陀伟大形象、颂扬佛教主旨的文字，发挥了强有力的宣教作用，也形成了佛教文学的艺术特色，文字形象、内容生动、表现手法新颖、流传广泛、深入民间，滋养了中国本土文学和艺术。

一　佛典翻译：中外文化碰撞与交融

（一）佛典翻译的形式变化

魏晋南北朝是佛典翻译的高峰时期，翻译形式经历了从口授、笔录到设立译场的过程。早期佛典传入中国就是运用口授方式，"哀帝元寿元年，博士弟子秦景宪受大月氏王使伊存口授浮屠经"[①]。汤用彤对此事有评论，言"一、汉武帝开辟西域，大月氏西侵大夏，均为佛教来华史上重要事件。二、大月氏信佛在西汉时，佛法入华或由彼土。三、译经并非始于《四十二章》，传法之始当上推至西汉末叶"，又言"我国早期译经多以口授"[②]。他认为此事是代表最初佛教传入中国的标志性事件，尽管关于佛典传入中国的时间还缺乏确切史料，学界仍有分歧，但能够确认的是佛典主要经过西域传入，且采用口授的方式。

大规模翻译佛典是在东汉桓帝之后，《出三藏记集》是现存最早的记录，记载汉译佛典总量达 54 部 74 卷[③]，译者众多。译经的过程由口授、笔录、校对等诸多环节构成，"右一部，凡二卷。晋武帝世，天竺菩萨沙门昙摩罗察口授出，安文慧、白元信笔受"[④]，"右一部，凡一卷。晋简文帝时，西域沙门昙摩持诵胡本，竺佛念译出"[⑤]。译经过程多为众人分工合作，有持诵原本者、口译者、笔受者，对

---

① （北齐）魏收撰《魏书》卷一百一十四《释老志》，中华书局，1974，第 3025 页。
② 汤用彤：《汉魏两晋南北朝佛教史》，中华书局，2016，第 36 页。
③ 杜继文主编《佛教史》，江苏人民出版社，2006，第 90 页。
④ （梁）释僧祐撰，苏晋仁等点校《出三藏记集》，中华书局，1995，第 43 页。
⑤ （梁）释僧祐撰，苏晋仁等点校《出三藏记集》，中华书局，1995，第 46 页。

胡本、梵文等内容有不清楚之处还要讲解，确保用字准确、语音恰当，"于是澄（僧伽跋澄）执梵文，念（竺佛念）译汉语，质断疑义，音字方明"①，翻译之后还要进行校对，"鸠摩罗什澍以甘泉。三译五校，可谓详矣"②，"于长安城内集义学沙门，请念为译，敷析研核，二载乃讫"③，竺佛念耗费两年时间精细校对，最终定稿。从单一口述，到复杂的口笔并用的翻译流程，形成了中土佛典翻译的特定形式。大量佛典翻译成汉文，加速了佛教在中土地区的传播，是异域文化寻求在中土生存的必然渠道。

佛典翻译得到民间和皇室的大力支持，如居士聂成远、聂道真父子助竺法护译经，后秦姚兴为鸠摩罗什建立逍遥园和长安大寺两处译场，组织庞大译经集团和讲经活动，一时间掀起了佛典翻译高潮，译场林立，译者众多，汉译佛典纷呈，翻译通畅、旨义精准。佛典翻译的过程也成了中外僧人相互交流、提升佛学造诣的重要平台，来自西域各地的著名高僧，如安世高、支娄迦谶、支谦、康僧会、竺法护、帛法祖、鸠摩罗什、昙无谶、浮陀跋摩、佛驮跋陀罗、菩提流支、真谛等，连同中土僧人释道安、僧肇、慧远、法显、慧观、慧严，共同参与翻译事业，他们在口授笔录翻译的同时，还宣讲教法、阐明经义，大量僧徒在译场听讲、研习。鸠摩罗什懂梵语又娴汉文及方言，其佛学造诣深厚，精通大小乘、经律论三藏，并具有独立的佛教哲学观念，堪称一代佛学大师。他译经即讲解其义，门下弟子及译场助手受听，慧观在《法华宗要序》中言："更出斯经，与众详究，什自手执胡经，口译秦语，曲从方言而趣不乖本，即文之益亦已过半。虽复霄云披翳阳景俱晖，未足喻也。什犹谓语现而理沉，事近而旨远，又释言表之隐，以应探赜之求。"④ 罗什常讲《法华》《思益》《维摩》《菩提》等经，由其门下弟子所作

---

① （梁）释僧祐撰，苏晋仁等点校《出三藏记集》，中华书局，1995，第572页。
② （梁）释僧祐撰，苏晋仁等点校《出三藏记集》，中华书局，1995，第296页。
③ （梁）释僧祐撰，苏晋仁等点校《出三藏记集》，中华书局，1995，第573页。
④ （唐）僧详撰《法华传记》，《大正新修大藏经》第51册，新文丰出版公司，1992，第53页。

经序中可见,讲经令弟子对经文典籍有更深刻的理解,文章学问皆有提升。① 因此译场也培养了大批中土佛家弟子,大大提升了民众的佛学修养,也推动了佛教在中国的发展。

(二) 佛典翻译的理念演化

翻译佛典对于文字的运用甚为考究,翻译理念经历了从直译到意译,再到两者兼用的变化过程。传入我国的佛典以胡文、梵文居多,不同语言有其各自的特征。胡语是北方少数民族使用的语言,是初期传入佛典所采用语言,其特点是语言质朴,不加文饰,"昔来出经者,多嫌胡言方质"②。至后秦时梵文佛典大量进入中国,梵文语法灵活多变,且善用词语,"甚重文藻,其宫商体韵,以入弦为善"③。佛经翻译要考虑胡、梵各自的语言特征,汉语语法结构和使用习惯,以及当时的译经要求。

"方言殊音,文质从异,译胡为晋,出非一人。或善胡而质晋,或善晋而未备胡,众经浩然,难以折中"④,在早期翻译时已经形成了多人共译的分工协作模式,加之翻译数量庞大,鲜有前人译本可供参阅,译者迫切期望加快翻译步伐令民众能知晓经文内容,再加之胡文质朴的特征,因此早期翻译多采用直译,通过直观朴素的语言表达佛典本义,译本无论水平高低都得以广泛传阅,而文体得失并非当时关注的焦点。道安评安世高译经言:"世高出经,贵本不饰,天竺古文,文通尚质"⑤,僧传评支谶译经"凡此诸经,皆审得本旨,不了加饰"⑥,竺朔佛译经"弃文存质,深得经意"⑦,康巨译经"言直理旨,不加润饰"⑧,可推见早期译者多用直译方式,文直

---

① 在僧叡《法华经后序》《思益经序》、僧肇《维摩诘经序》、僧馥《菩提经注序》中有述,(梁) 释僧祐撰,苏晋仁等点校《出三藏记集》,中华书局,1995。
② (梁) 释僧祐撰,苏晋仁等点校《出三藏记集》,中华书局,1995,第382页。《鞞婆沙序》道安引用秘书郎赵政所言。
③ (梁) 释僧祐撰,苏晋仁等点校《出三藏记集》,中华书局,1995,第534页。
④ (梁) 释僧祐撰,苏晋仁等点校《出三藏记集》,中华书局,1995,第227页。
⑤ (梁) 释僧祐撰,苏晋仁等点校《出三藏记集》,中华书局,1995,第254页。
⑥ (梁) 释僧祐撰,苏晋仁等点校《出三藏记集》,中华书局,1995,第511页。
⑦ (梁) 释僧祐撰,苏晋仁等点校《出三藏记集》,中华书局,1995,第511页。
⑧ (梁) 释慧皎撰,汤用彤校注,汤一玄整理《高僧传》,中华书局,1992,第11页。

不华，以显质理，保持经文原貌。

直译者中最具代表性的为道安，他坚决主张采用直译，[1] 忠实于经文本旨，反对删削修改，认为即便处理得巧妙适当也同样对原文有损伤。但鉴于不同语言文化中的词语、语法、使用习惯、观念等存在固有差异，道安又提出"五失本三不易"原则，[2] 可以在直译中采用适当变通，尽量按照汉语使用规范行文，解决跨文化间的语言观念难题。就道安翻译的时代环境和直译宗旨，梁启超给出极高评价："凡兹陈义，可谓博深切明。盖东晋南北朝文体，正所谓'八代之衰'，靡藻淫声，令人欲哕。以此译书何能达旨？安公瘖口匡救，良非得已。故其所监译之书，自谓：'案本而传，不令有损言游字，时改倒句，余尽实录。'（《鞞婆沙序》）究其旨趣，殆归直译矣。翻译文体之创设，安公最有功焉。"[3] 道安将翻译的实践认知提升到理论高度上，"五失本三不易"原则总结了语言间的差异，在翻译实践中具有重要指导作用，被后世译者接纳和采用。

随着梵文佛典大量进入中土，翻译时要顾及梵文藻蔚可观、音韵流畅等特点，如果仅采用直译的方式将大大失去梵文原典韵味，由此意译的翻译理念得以大量运用，其中以鸠摩罗什为代表译者。鸠摩罗什认为虽然运用直译方式可得经文内容，但如同"嚼饭与人"毫无味道，[4] 原本梵文华美文藻、婉转流畅之音、反复偈颂形成的浓

---

[1] （梁）释僧祐撰，苏晋仁等点校《出三藏记集》，中华书局，1995，第290页。《摩诃钵罗若波罗蜜经抄序》原文："前人出经，支谶、世高，审得胡本难系者也。又罗、支越，斲凿之巧者也。巧则巧矣，惧窍成而混沌终矣。若夫以《诗》为烦重，以《尚书》为质朴，而删令合今，则马、郑所深恨者也。"
[2] （梁）释僧祐撰，苏晋仁等点校《出三藏记集》，中华书局，1995，第290页。《摩诃钵罗若波罗蜜经抄序》中提出"五失本"告诫译者翻译过程中存在五种情况会改变译文原貌，如果这五种情况发生，会使得汉译佛典与胡梵本佛经出现差异，失去本貌，曲解其意。又从三个角度来阐明汉译佛经是极有难度的事业，"三不易"亦在表明佛经深奥，传经译会受到多种情况影响而产生变异。
[3] 梁启超撰《佛学研究十八篇》，上海古籍出版社，2009，第230~231页。
[4] （梁）释僧祐撰，苏晋仁等点校《出三藏记集》，中华书局，1995，第534页。原文："天竺国俗甚重文藻，其宫商体韵，以入弦为善。凡觐国王，必有赞德；见佛之仪，以歌叹为尊。经中偈颂，皆其式也。但改梵为秦，失其藻蔚，虽得大意，殊隔文体。有似嚼饭与人，非徒失味，乃令呕秽也。"

厚氛围随着直陈转译有所削弱减损。《历代三宝纪》载罗什与僧叡探讨意译的情景："时有僧叡法师，甚为兴知，什所译经叡并参正。昔竺法护出《正法华·受决品》云：'天见人，人见天。'什译经至此乃言曰：'此语与西域义乃同。但在言过质。'叡应声曰：'将非人天交接，两得相见乎？'什大喜曰：'实然。'"① 僧叡按照汉语使用习惯转换为四字语句，运用修辞手法构成对仗形式，音韵恰当，读诵流畅，在与原文含义相同的基础上增添文采。梁启超评："什公秦梵两娴，诵写自在，信而后达，达而后雅。非有天才，岂易学步耶！"② 对其翻译水平和才智推崇备至。罗什通晓华梵，译经游刃有余，且态度极为严谨，在重译《维摩诘经》时"手执胡文，口自宣译。道俗虔虔，一言三复，陶冶精求，务存圣意。其文约而诣，其旨婉而彰"③。尽管增削剪裁颇多，仍存质重文，令译本文风有较大转变，赞宁称："如童寿（罗什）译《法华》，可谓折中，有天然西域之语趣矣。"④ 经论中融入"语趣"，意译开拓了佛典翻译的新境界，对思想界和文学界有着巨大的影响。

慧远则指出直译和意译各有缺点弊病，因此提出调和协同两者的翻译原则。他认为应该将读者的接受能力纳入翻译方式的考虑范畴，并指出在中土进行传法最主要的目标是吸引民众信教，以质应文的直译或以文应质的意译皆会令读者产生疑惑或缺乏兴趣，若要引导众生步入"易进之路"⑤，应当避免偏执一端，采用折中方式，

---

① （隋）费长房撰《历代三宝纪》，《大正新修大藏经》第49册，新文丰出版公司，1992，第79页。
② 梁启超撰《佛学研究十八篇》，上海古籍出版社，2009，第231页。
③ （梁）释僧祐撰，苏晋仁等点校《出三藏记集》，中华书局，1995，第310页。
④ （宋）赞宁撰，范祥雍点校《宋高僧传》卷三，中华书局，1987，第56页。
⑤ （梁）释僧祐撰，苏晋仁等点校《出三藏记集》，中华书局，1995，第391页。《大智论抄序》原文："则知圣人依方设训，文质殊体。若以文应质，则疑者众；以质应文，则悦者寡。是以化行天竺，辞朴而义微，言近而旨远。义微则隐昧无象，旨远则幽绪莫寻……若开易进之路，则阶藉有由；晓渐悟之方，则始涉有津。远于是简繁理秽，以详其中，令质文有体，义无所越。"在《三法度经序》中亦有相似的观点："弘通佛教者，传译甚众。或文过其意，或理胜其辞，以此考彼，殆兼先典。后来贤哲，若能参通晋胡，善译方言，幸复详其大归，以裁厥中焉。"见《出三藏记集》，1995，第380页。

调和两种翻译方法，达到质文统一，方能顺应民众要求和适应时代发展。梁启超在讨论佛典翻译文体时指出："及兹业浸盛，新本日出，玉石混淆，于是求真之念骤炽，而尊尚直译之论起。然而矫枉太过，诘鞠为病，复生反动，则译意论转昌。卒乃两者调和，而中外醇化之新文体出焉！此殆凡治译事者所例经之阶级，而佛典文学之发达，亦其显证也。"①

从佛典翻译的理念演化过程可见，译经并非中西语言的简单替换，它对翻译者的语言应用能力、佛教素养、汉文化造诣等皆要求极高，既要对佛法意旨有透彻理解，② 又要与中土思想文化融会贯通，既要传达佛经原旨、令僧徒信众深得经意，又要保留佛经奥妙深邃的境界，佛典翻译与文本要兼顾文质、言意皆美。由此可以说，佛典翻译是佛教与文学相互融通渗透的过程，是中外文化碰撞交融的过程，汉译佛典是多元思想文化交融结出的丰硕果实。

二　佛教文学：方便传法与文学价值

作为宗教圣典，"三藏经"是为弘扬佛教教义而结集，包含着深邃的哲学思想。早期讲经说法的对象是下层百姓和商人，释迦牟尼与弟子深知抽象的、复杂的教义难以理解，若要令其接受必须采用通俗、口语化的语言，借助生动、形象的故事形式，讲述佛理禅旨，打开释家说法的方便法门，使得教义传播范围更为广博、深入人心。这些用俗语讲述的故事具有浓郁的文学色彩，其故事情节完整、艺术形象生动、语言通俗易懂、寓意深邃，其宣扬佛教的巨大作用不言而喻。从原始佛教、部派佛教到大乘佛教，在佛教发展的每个阶

---

① 梁启超撰《佛学研究十八篇》，上海古籍出版社，2009，第 144 页。
② 汤用彤：《汉魏两晋南北朝佛教史》，中华书局，2016，第 210 页。汤用彤曾感叹："古今译书，风气颇有不同。今日识外洋文字，未悉西人哲理，即可译哲人名著。而深通西哲人之学者，则不从事译书。然古昔中国译经之巨子，必须先即为佛学之大师。如罗什之于《般若》、《三论》，真谛之于《唯识》，玄奘之于性相二宗，不空之于密教，均既深通其义，乃行传译。而考之史册，译人明了于其所译之理，则亦自非只此四师也。若依今日之风气以详论古代译经之大师，必不能得历史之真相也。"他认为翻译佛经必须要对佛经原著思想内容有精准的把握。

魏晋南北朝志怪小说的佛教元素

段出现的佛经都不同程度地体现出文学性。

（一）早期佛教经典的文学性表现

前文阐述我国历代高僧翻译的主要是梵语、胡语佛教经典，这是因为传入中国汉族地区的佛教是部派佛教和大乘佛教，即北传佛教。而南传佛教，即上座部佛教，则使用巴利语传播。巴利语是古印度的一种俗语，属于中古印度雅利安语，巴利语三藏是现存最古老、最系统的佛教经典，在公元前5世纪至公元前2世纪形成。汇集了早期佛教经文的《经集》即属于巴利语佛典，其中多数经文年代久远，是最接近原始佛教的宝贵资料，反映的是"原始佛教的状况，僧团组织出现以前，佛教徒独自隐居修道的宗教生活"，体现出原始佛教的特征——"重伦理修养，轻抽象思辨"[①]。语言表现上采用偈颂体例，用譬喻方式说法，讲述佛教理论实践，侧重品德修治，宗教意识不强烈，因通俗易懂在民众中广为传诵，教导百姓有益的道德范式。如《小品·船经》中告诫人们不应当追随低能愚昧之师，这类老师：

> 正如一个落水者，他自己只能在汹涌奔腾的河水中随波沉浮，怎么还能帮助别人渡过河去呢？

人们应当师从聪明睿智者：

> 正如登上一条备有桨和舵的坚固的船，他技术高明，经验丰富，能载运其他许多人过河。[②]

聪明睿智的高师才具备引导民众的能力，可以说，佛陀就是这样的高师。这两句话采用比喻和对比的方式，强烈烘托出佛陀是值得信众追随崇敬的善人，是能晓喻正法的能人；塑造了佛陀的导师形象，

---

① 郭良鋆译《经集》，中国社会科学出版社，1990，第2页。
② 郭良鋆译《经集》，中国社会科学出版社，1990，第44～45页。

这不仅为佛教徒,更为广泛的民众,提供了道德教诲。

在《蛇品·耕者婆罗豆婆遮经》中,佛陀巧用比喻的偈颂向婆罗豆婆说法:

> 信仰是种子,苦行是雨水,智慧是我的轭和犁,谦逊是犁把,思想是辕轭,意念是我的犁头和刺棒。
>
> 控制身体,言语谨慎,饮食有节,我以真话作砍刀,柔顺是我的解脱。
>
> 勤奋是我驾辕的牛,运载解脱,一直往前,永不返回;到达那里,没有悲哀。
>
> 进行这样的耕种,它结出永恒之果;凡这样耕种的人,他摆脱一切痛苦。①

婆罗豆婆是耕者,佛陀与之对话时,注意其下层百姓的身份特征和所处的劳动场地,以农用工具巧妙比喻,叙述形象,容易理解又发人深省,布道语言既通俗生动又具有力量感。最终婆罗豆婆被佛陀如"黑暗中指路明灯"的说法所折服,皈依佛陀,精进努力,达到梵行的最高理想。

通过这些经文可见,佛陀往往寻求通俗方便之法,善用寓言、趣叙故事以实现佛家思致的传法表义,文学色彩为其增添了形象感和说服效力。

(二)以本生、譬喻为代表的佛教文学

佛典有"十二部经""十二分经"的说法,即把佛典按照经文的形式和内容分为十二类,其中三类按文体划分,包括长行、重颂、偈颂;其余九类以内容划分,包括因缘、本事、本生、未曾有、譬喻、论评、无问自说、方广、授记。依文体面貌划分,佛经呈现散文、韵文及韵散结合的风格,汉译多用口语,简洁流畅,不乏浓烈抒情之味。依内容而言,本生讲述佛陀为菩萨时所行善事;譬喻以

---

① 郭良鋆译《经集》,中国社会科学出版社,1990,第11~12页。

具体事物拟喻深奥的佛理；因缘阐述佛陀说法的种种因缘；本事论说他人前世行事。这几类佛经内容自身就具备很强的文学性，其鲜明的人物形象、生动的故事描摹、神奇的异幻世界，为宣法传诵打开了方便之门，也对中土文学发展产生一定影响。

本生，是释迦牟尼在成佛前，作为菩萨在历世轮回，曾转生为各种人物、动物身形行菩萨道，以解救众生危难、精进求法的故事。现存集中存录本生故事的经典作品有《六度集经》《生经》《菩萨本缘经》《菩萨本行经》《菩萨本生鬘论》等，在《譬喻经》《愚贤经》《杂宝藏经》中也夹杂了很多本生故事，流行甚广的本生故事在佛典中占有很大比重。著名故事有"尸毗王割肉贸鸽"①，毗首与天帝变为鸽子和老鹰以试尸毗王慈悲之心，尸毗王为从鹰口救鸽决定以身代鸽，自割股肉，鹰要求重量与鸽子相同，尸毗王命人取秤，割至臂肋身肉全无仍比鸽轻，最后尸毗王自身站到秤上，震动天地。尸毗王不曾后悔并发誓说："我从举心迄至于此，无有少悔如毛发许。若我所求决定成佛真实不虚，得如愿者，令吾肢体即当平复。"② 发愿后身体复原如初，天神世人赞许稀有，最后佛陀告诉大众尸毗王是其前世。这则本生故事赞颂菩萨善行，表现尸毗王舍身救难的精神，完善人性、积极提升的伦理信念是早期佛教主要追求的价值。

本生经文，其自身故事性极强，又善于运用夸张的表现手法，在篇章结构和叙事方式中流露出文学修饰的痕迹，文质皆美，艺术效果极为强烈。且语言通俗，融佛法义理于其中，有助于推动佛理广泛阐发。尸毗王自割股肉后又能身体复原的故事情节以及超现实的奇幻想象，被魏晋南北朝文人多加吸收，在志怪小说中多有表现，成为独具风格的一类题材，本书第三章将予以探讨。

譬喻，梵文 Avadāna，音译阿波陀那，是通过比喻的方式说明事

---

① 见《菩萨本生鬘论》卷一、《大庄严经论》卷十二等多部典籍，《大正新修大藏经》，新文丰出版公司，1992.
② （宋）绍德、慧询等译《菩萨本生鬘论》，《大正新修大藏经》第3册，新文丰出版公司，1992，第334页。

物，并扩展为运用讲故事的叙述形式，将佛家教义融汇其中，以生动语言和惊奇有趣的情节娓娓道来，大多取材于印度民间故事。《大智度论》中对譬喻的作用做了说明："譬喻，为庄严论议、令人信著；故以五情所见以喻意识，令其得悟。譬如登楼，得梯则易上。复次，一切众生著世间乐，闻道得涅槃则不信不乐；以是故以眼见事，喻所不见。譬如苦药，服之甚难，假之以蜜，服之则易。"① 佛理复杂深奥不易理解，譬喻就以人的感官所见之物来比喻，好比登楼时架梯子，服苦药时加入蜜，如此佛理更易于接受和领悟，寓佛理于形象，化深奥为浅显，开方便之门。就广义而言一切佛典皆善用譬喻，这是教化说法的方便，而狭义上，有一批专门以譬喻命名的佛典，以《譬喻经》《旧杂譬喻经》《杂譬喻经》《百喻经》《法句譬喻经》等为代表作，还有以其他标题命名的经集中收录了很多譬喻故事。与本生故事的伦理内容不同的是，譬喻故事重在表达寓意，故事内容取材于真实情景，充满哲理和智慧，令人受到启发。

譬喻故事大多取材于现实生活，将教理融入生活琐事中，寓意深刻鲜明，读后耐人寻味。如《百喻经》中《愚人食盐喻》，愚人吃添加盐的食物感觉美味，认为盐是极美，竟只吃盐，反而把味觉破坏了，结尾处讽刺外道以节食得道实则无益于道，以表明做任何事情都应当适可而止。

还有诸多譬喻故事构思奇特，善于发挥想象，文字描摹生动细致，饶有趣味，体现出古印度高超的艺术水准。如《杂譬喻经》中《木师与画师》② 一则，想象绮丽，情节夸张，描述了木师鬼斧神工的雕刻和画师栩栩如生的绘画，两人相互诳惑生出一场风波，最终揭示出世间一切虚幻不实、诸行无常的佛法寓意。

譬喻在佛典中占比极大、意义极重，是开示众生的方便之法，是启迪智慧的权宜之计。佛法甚深，不可言说，实相微妙，语言却

---

① （后秦）鸠摩罗什译《大智度论》，《大正新修大藏经》第 25 册，新文丰出版公司，1992，第 320 页。
② （后秦）道略集《杂譬喻经》，《大正新修大藏经》第 4 册，新文丰出版公司，1992，第 523~524 页。

无法传达。采譬喻之法犹如拈花一笑，是化导人们认识和思考的感性渠道，并非佛理本身。

以本生、譬喻等为代表的佛教文学多以鲜活趣味的故事扣人心弦，情节或新颖或曲折，想象夸张出奇，具有强烈的感染力，其文学艺术价值突出，对中土文学创作亦产生了诸多影响。在我国广为流传的"盲人摸象"的故事实则出自《镜面王经》①，故事讲述众比丘与异学梵志讨论经义，而后转为互相诽谤、恶言中伤，佛陀没有直接回答比丘的困惑，而是讲述镜面王让盲人摸象的故事以作开解，而镜面王就是佛陀前世，最后佛说"夫专小书，不睹佛经，汪洋无外、巍巍无盖之真正者，其犹无眼乎"②，不读佛经者犹如摸象盲人，无法识别真正大道，点明了故事主旨。苏轼的《日喻》一文即借鉴了盲人摸象的故事构思，在写作上进行了重新调整，以"盲人识日"做比喻，阐述"道可致而不可求"的观点，故事描写生动形象，说服力极强。志怪小说创作中就有诸多作品是借用譬喻、本生等佛典内容，在原有故事上生发变幻，在艺术表现中更加凸显奇幻特色，故事情节更为生动富有情趣，具体分析将在第三章第一节佛教文学演绎中详述。尽管一些作品褪去了佛教传法的意图，但仍保留运用"譬喻"手法描摹人事物的具体形象，令读者加深认识、增强真实感受，并进一步阐述某一观念。以本生、譬喻为代表的佛教文学在故事情节、艺术表现等方面潜移默化地影响着志怪小说的创作，为中土文人创作提供了宝贵的素材。

（三）文学艺术价值丰盈的大乘佛经

本生、譬喻这几类典籍多为部派佛教时期出现的，汲取大量民间故事的养分，保有民间文学的样貌，利用文学手段附会佛理以弘法传义。至大乘佛教时期这种传统被保留下来，宣扬大乘经论教义的典籍中多有文学色彩，在中国大、小乘佛教都被接纳，其中大乘

---

① 见《六度集经》卷八、《佛说义足经》卷上、《长阿含经》卷十九等多部典籍，《大正新修大藏经》，新文丰出版公司，1992年。
② （吴）康僧会译《六度集经》，《大正新修大藏经》第3册，新文丰出版公司，1992，第51页。

第一章 魏晋南北朝佛教勃兴

佛教与中土文化理念更为契合，适应广大普通百姓的实际需要，大乘教义的流传也更为广泛，因此这些大乘佛教典籍对中土文人士族产生的影响巨大，对中土文学的发展也产生诸多作用。

在这方面突出代表为《妙法莲华经》（简称《法华经》），其在印度就受到广泛重视，传至中国更是影响重大，是南北朝后中土佛教转向以大乘佛教为主流的重要典籍，被誉为"经中之王"。这部经的核心思想是"开权显实，会三归一"，倡声闻乘、缘觉乘、菩萨乘归于佛乘，调和大、小乘之间分歧，以弘大乘，主张一切众生皆有佛性、皆当成佛。胡适评价："虽不是小说，却是一部富于文学趣味的书。其中有几个寓言，可算是世界文学里最美的寓言，在中国文学上也曾发生不小的影响。"[①] 最美寓言为朽宅、穷子、药草、化城、系珠、凿井、医师七个譬喻故事，合称"法华七喻"，是经中最具文学性的描述，其具象生动的故事情节对大乘佛教深奥的义理做形象地阐发，经文中多次提及"以无量无数方便，种种因缘、譬喻、言辞，而为众生演说诸法"[②]，达成"以譬喻更明此义，诸有智者以譬喻得解"[③]的意图。"法华七喻"篇幅较长，故事情节详尽完整，夸张的叙事表述细腻富有文采，代表作"朽宅喻"近五千字，散体和偈诵相结合，大量使用排比的语句，对火宅险境描摹极为生动，渲染力很强，凸显出救援的紧迫。经中以"长者"喻"佛陀"，以"家"喻"三界"，以"火"喻"五浊八苦"，以"三车"喻"三乘"，以"大白牛车"喻"一乘"，最终不予三车，而赐以大白牛车，揭示开三乘之权，显一乘之实，是救世的唯一正道，经文通过譬喻阐明佛乘之义，寓理于形象优美的文字故事里。

《法华经》着力宣扬大乘菩萨思想，赞颂菩萨道，书写了众多菩萨的大德功力，其中以"观世音菩萨"最为典型，他大慈大悲、神

[①] 胡适撰，骆玉明导读《白话文学史》，上海古籍出版社，1999，第107页。
[②] （后秦）鸠摩罗什译《妙法莲华经》，《大正新修大藏经》第9册，新文丰出版公司，1992，第7页。
[③] （后秦）鸠摩罗什译《妙法莲华经》，《大正新修大藏经》第9册，新文丰出版公司，1992，第12页。

魏晋南北朝志怪小说的佛教元素

通广大，能立刻解救任何受苦难的人，受到最热烈拥护和信奉，他的救济精神在民众心中坚固不催。伴随观音信仰的普及，出现了不少观音应验故事，它们成为中土文学创作的重要素材，由此出现了一类专门以观音应验为题材的志怪小说作品，为志怪小说发展带来了新鲜血液，这种影响将在第三章第二节中详述。

此外极具文学趣味又阐明大乘佛理的典籍还有《维摩诘经》，经中塑造了多位个性鲜明的人物形象，主人公维摩诘是一位佛法修养深厚的居士，他家境殷实，妻子儿女皆具宿世善根，他勤于修行，虔诚实践佛法，虽不离世俗却以居士身份辅助佛陀摄化群众。他称病在家，佛陀派文殊师利探望，在两人往复论战中，维摩诘居士深入阐述了大乘佛理，表现出了非凡的智慧与从容沉着的个性特点。在其他菩萨因曾遭到维摩诘呵斥或自觉境界不高而不敢前往问疾时，文殊师利勇于担当，奉佛旨去探望，作为大乘菩萨智慧代表，文殊师利与维摩诘交锋时谦逊好学，著名的公案"文殊无言，净名杜口"堪比"佛陀拈花微笑"，衬托出维摩诘对大乘佛理的精湛体悟，也展现了文殊师利优秀的人格品质。维摩诘居士出入人间声色场而一尘不染，更能化度众生，这种出世又入世的居士精神对中国学佛人士有着重要影响，尤其对南北朝时期门阀士族而言，符合他们既沉醉于奢靡享乐的私欲生活又期待摆脱浮华的矛盾需求，受到了追捧欢迎。全经想象丰富，情节极具戏剧性，多处描绘神通之力，有"借座灯王""男女转像""请饭香积"等奇特构想片段，这些神异奇能为中土志怪、传奇及其他作品创作提供了借鉴和素材。经文说法亦善用譬喻，形象且贴切，如"天女散花"中把花是否粘在衣服上比喻是否有"分别妄想"，花掉落发生在菩萨们身上，因为他们断触妄想一视同仁，而小乘声闻弟子用尽各种神通也不能使花掉落，则因有分别想，受外界五欲淫乐之扰。以视觉能见的形象比喻，把宣传大乘佛教思想，批判小乘佛教片面的主题表达得淋漓尽致。经中语言精练，修辞方法多样，且富于形象表现，将"不可思议"之佛法意旨描摹出来。

上述佛教典籍，都是佛教宣传教义的经典，汉译的过程不仅推动了典籍在中土的传播，在思想、文化交流中也具有重要意义，其中具有文学价值或者本身就可视为优秀文学作品的故事，对中国文学的发展起到了不可忽视的作用。中国本土的僧徒或居士在习佛弘法过程中，充分利用丰富的文学体裁和生动形象的文学样式，宣扬佛教义理，多方面表现佛教思想和文化，表达对佛教的崇信和礼敬之情。富有强烈文学色彩的佛经故事及寓言，与中土志怪小说特征不谋而合，随着佛教文化的普及和兴盛，佛典文学和佛经故事自然渗透进志怪小说中，创作者亦借鉴佛教资源，令志怪小说发展蔚为壮观，尤其到南朝时期出现大量"释氏辅教小说"，以志怪小说的面貌弘扬佛法以示释家观念。从两汉之际到明清，诗歌、小说、戏曲、散文等无不与佛教有着密切的关系，中国佛教文学成就巨大，在古代文学中占据着重要地位。

第三节　社会各阶层对佛教的容受

佛教从汉魏之际借助玄学得到广泛传播，形成玄、佛合流之势，随着佛教般若思想在中土扎下根来，中国佛学走上了相对独立的发展之路，玄学逐渐丧失了独占鳌头的思想领导地位，儒学受到来自玄、佛的冲击后也未能回到主导文化统领地位，佛教成了中土社会最受瞩目、最具影响力的宗教文化。佛教的迅猛发展与帝王的倡导、士人的研究发扬、广泛的民间信仰有着密不可分的关系。帝王普遍尊崇佛教、礼遇高僧，他们对佛教的需求和支持，是促使佛教在中土社会从上到下全面推广的重要原因之一。[①] 同时，士族文人对佛学有着浓厚的研究兴趣，从玄学清谈转向进一步研习佛教思想，与高僧交游学佛，亦起到极大的推动佛教传播的作用，令佛教文化逐

---

① 汤用彤：《汉魏两晋南北朝佛教史》，中华书局，2016，第130页。汤用彤指出："及至哀帝，复崇佛法。深公、道林，复莅京邑。虽留驻不久，然废帝、简文之世，佛法清谈复极为时尚。溯自元、明重名理，而潜、遁见重。成帝之世清谈消歇，而名僧东下，清流之中心乃在会稽一带。及哀帝后，而佛法清言不盛于朝堂。由此而名僧名士相互关系，益可见矣。至若孝武帝以后，则南方佛学受道安、罗什之影响。晋末道安弟子慧远，为国之望。"

魏晋南北朝志怪小说的佛教元素

步浸入中土世俗世界，成为民众日常生活和精神信仰中重要的组成部分。

一 帝王的支持与倡导

魏晋南北朝时期佛教迅速发展得益于帝王的支持与倡导，众多统治者崇信佛法，不仅在精神上支持佛教发展，还在行动上大力扶持佛教宣扬。

帝王崇佛主要表现在礼遇名僧，敬重高僧大德，与之密切交往。《世说新语·方正》记录："晋元、明二帝，游心玄虚，托情道味，以宾友礼待法师。王公、庾公倾心侧席，好同臭味也。"[①] 帝王宰相皆以礼相待。《高僧传》载："钦其风德，友而敬焉。建武太宁中，（竺）潜恒著屐至殿内，时人咸谓方外之士，以德重故也。"[②] 高僧大德令人钦佩，人们皆以礼相待。宋高祖刘裕在称帝前就同僧人多有结交，屡次恳请智严、慧严随行[③]；对慧观"倾心待接，依然若旧"[④]；对慧义"礼遇弥深"[⑤]；极为敬重慧远，称赞其高尚的德行并给予物资支援[⑥]；对德才兼备的僧尼亦为敬重[⑦]。由此可见其对佛僧、佛教的敬仰和重视。宋孝武帝刘骏对高僧给予最高的敬重和

---

① 王根林等校点《汉魏六朝笔记小说大观》，上海古籍出版社，1999，第843页。
② （梁）释慧皎撰，汤用彤校注，汤一玄整理《高僧传》，中华书局，1992，第156页。
③ （梁）释慧皎撰，汤用彤校注，汤一玄整理《高僧传》，中华书局，1992，第99、261页。恳请智严："晋义熙十三年，宋武帝西伐长安……至严精舍……心敬其奇……延请还都……屡请肯至。"恳请慧严："高祖素所知重……要与同行……帝苦要之，遂行。"
④ （梁）释慧皎撰，汤用彤校注，汤一玄整理《高僧传》，中华书局，1992，第264页。
⑤ （梁）释慧皎撰，汤用彤校注，汤一玄整理《高僧传》，中华书局，1992，第266页。
⑥ （梁）释慧皎撰，汤用彤校注，汤一玄整理《高僧传》，中华书局，1992，第216页。原文："宋武曰：'远公世表之人，必无彼此。'乃遣使赍书致敬，并遗钱米，于是远近方服其明见。"
⑦ （梁）释宝唱著，王孺童校注《比丘尼传校注》卷第二《东青园寺业首尼传》，中华书局，2006，第97页。

财力上的支持①,按照王公的标准给高僧道安发放俸禄②,赞颂竺法潜③、竺法汰④大德,为其拨付巨额丧葬费用。南朝王室崇佛之风盛行,诸王从幼年就受之影响,汤用彤曾列出南朝诸王近佛之人四十余位⑤,他们或虔诚奉佛,或与高僧交往。十六国北方崇佛的君王亦重视佛教、敬重高僧。后赵的石勒器重佛图澄,"事澄弥笃","益加尊重,有事必咨而后行,号大和上"⑥;暴君石虎宠信佛图澄并受其诸多教化。前秦世祖苻坚视道安为"神器"⑦,视鸠摩罗什为"国宝"⑧。后秦姚兴迎请罗什入关,"兴待以国师之礼,甚见优宠。晤言相对,则淹留终日,研微造尽,则穷年忘倦"⑨。

---

① (唐)房玄龄等撰《晋书》卷九《帝纪》,中华书局,1974,第231页。原文:"帝初奉佛法,立精舍于殿内,引诸沙门以居之。"
② (梁)释慧皎撰,汤用彤校注,汤一玄整理《高僧传》,中华书局,1992,第181页。"(释道)安在樊沔十五载,每岁常再讲《放光波若》,未尝废阙。晋孝武皇帝,承风钦德,遣使通问,并有诏曰:'安法师器识伦通,风韵标朗,居道训俗,徽绩兼著。岂直规济当今,方乃陶津来世。俸给一同王公,物出所在。'"
③ (梁)释慧皎撰,汤用彤校注,汤一玄整理《高僧传》,中华书局,1992,第157页。竺法潜卒于宁康二年,孝武帝下诏:"烈宗孝武诏曰:'深法师理悟虚远,风鉴清贞,弃宰相之荣,袭染衣之素。山居人外,笃勤匪懈,方赖宣道,以济苍生,奄然迁化,用痛于怀。可赙钱十万,星驰驿送。'"
④ (梁)释慧皎撰,汤用彤校注,汤一玄整理《高僧传》,中华书局,1992,第193页。烈宗孝武诏曰:"汰法师道播八方,泽流后裔,奄尔丧逝,痛贯于怀。可赙钱十万,丧事所须,随由备办。"
⑤ 汤用彤:《汉魏两晋南北朝佛教史》,中华书局,2016,第326页。
⑥ (梁)释慧皎撰,汤用彤校注,汤一玄整理《高僧传》,中华书局,1992,第348页。
⑦ (梁)释慧皎撰,汤用彤校注,汤一玄整理《高僧传》,中华书局,1992,第181页。原文为:"时苻坚素闻安名,每云:'襄阳有释道安,是神器,方欲致之,以辅朕躬。'后遣苻丕南攻襄阳,安与朱序俱获于坚,坚谓仆射权翼曰:'朕以十万之师取襄阳,唯得一人半。'翼曰:'谁耶?'坚曰:'安公一人,习凿齿半人也。'既至,住长安五重寺,僧众数千,大弘法化……坚敕学士内外有疑,皆师于安。"苻坚攻占襄阳迎取道安和史学家习凿齿,习凿齿因有脚疾被称"半人",称呼"安公一人",对比之下流露出苻坚对道安的敬重之情。
⑧ (梁)释慧皎撰,汤用彤校注,汤一玄整理《高僧传》,中华书局,1992,第49~50页。苻坚派吕光攻打西域,临行前嘱托吕光带回鸠摩罗什:"夫帝王应天而治,以子爱苍生为本,岂贪其他而伐之乎,正以怀道之人故也。朕闻西国有鸠摩罗什,深解法相,善闲阴阳,为后学之宗,朕甚思之。贤哲者,国之大宝,若克龟兹,即驰驿送什。"
⑨ (梁)释慧皎撰,汤用彤校注,汤一玄整理《高僧传》,中华书局,1992,第52页。

魏晋南北朝志怪小说的佛教元素

帝王崇佛最突出的表现为邀请高僧讲经说法，共同探究佛教义理。晋哀帝邀请支道林"讲《道行波若》，白黑钦崇，朝野悦服"①，请竺法潜"讲《大品》，上及朝士并称善焉"②，请于法开"出京讲《放光经》，凡旧学抱疑，莫不因之披释，讲竟，辞还东山。帝恋德殷勤，饯钱绢及步舆，并冬夏之服，谢安、王文度悉皆友善"③。高僧对佛经的精妙言说，解开了众人疑虑，他们多受皇室供养。简文帝精研佛理，④他认为修佛可以陶冶心智、增长智慧，给人以精神寄托，并非将登峰造极以成佛作为唯一目标。他身体力行，邀请并亲自聆听竺法汰讲《放光经》，⑤其嗜佛行为影响到群臣和百姓的行止。宋文帝倚重佛学修养深厚的高僧，赞许慧严、慧观⑥二僧的才学和对佛经义理的精妙思辨，视其为佛学大师，将其比作高僧支遁、名士许询。⑦慧观推荐道生弟子道猷讲"顿悟之义"，文帝亦"大集义僧"，关注佛教义理探究层面，渐成为风尚。据《高僧传》《比丘尼传》载，文惠太子萧长懋和竟陵王萧子良敬重名僧，与二十余位名僧往来，常邀请讲经说法。萧子良"敬信尤笃，数于邸园营斋戒，

---

① （梁）释慧皎撰，汤用彤校注，汤一玄整理《高僧传》，中华书局，1992，第161页。
② （梁）释慧皎撰，汤用彤校注，汤一玄整理《高僧传》，中华书局，1992，第156页。
③ （梁）释慧皎撰，汤用彤校注，汤一玄整理《高僧传》，中华书局，1992，第168页。
④ 王根林等校点《汉魏六朝笔记小说大观》，上海古籍出版社，1999，第814页。《世说新语》载："佛经以为祛练神明，则圣人可致。简文云：'不知便可登峰造极不？然陶练之功，尚不可诬。'"此条刘孝标注云："释氏经曰：'一切众生，皆有佛性。但能修智慧，断烦恼，万行具足，便成佛也。'"
⑤ （梁）释慧皎撰，汤用彤校注，汤一玄整理《高僧传》，中华书局，1992，第193页。"帝亲临幸，王侯公卿，莫不毕集。汰形解过人，流名四远，开讲之日，黑白观听，士女成群。"
⑥ （梁）释慧皎撰，汤用彤校注，汤一玄整理《高僧传》，中华书局，1992，第264页。慧观赴宴："（文帝）命观与朝士赋诗。观即坐先献，文旨清婉，事适当时。"
⑦ （梁）释慧皎撰，汤用彤校注，汤一玄整理《高僧传》，中华书局，1992，第262页。"慧严传"云："帝自是信心乃立，始致意佛经。及见严、观诸僧，辄论道义理。时颜延之著《离识观》及《论检》，帝命严辩其同异，往复终日。帝笑曰：'公等今日，无愧支、许。'"

大集朝臣众僧，至于赋食行水，或躬亲其事，世颇以为失宰相体。劝人为善，未尝厌倦，以此终致盛名"①。注《遗教经》，著《维摩义略》《杂义记》等，以探讨佛教义理为主。

帝王崇佛还表现为在行动上积极支持建立佛寺、造像、绘制佛像等诸多事佛活动。西晋世祖武皇帝"大弘佛事，广树伽蓝"，晋惠帝造兴胜寺，晋愍帝造通灵、白马二寺，东晋元帝修建康白马寺②，造瓦官寺、龙宫寺，明帝造皇兴、道场二寺③，皆集僧者百千。晋明帝尤善画佛像，"手画如来之容，口味三昧之旨"④，至成帝时画作仍保存完好，欲作颂弘扬佛法灵验⑤。齐武帝萧赜在遗诏中做了事佛要求："显阳殿玉像诸佛及供养，具如别牒，可尽心礼拜供养之。应有功德事，可专在中。"⑥南朝佛教发展的高峰是在梁武帝萧衍时期，梁武帝中年改奉佛教，四次舍身出家，注重僧律，主动受戒规，依《涅槃经》等佛典作《断酒肉文》，在法会中唱诵并制令实施。武帝广建佛寺和佛像，亲自举办法会，僧尼聚众常达万人。北魏文成帝即位后重振佛教，命昙曜为沙门统，开山造像，修建云冈石窟，广译佛经流通后贤。献文帝建永宁寺，造释迦像。孝文帝建思远寺、少林寺等。西魏诸帝崇佛，文帝造般若寺、大中兴寺，以兴佛法。

帝王崇佛一方面出于宗教信仰，另一方面多是由于政治上的需求。魏晋南北朝社会政治动荡，统治者为稳定社会局面，采用支持宗教发展的政策来虏获人心，将佛教作为维护自身统治的工具。宋

---

① （梁）萧子显撰《南齐书》卷四十《竟陵文宣王子良列传》，中华书局，1974，第700页。
② （唐）释道世著，周叔迦、苏晋仁校注《法苑珠林校注》，中华书局，2003，第1245页。
③ （唐）释道世著，周叔迦、苏晋仁校注《法苑珠林校注》，中华书局，2003，第2889页。
④ （南朝梁）僧祐撰，李小荣校笺《弘明集校笺》卷第十二《与释道安书》，上海古籍出版社，2013，第639~640页。
⑤ （唐）房玄龄等撰《晋书》卷七十七《蔡谟列传》，中华书局，1974，第2035页。原文："彭城王纮上言，乐贤堂有先帝手画佛像，经历寇难，而此堂犹存，宜敕作颂。"
⑥ （梁）萧子显撰《南齐书》卷三《武帝纪》，中华书局，1974，第62页。

魏晋南北朝志怪小说的佛教元素

高祖刘裕出身寒门庶族,不善世家大族之清谈,为此从佛教中寻求助力提升修养,以调和与士族门阀之间的关系。《高僧传·释慧义传》载晋安帝时,法称道人临终告诉弟子"嵩高灵神云,江东有刘将军,应受天命"①,《南史》《建康实录》亦记载,此条疑为刘裕篡位时假口于僧徒的符瑞,可见其对佛教的重视和运用。宋文帝认为:"若使率土之宾,皆纯此化,则吾坐致太平,夫复何事?"② 在其视野中,佛教的社会功能是可以教化百姓,实现天下太平,突出地表现了政治统治需要佛教,佛教亦可辅佐政权以达稳固。在北魏,政治活动与佛教发展不无关系,且两者相互作用。道武帝"好黄老,颇览佛经"③,礼敬名僧,天兴元年建造佛塔寺院。明元帝"令沙门敷导民俗",下诏礼请法果为道人统,总领僧徒,法果谓道武帝:"即是当今如来,沙门宜应尽礼……我非拜天子,乃是礼佛耳。"④ 对道武帝的赞誉和对皇权政治的依附远超以往,佛教发展与政治统治互相利用。佛家弟子深知佛教若要在中土发展起来,需要帝王的认可。释道安有言"不依国主,则法事难立",是指当时北方战乱,佛教的传播必须依附国君,这是不得已采用的方式,但也反映出鉴于现实社会环境和佛教兴盛程度,借助统治集团的重视和支持有利于弘佛之事顺利开展。可以说,皇室的佛教信仰及其政治态度是魏晋南北朝佛教快速发展的有力支撑。

帝王对佛教崇敬之心强烈,甚至多次出现佞佛情况,由此产生诸多流弊,但当佛教对皇权统治及政治生命构成威胁时,统治者会对佛教毫不留情地排斥。佛教快速发展令其社会影响力越来越大,也出现了很多问题,国家大力支持佛教导致国库空虚,寺院僧人经济强盛且干政现象频现,寺院成为躲避劳役的百姓和逃犯的避难所,

---

① (梁)释慧皎撰,汤用彤校注,汤一玄整理《高僧传》,中华书局,1992,第266页。
② (南朝梁)僧祐撰,李小荣校笺《弘明集校笺》卷第十一《何令尚之答宋文皇帝赞扬佛教事》,上海古籍出版社,2013,第576页。
③ (北齐)魏收撰《魏书》卷一百一十四《释老志》,中华书局,1974,第3030页。
④ (北齐)魏收撰《魏书》卷一百一十四《释老志》,中华书局,1974,第3031页。

等等,① 因此佛教与皇权政治之间的矛盾,与儒家、道教等传统思想的分歧也愈发突出。北魏太武帝和北周武帝都发动过排佛运动,不同于南朝"纯用笔舌,以义理较长短。北朝则于其开始即用威力,作宗教之斗争"②。北魏太武帝初奉佛教,后受到寇谦之等人影响转奉道教,排斥佛教,佛道斗争后来变为毁佛运动。北周取代西魏,国土覆盖区域从晋代以来就奉佛,周武帝在位初期也重视佛教,常与僧人讨论佛理。随着佛教流弊日多,皇帝渐有毁法灭道之意,当时佛道二教均遭到禁灭,经像皆烧,寺塔俱毁,僧尼或逃匿山林或被遣还俗。周武帝以儒家正统思想为工具,重新巩固封建阶层秩序,实现政局统一稳定。但这些短暂的排佛活动没有彻底毁灭佛教在中土的发展根基,太武帝和周武帝死后,即位者逐渐复兴佛教,至杨坚建隋,佛教进入了全新的发展时期,至唐代出现了全盛面貌。

综上可知,佛教在魏晋南北朝能够加速发展,最重要的原因就是这时期帝王的笃信和大力支持。历朝帝王通过各种形式和渠道崇尚佛教,亲身事佛,一方面是其深感佛法精奥、沉浸其中,另一方面是出于政治需求,借助佛教治理国家,稳定社会形势。然而作为外来宗教,佛教不可避免要面对种种冲突,当佛教价值与国家利益相一致时,统治者大力弘扬,但如果与之背道而驰,佛教则遭受排挤和打压。尽管儒学的统治地位发生了动摇,但其依然保持巨大的影响力,儒学思想和国家政权制度与佛教的矛盾一直存在,只是时而趋于缓和,时而紧张尖锐。佛教以其强大的生命力,在每一次被统治者遏制后都能实现复兴,调适在中土生存和发展方式。

---

① (南朝梁)僧祐撰,李小荣校笺《弘明集校笺》卷第十二《庐山慧远法师与桓玄论料简沙门书》,上海古籍出版社,2013,第701~702页。原文:"佛所贵无为,殷勤在于绝欲,而比者陵迟,遂失斯道。京师竞其奢淫,荣观纷于朝市;天府以之倾匮,名器为之秽黩。避役钟于百里,逋逃盈于寺庙;乃至一县数千,猥成屯落。邑聚游食之群,境积不羁之众。其所以伤治害政,尘滓佛教,固已彼此俱弊,实污风轨矣。"

② 汤用彤:《汉魏两晋南北朝佛教史》,中华书局,2016,第357页。

二 士人深厚的佛学修养

（一）士人佛学义理的修成

魏晋南北朝时期，士人广修佛教内典，对佛学义理有深层次的探究，好与名僧交往，接纳释家学说论点，且善于融入儒学传统，或以老庄视角审视，亦多著书立作，体现出深厚的佛学修养，对于推动佛教繁荣和促进佛理传播不无作用。

士人广交高僧，习得佛法、领悟精神，所言观点受到佛学影响。与东晋高僧支道林交游的名士有王洽、刘恢、殷浩、许询、郗超、孙绰、王修、何充、王坦之、袁宏、王羲之、谢安、王濛等；竺法义"辞深出京，复大开讲席，王导、孔敷并承风敬友"[1]；"王弘、范泰、颜延之，并挹敬风猷，从之问道"[2]，敬仰竺道生进而论道。士族文人为高僧人品、学识及才智风范所倾倒，不仅赞赏叹服，更乐于与之亲近，士人在与僧者谈经论道中深感领会了佛法的精要。面对士人提问，高僧又能生发新义，如此往复交流如沐浴流泉不曾枯竭，士人得以洗礼心灵，多添佛家智慧和气质。

士人与高僧交往最重要的活动就是探讨佛教义理。《世说新语·文学》载："支道林、许掾诸人共在会稽王斋头。支为法师，许为都讲。支通一义，四坐莫不厌心。许送一难，众人莫不抃舞。但共嗟咏二家之美，不辩其理之所在。"[3] 原注云，《高逸沙门传》曰"道林时讲《维摩诘经》"，乃大乘般若经典，是当时名士常研讨的般若学典籍，会稽王即后来简文帝，士人若能在他面前大展才华，"一登龙门，身价十倍"[4]，这也可视为名士重视清谈、积极研究的一个原因。在引文中可见一义一难，支道林与许询两人佛学造诣不分上下，

---

[1] （梁）释慧皎撰，汤用彤校注，汤一玄整理《高僧传》，中华书局，1992，第172页。
[2] （梁）释慧皎撰，汤用彤校注，汤一玄整理《高僧传》，中华书局，1992，第256页。
[3] 王根林等校点《汉魏六朝笔记小说大观》，上海古籍出版社，1999，第813～814页。
[4] 汤用彤：《汉魏两晋南北朝佛教史》，中华书局，2016，第131页。

道林应对自如，许询发问亦有深度，在座听者无不全神贯注。这样的辩理讨论展现了士人风采，然而佛法深微，并非单次可具解，支道林讲三乘归一，在座众人皆可理解，然"支下坐，自共说，正当得两，入三便乱。今义弟子虽传，犹不尽得"①，也敦促了名士及众者继续研习佛法。

士人研习佛法主要选择精读佛典。《世说新语》中有多条记载了东晋名士殷浩研读佛经之事：

> 殷中军读《小品》，下二百签，皆是精微，世之幽滞。尝欲与支道林辩之，竟不得。今《小品》犹存。②

> 殷中军被废，徙东阳，大读佛经，皆精解。唯至"事数"处不解。遇见一道人，问所签，便释然。③

殷浩早年清高、尚玄学，曾隐居十年不做官，入仕后顺遂，后因北伐兵败遭桓温弹劾，被贬为庶人流放东阳。此后殷浩开始研习佛典，佛法同玄学有着同等难度的精微义理，深深吸引了这位"能言名理"的名士。殷浩亦是潜心修习，虚心请教。郗超在同谢安讨论支道林佛法水平时，取名士与之对比："又问：'何如殷浩？'安曰：'亹亹论辩，恐殷制支，超拔直上渊源，浩实有惭德。'"④ 尽管是赞许支道林，但也足见殷浩的佛学实力得到普遍认可。

士人亦参与佛典翻译活动。在佛经初传时期，佛典翻译尚未形成规模，一些长于佛理的士人积极投身参译。佛教在家弟子聂成远、聂道真父子协助竺法护译经，"护公出经，多参正焉"⑤，又自行翻译数十部典籍。竺叔兰居士翻译《放光般若经》《异维摩诘经》《首

---

① 王根林等校点《汉魏六朝笔记小说大观》，上海古籍出版社，1999，第813页。
② 王根林等校点《汉魏六朝笔记小说大观》，上海古籍出版社，1999，第814页。
③ 王根林等校点《汉魏六朝笔记小说大观》，上海古籍出版社，1999，第818页。
④ （梁）释慧皎撰，汤用彤校注，汤一玄整理《高僧传》，中华书局，1992，第161页。
⑤ （梁）释僧祐撰，苏晋仁等点校《出三藏记集》，中华书局，1995，第519页。

楞严经》等，还有陈士伦、孙佰虎、虞世雅等人"执笔详校"典籍，他们大多善梵音通佛理，尽译经之致，同时译经事业又助其提升了佛学修养。随着佛教进一步盛行，更多的王室贵族和士族官僚加入支持翻译的队伍中，使得佛经翻译加快了速度。由此一部分士人把精力投入到研习佛理中，他们倾心于佛教义理，精研传授佛典，撰写了诸多佛学论著，著名的有谢灵运的《辩宗论》、宗炳的《明佛论》、郗超的《奉法要》《明感论》、孙绰的《道贤论》《喻道论》、颜延之的《通佛影迹》等。

（二）士人崇佛形成文学集团

同其他宗教一样，佛教在中土的蓬勃发展有赖于民间信仰，在修行实践中佛教信仰与其他各种宗教要素如观念、情感等一并对信徒产生作用，使其参与各类佛教活动，佛教信仰成为佛教意识中最闪耀的要素。魏晋南北朝时期，随着帝王兴佛、百姓奉佛、皈依之风大行，一些士族名门除了在佛法义理中精研论述，也格外注重修行实践，如供养往来沙门、造经造像、抄写经文传诵等，起到宣教辅教的作用。在实践修行中佛教信仰渗透至文人名士的情感和思想层面，使得其文学创作和艺术表现也发生了相应变化。

在魏晋南北朝时期，名士的文学活动不仅是个人行为，还呈现集体性活动特点。具有相同志向、共同审美趣味的大量文人常常聚集在一起，吟诗唱和、互通观念、交流创作，由此出现了诸多文学集团，并且在他们的活动中呈现出佛教思想渗入融合的特征。

代表性的有庐山慧远文学集团，其与众不同之处在于集团核心是著名高僧慧远，其他集团核心则都是士者文人。慧远入住庐山东林寺传法后，弟子甚众，是当时影响最大的僧团，同时还吸引了一批俗家弟子，不乏文人名士，有刘遗民、雷次宗、周续之、宗炳、毕颖之等人。刘遗民隐居庐山后同慧远研究僧肇《般若无知论》，撰写"白莲社"发愿文，著有《释心无义》；雷次宗精通佛理，追随慧远二十余年，著有《略说丧服经传》，晚年为皇室讲述《丧服经》；周续之，通儒道，倾心修佛，著《难〈释疑论〉》；宗炳著《明佛论》，详尽阐发了佛教生死轮回和因果报应说，是对慧琳《白黑论》所引发的崇佛反佛争论的积极回应，是当时颇具影响力的文章。庐山慧远文学集团，其形成之初就具有宗教性质，士者文人皆拜慧远为师，常年隐居在庐山寺所，所著文章均为佛法传义提供支撑，并把文学创作视为佛教信仰的一种实践方式。

皇室出身的藩王，为了拉拢士族，获得广泛支援，大力招聚文学之士，编著和撰写崇佛奉道的文章著作。临川王刘义庆"性简素，寡嗜欲，爱好文义，才词虽不多，然足为宗室之表。受任历藩，无浮淫之过"①，当时名流如袁淑、陆展、何长瑜、鲍照等皆罗致于幕中。撰有《徐州先贤传赞》《江左名士传》《世说新语》《宣验记》《集林》《幽明录》等。因刘宋诸王皆奉佛，著作文章多为宣扬佛法教义，尤其是幕下众人编著的《宣验记》，集录大量生动形象的志怪故事，融汇了生死轮回、因果报应的佛家观念，弘扬敬佛得福报、不奉受惩、佛法慈悲为怀等主旨，被视作"释氏辅教之书"，把佛教理论与文学创作紧密地连接在一起。庐陵王刘义真"聪明爱文义，而轻动无德业。与陈郡谢灵运、琅邪颜延之、慧琳道人并周旋异常，云得志之日，以灵运、延之为宰相，慧琳为西豫州都督"②。颜延之针对何承天在著文《达性论》中反对佛教的报应转生论——"生必有死，形毙神散"③——提出了反驳，他认为人不同于草木，死后"精灵必在"当"受形"④，是对"神不灭"的肯定。与颜延之一同进行辩论的还有宗炳，宋文帝评此事为："颜延年之折达性，宗少文之难白黑论，明佛法汪汪，尤为名理，并足开奖人意。"⑤ 对二人文论评价甚高，强调其给人带来启迪。此外，南齐时以竟陵王萧子良为核心的"竟陵八友"构成了西邸文学集团。萧子良好广结良才，

---

① （梁）沈约撰《宋书》卷五十一《刘义庆传》，中华书局，1974，第1477页。
② （梁）沈约撰《宋书》卷六十一《庐陵孝献王义真传》，中华书局，1974，第1635～1636页。
③ （南朝梁）僧祐撰，李小荣校笺《弘明集校笺》卷第四《何承天达性论》，上海古籍出版社，2013，第192页。
④ （南朝梁）僧祐撰，李小荣校笺《弘明集校笺》卷第四《释何衡阳达性论》，上海古籍出版社，2013，第196页。
⑤ （南朝梁）僧祐撰，李小荣校笺《弘明集校笺》卷第十一《何令尚之答宋文皇帝赞扬佛教事》，上海古籍出版社，2013，第576页。

魏晋南北朝志怪小说的佛教元素

交游论道,"竟陵王子良开西邸,招文学,高祖(萧衍)与沈约、谢朓、王融、萧琛、范云、任昉、陆倕并游焉,号曰八友"①。这些人多为名士,萧子良崇尚佛学,由此八友成员与佛教联系紧密,纷纷著书立作,弘佛法精旨。萧子良著有佛学著作十六帙,统称为《齐太宰竟陵文宣王法集》,其中《净住子净行法门》引孔孟之教劝人奉佛为善。萧子良还创作了志怪小说集《冥验记》②作辅教之用,唐临评价此作"征明善恶,劝诫将来,实使闻者深心感悟"③,以佛家因果报应为基础,劝导世人奉佛受持。沈约著有《忏悔文》《八关斋诗》,赞赏精进修持者;他在同范缜关于神灭、神不灭的激战中撰写了《形神论》《神不灭》《难范缜神灭论》等文章,体现了其坚信的神不灭思想。任昉所撰志怪小说集《述异记》中有若干篇章反映当时佛家思想被广泛接受。西邸文学集团在宣扬佛教及文学活动与创作方面,注重融合汇通两者精髓。

这些文学集团与佛教有着紧密联系,具有以下几点特征:一是,共同的佛教信仰是集团内部相互联系、对外不断壮大的坚实基础。佛教在文人学士中渗透效果显著,特别是在南朝时期名士奉佛不仅探讨佛理道义,更在修行实践中弘佛奉献。为了修福避灾,士族们笃信佛教,竞相修建寺庙、供养沙门,更有舍宅为寺的风气。共同的宗教信仰使得文学集团成员在思想上形成强烈且牢固的共同认识,在文学活动中塑造了一致的、为宣佛服务的意识和行动力量。二是,文学集团在创作时,常以佛教教义、佛典内容、僧人逸事等为主题,作品多数为门下成员共同完成,且数量众多内容丰富,对于集团成员而言增加了相互切磋交流的机会,同时也增强了集团的聚集力。三是,在佛教信仰的指引下,在集团成员的共同努力下,创作出一系列文学作品,其中有本书讨论的专旨宣佛小说,也有的在诗、颂、

---

① (唐)姚思廉撰《梁书》卷一《武帝纪》,中华书局,1973,第2页。
② 李剑国:《唐前志怪小说史》,人民文学出版社,2011,第598页。载《法苑珠林》卷一〇〇《传记篇·杂集部》著录《宣明验》三卷,未著此书,疑《冥验记》即《宣明验》之别称。
③ (唐)唐临撰,方诗铭辑校《冥报记》,中华书局,1992,第2页。

赞、赋等多种文体中表达崇佛情感，构成了宗教意识强烈、艺术审美情趣浓厚、表现技巧多样娴熟、具有较强教化意味的佛教文学园地。相比单一的讲经说法，多样和生动文学形式所产生的效果显而易见。诚如饶宗颐就宗教与文化的特殊关系所言："宗教思想之与文学，就好像一物的内蕴与外廓互相依存着表里的关系。宗教必待文学而后有高度的表达，文学作品因时代而转移，必借宗教思想来充实它的内容。"[①] 宗教与文学是密不可分的关系。

三 广泛的民间佛教信仰

佛教东传，带来了深奥的宗教哲学，也引入了全新的宗教信仰。信仰可谓是宗教意识中最为活跃的因素，佛教信仰集中表现在世俗社会对佛、菩萨的信奉和崇拜，其以形象生动的方式向民众宣传佛和菩萨的神通广大、法力无边，能够满足民众的愿望，使其摆脱苦境，对民众的精神世界产生了强烈的感化作用。在一定程度上，佛教信仰也助力佛教理论在社会各阶层广泛且深入地流传，因果报应、三世轮回等思想观念以通俗的方式渗入人们的日常生活中，与民俗活动相结合，被民众在情感上热诚接受，在意识上认同接纳，浸润民众内心。

（一）神祇崇拜——以观音信仰的弘扬为例

唐道宣在《释迦方志》卷下言："自晋、宋、梁、陈、魏、燕、秦、赵，国分十六时经四百，观音、地藏、弥勒、弥陀，称名念诵，获其将救者，不可胜纪。"[②] 人们称诵四位菩萨名字，获得救助者不计其数。观世音菩萨信仰、地藏菩萨信仰、弥勒佛信仰、阿弥陀佛信仰，即是魏晋南北朝时期社会盛行的四种佛教信仰。

其中，观世音信仰影响深远且在中国佛教发展历程中具有重要意义，其集中体现了佛教的救济思想。观世音菩萨被视为最受民众

---

① 饶宗颐：《中国文化史上宗教与文学的特殊关系》，《饶宗颐二十世纪学术文集》卷五，新文丰出版公司，2003，第37页。
② （唐）道宣撰《释迦方志》，《大正新修大藏经》第51册，新文丰出版公司，1992，第972页。

崇拜的救世主，观世音信仰得以在中土之地广泛普及和弘扬，也推动了中国佛教民俗化进程。

观世音，为梵文"Avalokiteśvara"的汉化意译，也译为"光世音""现音声""观自在"，唐朝避太宗李世民讳或简称的缘故多称为"观音"，依据梵文本义，"观世音"意指观世间众生的声音，菩萨本身是观者。① 后秦僧肇引鸠摩罗什解释说"世有危难，称名自归，菩萨观其音声，即得解脱也"②。世间众生当遭遇危难时，只要称诵"观世音"的名字，神通无边的观世音菩萨就能够"观"到这个声音，解救黎民百姓，满足了民众对于救济的急切渴望。从东汉末年开始，中国社会进入了充满苦难的阶段，外戚专政、宦官弄权、连年战乱、南北分裂、各种阶级压迫和剥削，再加上自然灾害频发，广大人民时时感受切肤之痛，挣扎在生死边缘，朝不保夕，人们对社会制度失去了信心和依靠，社会中普遍存在对救济的强烈渴望。观音和观音信仰是印度早期大乘佛教发展的产物，在东渡汉地的过程中与中土当时社会情况相适应，在充满苦难和动荡的现实社会中使人们看到了生存和得救的希望。观世音菩萨犹如救世主一般，将陷入痛苦危难中的人们解救出来，给予人们极大的精神寄托，使其实现心灵解脱。因此，观世音和观音信仰在中国得以广泛传播，受到社会各阶层的欢迎，普及程度甚至超越了本土宗教。

关于观世音菩萨的典籍较多，普及最广泛的是《法华经·观世音菩萨普门品》。《法华经》今存三个版本，分别是西晋竺法护据西域胡本译的《正法华经》，后秦鸠摩罗什所译的《妙法莲华经》，隋代阇那崛多、达摩笈多根据印度梵文本共译的《添品妙法莲华经》。还有多部关于观世音的经籍，昙无竭译《观世音授记经》一卷，宋武帝时出；《观世音观经》一卷，宋孝武帝时出；法意译《观世音

---

① 孙昌武：《中国文学中的维摩与观音》，高等教育出版社，1996，第72页。孙昌武先生考证观世音译名的变化，认为"观"的主体被转译，生出众生"观"观世音可求解脱的观念，是中国人重现实的意识，是反映中土思想性格的变化。
② （后秦）僧肇撰《注维摩诘经》，《大正新修大藏经》第38册，新文丰出版公司，1992，第331页。

忏悔除罪咒经》一卷。此外,《出三藏记集》卷四失译杂经录有:《观世音求十方佛各为授记经》一卷,注抄;《观世音所说行法经》一卷,注咒经;《光世音经》一卷,注出《正法华经》或云《光世音普门品》;《观世音经》一卷,注出《新法华》;《请观世音经》一卷,注一名《请观世音菩萨消伏毒害陀罗尼咒经》;《观世音成佛经》一卷。至隋唐后期,随着密教传入,又出现了大量密教的观世音经典译著①,这些译典介绍了观世音菩萨形象的多种变形,有十一面观音、千手观音、马头观音、不空羂索观音、如意轮观音、准提观音等。观世音经的广译,足见观世音信仰在社会广大信徒中的流传速度和受欢迎程度。同时,中土也出现了多部以佛经方式撰述的典籍,被列为疑经②,疑经的大量产生,满足了广大教徒和信众的实际使用需求,也反映出社会中观世音信仰广泛扩展的趋势。

以观世音为代表的菩萨,以慈、悲、喜、舍四无量心对待众生,成为救济众生的神明。观音菩萨大慈大悲,怜悯众生,又具有能力使有情众生脱离苦海得乐,施无畏给危难众生。他还能显现不同形象,为众生说法。可以说,信仰观世音菩萨带给人们以精神的寄托和前行的力量。观音信仰在魏晋南北朝时期蔚然成风,它不仅通过经文的方式流传,还以各种形式转述。其中影响力最大的就是"观世音应验"的故事,即发生在"真实"主人公身上的"真实"故事,多为主人公身处生死边缘,心念观音名号,乞求得到菩萨救助,最终均获观音应验,摆脱困境。这些故事在今天看来多是编造的,但它们真实地反映了当时民众的内心渴求,生动记载了社会各阶层对观音菩萨普遍信仰的情况。

总之,观音信仰在魏晋南北朝时期影响范围不断扩大,它适应

---

① 包括北周耶舍崛多译《十一面观世音神咒经》、唐菩提流志译《千手千眼观世音菩萨姥姥陀罗尼身经》《不空羂索神变真言经》《如意轮陀罗尼经》、唐不空译《阿耶揭唎婆像法》《七俱胝佛母所说准提陀罗尼经》、唐阿地瞿多译《陀罗尼集经》等。
② 包括《开元释教录》卷十八录有《观世音三昧经》一卷、《高王观世音经》一卷、《观世音十大愿经》一卷、《弥勒下生观世音施珠宝经》一卷、《观世音咏托生经》一卷、《新观世音经》一卷、《日藏观世音经》一卷。

了中土社会的需要，成为佛教信仰和佛教教义中最受欢迎的部分，也推动了佛教思想弘扬，使之进一步浸入人心。

（二）事佛活动全面开展

民众在浓重的佛教文化的熏陶下，也全面开展事佛活动，采用的方式主要有供奉经像、抄写经卷、斋戒祝祠等实践性的宗教行为。

建造、供奉佛像是礼佛修行的重要途径，是信众虔诚膜拜的表现，也是表达美好心愿、积累功德的重要方式。山西平定开河寺石窟，第一窟龛内雕一佛二弟子像，龛左为世俗供养者题名，右侧乃开凿石窟的发愿文：

> 唯大齐河清二年岁次癸未二月朔十七日辛巳阿鹿交村邑，子七十人等敢□天慈隆厚，惠泽洪深，其唯仰凭三宝，可□咸思下述□心矣故知宝璧非随身之资，福林获将来之果，人等深识非常，敬造石室一区，纵旷东西南北上下五尺，中大佛、大菩萨、阿难、迦叶、八部神王、金刚力士，造德成就，佛法兴隆，皇帝陛下，臣僚百官，兵驾不起，五谷熟成，万民安宁，复愿七世父母，阖家眷属，边地众生，普蒙慈恩，一时成佛。[①]

文后有世俗供养人题名。发愿文清晰地表达了信众通过造像的形式祈求国泰民安、风调雨顺、家族幸福、最终成佛的美好心愿，供奉佛像是人们信仰激情的重要践行途径。

在南北朝时期，佛教造像凿窟掀起了狂热持久之风。尽管凿窟过程艰苦，历时漫长，耗资甚巨，却是佛教信仰和狂热崇拜的重要表达。现在保有的这一时期开凿或续建的多座著名石窟，所藏的历代经卷、文书、造像等文物典藏以及所存的壁画、碑刻、品类多样的窟形，共同构成了石窟艺术和石刻文化宝库。其中，新疆克孜尔千佛洞是古龟兹国非凡智慧和高超艺术的结晶；敦煌的莫高窟是世界上现存规模最大、保存最完整、内容最丰富的佛教艺术圣地；山

[①] 李裕群：《山西平定开河寺石窟》，《文物》1997年第1期。

西大同的云冈石窟，反映了不同历史时期佛教艺术风格演变轨迹；洛阳的龙门石窟，代表了中国石刻艺术的最高峰。大量建造的石窟，以石刻艺术雕刻了生动传神的佛群像，表达了佛国世界伟大的精神力量，是佛教说法的重要形式。各个石窟的开凿建设，既离不开皇室、僧徒的物力财力支持，又包含着无数民众的辛苦劳动。然而"造七级浮屠"之功德，恰好满足了民众渴望救济、寻求庇护的生存需求，这使得黎民百姓与佛教信仰再一次建立紧密的精神连接。

抄写经卷，是常见的一种奉佛之法，亦是积累功德的途径，在魏晋南北朝时期是较常见的佛教文化行为。从现存的敦煌发愿文来看，写经题记涉及多部佛经，无论抄写哪部佛经，都是希望通过这种方式，使亡者脱离苦痛、获得解脱、早成正觉，愿生者安居乐业、社会平稳无恶。下面录三则。

第一则，郭法姬写《大般涅槃经》题记：

夫晓雾连□，昏势极于初晖；缠使蔼蔼，交事穷于慧日。故能仁耀影，以光益为首；科圣尊道，以三慧为目。以是弟子郭法姬，抑感慈训，府自克厉。抑为亡夫杨群豪，敬写《大般涅槃经》一部。冀使三乘正观，四趣同归。谨缘此福，愿使姬身延算现辰，福闰将加，道心日进，普及含生，齐正觉。①

第二则，北周天和三年为亡比丘写《金光明》经题记：

为亡比丘龙泉窟主永保敬写《金光明》一部、《胜鬘》一部、《方广》一部。愿亡者托生佛国，面奉慈颜，苌永三途，永与苦别。生生之处，遇善知识，发菩提心。普及含生，早成佛道。②

---

① 黄征、吴伟编校《敦煌愿文集》，岳麓书社，1995，第862页。
② 黄征、吴伟编校《敦煌愿文集》，岳麓书社，1995，第843页。

魏晋南北朝志怪小说的佛教元素

第三则，西魏大统十七年司马丰祖写《十方佛名》经题记：

> 夫真容常湛，妙尽事为之表；旨理虚凝，寂绝言想之外。故能道罩三有，德逾众望；明几察感，隐显冥会。假形声以接化，随方类以济物。使耳目之徒借确义超悟于真原，寻微言玄契于法本。是以白衣弟子祀马部司马丰祖，自惟宿曡弥深，生遭末运；若不归依三尊，凭援圣典，则长迷二谛，沉沦四流。故割舍所资，敬写《十方佛名》一卷。愿现家安隐，居眷宁泰；百恶冰消，万善集延。及七生所生尊亲，游神净刹，面奉慈颜。朝食法味，夕证无生。普同一切含生，等均常乐。①

上述三则写经题记后半部分，都表达了发愿的内容，可见抄写经卷积累福业、获得福报，已经成为民众共同的信念。

僧人守戒，在家信徒亦要遵从戒律和奉佛修行的方法。《大智度论》言："白衣居家，受世间乐，兼修福德，不能尽行戒法，是故佛令持五戒。"② 五戒是佛家弟子必须遵守的，在家信徒也同样如此。其包括不杀生戒、不偷盗戒、不邪淫戒、不妄语戒、不饮酒戒，这五戒是佛教最基本的戒律。《妙法莲华经玄义》引《提谓经》云"五戒为诸佛之母"③。五戒是所有佛教戒律的基础，是大小乘戒法的根本，持五戒能防止恶业生成，持守五戒做到一切善行，则成就五大施。④ 在五戒的基础上，又发展出"八戒"，增加了"不坐高大床上，不著花璎珞、不香涂身、不著香薰衣……不自歌舞作乐，亦

---

① 黄征、吴伟编校《敦煌愿文集》，岳麓书社，1995，第832页。
② （后秦）鸠摩罗什译《大智度论》，《大正新修大藏经》第25册，新文丰出版公司，1992，第158页。
③ （隋）智顗撰《妙法莲华经玄义》，《大正新修大藏经》第33册，新文丰出版公司，1992，第804页。
④ （隋）智顗撰《法界次第初门》，《大正新修大藏经》第46册，新文丰出版公司，1992，第670页。原文："五戒者天下大禁忌……五戒是一切大小乘尸罗根本。若犯五戒，则不得更受大小乘戒也。若能坚持，即是五大施也。此五通名戒者，以防止为义。能防恶律仪无作之非，止三业所起之恶，故名防止。"

不往观听"①三戒,受持八戒的时间称为"斋日",通常一日一夜持戒,在斋日要"不过中食",这样修为被称为"持斋",受戒持斋的一套活动称为"八关斋"。郗超在《奉法要》中提到家信徒在斋日要遵守的相关要求:"斋日唯得专惟玄观,讲颂法言。若不能行空,当习六思念。六思念者:念佛,念经,念僧,念施,念戒,念天。"②奉行八关斋,能够止恶扬善,功德无限。奉持八关斋乃积累功德,远恶亲善,来世投生尊贵,能脱离三恶道轮回之苦,诸漏皆尽,达成涅槃境界,成佛道。③八关斋这一佛教仪式,令信徒在斋戒期间,通过离物静心、诵经念佛、观心思索等方式达到深悟佛法。高僧、名士常持八关斋戒,斋戒后写下不少诗篇,如沙门名士支遁的《八关斋诗三首》。他在诗序中提及与何充共同举行八关斋,共有"道士白衣"二十四人,斋事氛围"清和肃穆,莫不静畅"④,三首诗描写了沐浴、静思、诵经、忏悔等斋事的多个方面,形象地展示了"静拱虚房,悟外身之真"⑤的斋戒过程。此外还有支遁的《五月长斋诗》、谢庄的《八月侍华林曜灵殿八关斋诗》、沈约的《八关斋诗》等,可见修持八关斋已是当时常见的宗教习俗,是僧俗信奉者共同的宗教实践。

事佛活动规模最为盛大、信众的宗教信仰体现最为突出的当数浴佛节。浴佛节是纪念佛陀诞辰的仪式,关于诞辰日的记载不一,中土浴佛节多为四月八日,部分地区在二月八日、腊八。《过去现在

---

① (后秦)鸠摩罗什译《大智度论》,《大正新修大藏经》第25册,新文丰出版公司,1992,第159页。
② (南朝梁)僧祐撰,李小荣校笺《弘明集校笺》卷第十三《奉法要》,上海古籍出版社,2013,第712页。
③ (东晋)瞿昙僧伽提婆译《增一阿含经》,《大正新修大藏经》第2册,新文丰出版公司,1992,第625~626页。原文:"奉持八关斋法,不堕三恶趣。持是功德,不入地狱、饿鬼、畜生八难之中,恒得善知识,莫与恶知识从事……持八关斋离诸苦者,得善处者,欲得尽诸漏入涅槃城者,当求方便……人中荣位不足为贵,天上快乐不可称计。"
④ (唐)道宣撰《广弘明集》,《大正新修大藏经》第52册,新文丰出版公司,1992,第350页。
⑤ (唐)道宣撰《广弘明集》,《大正新修大藏经》第52册,新文丰出版公司,1992,第350页。

因果经》卷一载，佛陀出生时，难陀和优波难陀龙王吐一温一凉清净水为其灌洗，因此佛诞日举行象征性活动，以香水灌洗佛像，礼拜佛祖，以示庆祝和供养。同时，行像仪式也必不可少，行像又称巡城、行城，即以车辇载佛像，绕城以巡，众人礼敬，祈福求安。《洛阳伽蓝记》记录了行像盛况："长秋寺……四月四日，此像常出，辟邪师子导引其前。吞刀吐火，腾骧一面；采幢上索，诡谲不常，奇伎异服，冠于都市。像停之处，观者如堵，迭相践跃，常有死人。"[①] 观像礼佛之人众多，常出现踩踏亡人事故，在节日当天还有幻术、杂耍等表演，热闹非凡。另如："昭仪尼寺……寺有一佛二菩萨，塑工精绝，京师所无也。四月七日，常出诣景明，景明三像恒出迎之，伎乐之盛，与刘腾相比。"[②] "宗圣寺，有像一躯，举高三丈八尺，端严殊特，相好毕备，士庶瞻仰，目不暂瞬。此像一出，市井皆空，炎光腾辉，赫赫独绝世表。妙伎杂乐，亚于刘腾。"[③] 为庆祝佛陀诞辰，人们乐于用大量财力物力建造佛像，京城诸像亦出诣景明寺，乐舞、杂耍、百戏杂陈，人潮汹涌，场面隆重，崇佛的北魏皇室亲自参与其中，与民共庆，一派佛国景象。在如此盛大热烈的节日庆典中，民众的宗教热情再一次被点燃，对佛教的狂热崇拜和虔诚信奉再一次强化。

一系列奉佛、事佛的宗教实践活动和仪式行为，进一步巩固了民间的佛教信仰。狂热、虔诚的佛教信仰已深深嵌入中土民众的精神世界中，佛家教义也得以潜移默化的渗透。

---

① （北魏）杨衒之撰，范祥雍校注《洛阳伽蓝记校注》卷一《长秋寺》，上海古籍出版社，2011，第43页。
② （北魏）杨衒之撰，范祥雍校注《洛阳伽蓝记校注》卷一《昭仪尼寺》，上海古籍出版社，2011，第54页。
③ （北魏）杨衒之撰，范祥雍校注《洛阳伽蓝记校注》卷二《宗圣寺》，上海古籍出版社，2011，第79页。

第二章　魏晋南北朝志怪小说的渊源与繁荣

魏晋南北朝志怪小说是在上古神话传说、巫与鬼神迷信思想以及先秦两汉志怪的基础上发展并繁荣起来的。尽管中国古代对小说的评价一直不高，小说仅是史书之附庸，处于文坛边缘，但在顽强的生长中，魏晋南北朝志怪小说展现出前所未有的峥嵘奇观，在小说数量、创作队伍、题材内容、艺术表现等方面呈现全新的特征。究其原因，与佛教的哺育和滋养大有关系，创作者兼修儒释，佛教文学中丰富的佛经故事和炽热真实的佛教信仰满足了志怪小说的发展需求，吸纳佛教元素的志怪小说拓宽了中土文学视野，增添了神异、奇幻的审美体验。

第一节　志怪小说流变

"小说"一词最早出现于《庄子·外物》："夫揭竿累，趣灌渎，守鲵鲋，其于得大鱼难矣；饰小说以干县令，其于大达亦远矣。是以未尝闻任氏之风俗，其不可与经于世亦远矣。"唐成玄英注云："干，求也。县，高也。令，谓令问。"[①] 这里"小说"是指与"大道"相反、微不足道之论，毫无价值之言。对小说的浅薄之意不仅是庄子一家言说，实则是当时社会的普遍认同。这种观点导致小说日后一直处位低微，也在相当长的时间内影响了其发展，左右着对小说性质和意义的评价。当然庄子所言的小说与文学体裁中的"小

---

① （清）王先谦撰《庄子集解》，中华书局，1999，第238~239页。

说"概念不同,却在文学史上是成为独立文体的小说可以追溯的源头。

至东汉年间,小说的发展形成一定规模,创作者们称为"小说家",小说作品篇幅精短,阅读性强。东汉桓谭在《新论》中有段著名的言论:"若其小说家合丛残小语,近取譬论,以作短书,治身理家,有可观之辞。"① 在桓谭看来小说有"可观"之处,可用于"治身理家"之途,然"丛残小语"为细碎的片段或道听途说,仍与《庄子》中的含义基本相同。

东汉班固在《汉书·艺文志》中列小说于十家之末,著录"小说十五家,千三百八十篇",在序言谈道:

> 小说家者流,盖出于稗官。街谈巷语,道听途说者之所造也。孔子曰:"虽小道,必有可观者焉。致远恐泥,是以君子弗为也。"然亦弗灭也。闾里小知者之所及,亦使缀而不忘。如或一言可采,此亦刍荛狂夫之议也。②

注引如淳言:"街谈巷说,其细碎之言也。"颜师古注:"稗官,小官。"指出这时小说创作的来源和小说家的基本情况。同时借用孔子弟子子夏的一段话表明小说的存在有一定价值,虽然是"小道",也有可取之处,即便难以推行、君子不学,也有一些参考价值。这是第一次明确系统地记录小说类别、篇名、序文等,推动了小说评论的出现。从所录入的小说篇名看,当时对小说的范畴界定是十分宽泛的,不可用今日小说概念加以衡量,这是小说初创时自身不完善的表现。

此后又言:"诸子十家,其可观者九家而已……若能修六艺之术,而观此九家之言,舍短取长,则可以通万方之略矣。"③ 诸子九

---

① (梁)萧统编,(唐)李善注《文选》卷三十一《江文通杂体诗三十首》,上海古籍出版社,1986,第1453页。
② (汉)班固撰,(唐)颜师古注《汉书》卷三十《艺文志》,中华书局,1964,第1745页。
③ (汉)班固撰,(唐)颜师古注《汉书》卷三十《艺文志》,中华书局,1964,第1746页。

第二章　魏晋南北朝志怪小说的渊源与繁荣

家为：儒家、道家、阴阳家、法家、名家、墨家、纵横家、杂家、农家。班固认为九家之言虽自说自话，犹如水火相争相生，但都是六经分支和流裔，殊途同归，都能够辅助王道明君。唯独第十家的"小说"不被班固推崇，小说位置在"可观者"范畴之外。胡应麟言："汉《艺文志》所谓小说，虽曰街谈巷语，实与后世博物、志怪等书迥别，盖亦杂家者流，稍错以事耳。如所列《伊尹》二十七篇、《黄帝》四十篇、《成汤》三篇，立义命名动依圣哲，岂后世所谓小说也？"① 胡氏指出汉代小说与后世小说不是同一概念。鲁迅评价："班固注，则诸书大抵或托古人，或记古事，托人者似子而浅薄，记事者近史而悠缪者也。"② 可想汉代收录的小说或是纷乱短小不成体，或是无法归入经史书中的杂记碎语，小说创作内容和表现形式都游离于正统之外，与上述九家正统的经史书背道而驰。汉代对小说的评价一直沿袭至后世，到明清时期，正统文人学者对小说仍持有"街谈巷语，道听途说"的观念，小说始终不能与诗、词、文等占据同样的位置。

小说在发展中不断出现新的题材内容、表现手法以及创作意识，小说从最初的"丛残小语"发展到多种类且成熟的作品。唐代史学家刘知幾在《史通·杂述》中将别史分为十家，其中逸事、琐言、杂记三家主要指小说，分别附录说明和例子。但刘知幾是以史学标准衡量小说价值，视小说为史之余，其划分也非建立在对小说文体的认识上。明人胡应麟是对小说分类较为客观恰当的第一人，他在《少室山房笔丛》中将小说分为六类，对每一类都举例说明，并指出它们之间的关系：

　　小说家一类又自分数种，一曰志怪，《搜神》、《述异》、《宣室》、《酉阳》之类是也；一曰传奇，《飞燕》、《太真》、《崔莺》、《霍玉》之类是也；一曰杂录，《世说》、《语林》、

---

① （明）胡应麟撰《少室山房笔丛》，上海书店出版社，2001，第280页。
② 鲁迅先生纪念委员会编《鲁迅全集》卷九《中国小说史略》，人民文学出版社，1973，第153页。

61

魏晋南北朝志怪小说的佛教元素

《琐言》、《因话》之类是也;一曰丛谈,《容斋》、《梦溪》、《东谷》、《道山》之类是也;一曰辩订,《鼠璞》、《鸡肋》、《资暇》、《辨疑》之类是也;一曰箴规,《家训》、《世范》、《劝善》、《省心》之类是也。谈丛、杂录二类最易相紊,又往往兼有四家,而四家类多独行,不可搀入二类者。至于志怪、传奇,尤易出入,或一书之中二事并载,一事之内两端具存,姑举其重而已。①

在胡氏的分类中,志怪排在首位,其与传奇的分类基本与后世相同,志怪记录神仙鬼怪,传奇讲述人间故事,杂录类列举小说,其中也包括志人小说,后三类基本不具备小说性质,只是当时人们将之视为小说。

《四库全书总目》对小说的划分是:"迹其流别,凡有三派:其一叙述杂事,其一记录异闻,其一缀辑琐语也。"② 三派中仅对杂事予以说明,《四库全书总目》卷一四一按语云:"纪录杂事之书,小说与杂史最易相淆。诸家著录,亦往往牵混。今以述朝政军国者入杂史,其参以里巷闲谈、词章细故者则均隶此门。《世说新语》古俱著录于小说,其明例矣。"③ 四库对体裁相同的书籍的分类方式就是从内容上区分,涉及朝政军国就纳入史部,闲谈细故则纳入小说。

"志怪"一词最早出现于《庄子·逍遥游》:"北冥有鱼,其名为鲲。鲲之大,不知其几千里也。化而为鸟,其名为鹏。鹏之背,不知其几千里也;怒而飞,其翼若垂天之云。是鸟也,海运则将徙于南冥。南冥者,天池也。齐谐者,志怪者也。谐之言曰:'鹏之徙于南冥也,水击三千里,抟扶摇而上者九万里,去以六月息者也。'"成玄英疏云:"姓齐名谐,人姓名也,亦言书名也。齐国有

---

① (明)胡应麟撰《少室山房笔丛》,上海书店出版社,2001,第280页。
② 《四库全书总目》第6册子部下卷一百四十小说家类小序,上海大东书局,1930,第361页。
③ 《四库全书总目》第6册子部下卷一百四十一,上海大东书局,1930,第409页。

第二章　魏晋南北朝志怪小说的渊源与繁荣

此俳谐之书也……齐谐所著之书，多记怪异之事。"①唐司马彪云："齐谐，人姓名。"简文云："书名。"②陆德明《经典释文》："齐谐，户皆反，司马及崔并云人姓名，简文云书。志怪，志，记也，怪，异也。"③"齐谐"多被认为是人名，是专门记录怪异故事的人，也被认为是书名。

这里的"志怪"，仅是动宾词组，指人们记录怪异的人、事、物，尚未成为一种文体，不同于魏晋志怪的概念，记载之事也与后世所言的志怪有较大差异，但后世把记录神奇怪异故事统称为志怪，也是受此影响。汉魏六朝志怪有了长足发展，作品数量增多。以志怪命名的作品颇多，如祖台之、曹毗、孔约等人的著作；梁元帝萧绎《金楼子》中有《志怪篇》，说明志怪也逐步从书名演化为志怪书的统称。

"志怪小说"第一次出现是在晚唐段成式《酉阳杂俎》序中，"固役而不耻者，抑志怪小说之书也"④，"志怪"与"小说"首次组合使用。虽然随后也用"志怪""志怪之书""语怪小说""神怪小说"等，但志怪作为小说的一种类型基本得以明确，志怪也在从粗糙记怪向独立文体发展的过程中有了明确的称呼。直到近代鲁迅等人在小说史论方面的研究，才最终确定"志怪小说"这一概念。志怪小说名称的确定过程，反映了在向独立文体发展的过程中，其自身不断壮大但一直被文学评论者所忽略，在顽强的生长中不断渴望被重视，也体现了在成熟过程中志怪小说自身的文学特性不断展现。

此外，在小说的几种类型中，志怪小说的艺术价值和在小说史中的地位是有一定分量的。在内容上有相对完整的故事情节和细节描绘，艺术表现力颇强并且充满奇幻的想象力，即便是历史、人情主题的志怪小说，神奇鬼怪之事亦囊括其中，以奇幻的艺术创造惊人，以惊奇的审美感受动人。经不断发展，志怪小说在魏晋南北朝

---

① （晋）郭象注，（唐）成玄英疏《庄子注疏》，中华书局，2011，第3页。
② （清）王先谦撰《庄子集解》，中华书局，1999，第1页。
③ （唐）陆德明撰《经典释文》，中华书局，1983，第360页。
④ （唐）段成式撰《酉阳杂俎》，中华书局，1981，第1页。

魏晋南北朝志怪小说的佛教元素

时期蔚为壮观,且为唐传奇的生成提供了沃土,亦为后世小说提供了诸多创作素材,在艺术表现和思想观念等方面亦对后人多有启发。

有一点需要特别注意,志怪小说是从史书中分化出来的,从春秋战国志怪初创,到两汉时期大步发展,至魏晋南北朝大盛,志怪小说一直都被视为"史之余"。从口头相传的故事到零散载入史书,再到脱离子、史成为相对独立的文体样式,志怪小说一直同历史交织在一起。魏晋南北朝时期,志怪小说尚未实现文学自觉,它在内容或形式上都对史书有着极大的依附。小说的编撰者不乏史官,他们多载正史未收录的史实,以补充正史,或称所选材料信而有征,记事方法亦采用史家方法,小说名称多包含"记""志"等。志怪小说的读者,更是把小说所述事件认定为真实的记载,深信不疑。可见,作为"史官之末事"的志怪小说与历史有着千丝万缕的联系。在今人看起来荒诞、匪夷所思的志怪小说,在当时的历史环境中却是真实不虚的。

第二节　魏晋南北朝志怪小说溯源

魏晋南北朝志怪小说的生成是一个漫长的历史过程,它发端于上古神话传说、巫与鬼神文化以及先秦两汉志怪,是在这三方面相互融摄、渗透的作用下蓬勃发展起来的,这三大源头为志怪小说的壮大提供了营养。①

一　上古神话传说

上古神话传说以大量丰富的故事、充满奇幻的想象力为志怪小说提供了创作素材。

---

① 李剑国:《唐前志怪小说史》,人民文学出版社,2011,第29页。李剑国先生论证志怪小说起源时谈及四个因素,分别是原始宗教与神话传说、阴阳五行学与宗教迷信传说、地理博物学的志怪化以及史乘分流。本书认为前两个因素是魏晋南北朝志怪小说最为突出的源流,也是对其发展产生影响的根本因素。本节在一些方面吸收了李剑国先生论著的研究成果,谨致谢忱。

第二章　魏晋南北朝志怪小说的渊源与繁荣

原始社会生产力水平低下，人们在生活中经常遭遇天地突变，而他们认识自然界的能力有限，故此创造出能够主宰世间万物的众神来解释各种自然现象，这样就产生了神话，如盘古开天地、女娲造人、羲和生十日等，这类神话主要是人们对创造万物的神灵的歌颂。在与大自然的斗争中，又出现了大禹治水、精卫填海等与自然抗争的英雄故事，黄帝同炎帝、蚩尤大战这类部族首领之间的争霸战争故事，燧人氏钻木取火、神农氏发明医药和耕种、仓颉造字等发明创造类神话故事。若故事主人公是人的形象，为了与神灵相区分，这类故事又称为传说。鲁迅在《中国小说史略》中言："迨神话演进，则为中枢者渐近于人性，凡所叙述，今谓之传说。传说之所道，或为神性之人，或为古英雄，其奇才异能神勇为凡人所不及，而由于天授，或有天相者，简狄吞燕卵而生商，刘媪得交龙而孕季，皆其例也。此外尚甚众。"[①] 神话在发展过程中不断加工填充，内容更加丰富，也受到历史现实影响，由此衍生出传说。传说是神话历史化社会化的产物，传说中的人物形象是以真实人物为依托、以历史事件为背景创作的。传说的主人公也有神人、古英雄，"奇才异能神勇"也是借用了神话的表现方式。神话和传说内容丰富，但未被系统收录，散见于先秦和汉代古书中，如《国语》《庄子》《吕氏春秋》等，其中《山海经》《楚辞》《淮南子》收录最多。

神话和传说及其所带有的文化特色和精神意象，成为志怪小说产生的重要源泉，主要体现在以下两个方面。

首先，为志怪小说提供了有关神话和传说的素材，直接或间接地丰富了小说题材。《山海经》现存十八卷，晋人郭璞注，主要采撷博物地理、神话传说合集而成。其中收录了几条西王母的神话传说："玉山，是西王母所居也。西王母其状如人，豹尾虎齿而善啸，蓬发戴胜，是司天之厉及五残"[②]，"西王母梯几而戴胜杖，其南有三青

[①] 鲁迅先生纪念委员会编《鲁迅全集》卷九《中国小说史略》，人民文学出版社，1973，第159页。
[②] （晋）郭璞注，（清）郝懿行笺疏，沈海波校点《山海经》第二《西山经》，上海古籍出版社，2015，第62页。

鸟，为西王母取食"①，"有人，戴胜虎齿，有豹尾，穴处，名曰西王母"②。《山海经》记载的西王母是住在昆仑山，人形兽身，不可辨别男女，掌管瘟疫和刑罚的凶神。西王母传说在流传过程中也发生了很大的变化，东汉末年道教兴起，推崇王母为尊神，其掌握无上权力，拥有长生不老的神药。汉代志怪小说《汉孝武故事》和《十洲记》均有记录，《汉武帝内传》承袭前文，记录西王母下降会武帝，描绘详尽，情节复杂细腻，极尽渲染之力。王母出场片段长三百余字，远比神话传说寥寥两行要详尽丰沛得多，从天上白云变化、入耳声响着笔，再写群仙从官坐骑及王母座辇，排场庞大、气势恢宏，王母上殿片段先是勾勒侍女"真美人"，再细致描绘王母"真灵人"，辞藻华丽高雅，映衬出王母美丽高贵的仙家之貌。作品后半部分是写王母和上元夫人为武帝讲修仙之道。西晋张华《博物志》中记载的内容颇为相似，"汉武帝好仙道……王母乘紫云车而至于殿西，南面东向，头上戴七种，青气郁郁如云……王母索七桃，大如弹丸，以五枚与帝"③，仙桃三千年一生、东方朔窥母等情节皆顺承《汉武帝内传》的内容，因袭关系可见一斑。若没有西王母的神话传说，就不可能有志怪小说中的王母形象，这种以神话传说的神人怪兽为原型塑造的志怪小说中的神仙妖怪比比皆是，为志怪多样的题材表现提供了不竭的资源。录著的神话尽管往往过于简单质朴，但仍具有一定故事性，通过构建叙事框架能够演绎完整，为志怪小说的叙事做出铺垫。

其次，奇幻的想象观念和富于变幻的表现力，被志怪小说吸收运用。上古时代人们面对天地万物有着强烈的探索渴望，借助想象寻找自然变化的原因。神话传说中盘古一日九变，夸父逐日手杖化为桃林，羲和生十日，常羲生十二月……林林总总的想象不受现实

---

① （晋）郭璞注，（清）郝懿行笺疏，沈海波校点《山海经》第十二《海内北经》，上海古籍出版社，2015，第300页。
② （晋）郭璞注，（清）郝懿行笺疏，沈海波校点《山海经》第十六《大荒西经》，上海古籍出版社，2015，第364~365页。
③ （晋）张华撰，范宁校正《博物志校正》，中华书局，1980，第97页。

束缚，最具生命力和变幻张力。人们无知无畏，敢想敢说，形成独特的审美体验。上述王母形象从原来不辨男女的凶神转变为能随意往来天上人间的女仙，其样貌举止都发生了一系列变化，这种变化恰恰体现出从神话传说发展到志怪小说不断融汇新颖的素材，运用丰富的想象力和虚构的艺术手段来构建情节以及完善人物形象。

二 巫与鬼神文化

在原始社会中，人们为了生存和更好地生活，把自然界神化，相信万物有灵魂，万物由超自然的力量所控制，形成了崇拜自然的原始宗教。在这样的观念影响下，出现了各种崇拜仪式，如祷告、祭祀、巫术等活动。对天地山河、动物精灵、祖先神灵等自然对象的崇拜，是由当时低下的生产力所决定的，体现出原始人类社会与自然界的矛盾。随着社会发展和阶级分化，到奴隶社会后，生产力发展，私有制出现，原始宗教逐渐失去了原本代表氏族团体平等与自发的特性，逐渐成为奴隶主阶级的宗教。奴隶主使宗教变成统治工具，自己掌控神权并将其和政权结合起来，巫师成为宗教专职者，形成祭司世袭制。宗教活动复杂化，平民不可以接近曾经崇信的神灵，宗教的原始化色彩褪去，向国家化转变，对自然的崇拜也转向对权力的追逐。

在宗教发展的历史长河中，巫术作为一种宗教行为有着重要的体现。巫术"通常形式是通过一定的仪式表演，利用和操作某种超人的神秘力量来影响人类生活或自然界的事件，以满足一定的目的。巫术的仪式表演常常采取象征性的歌舞形式，并使用某种据认为赋有巫术魔力的实物和咒语"[①]。巫术为实现人力无法企及的目的而开展，涉及祈福消灾、占卜预言、祭祖祀神、驱鬼辟邪、放蛊施咒、医疗救助等活动。《说文解字》卷五上释"巫"："巫，祝也。女能事无形，以舞降神者也。象人两褒舞形。"又释"觋"："觋，能齐

[①] 吕大吉：《宗教学通论新编》，中国社会科学出版社，2010，第232页。

肃事神明也。在男曰觋，在女曰巫。"① 《汉书·郊祀志》："民之精爽不贰，齐肃聪明者，神或降之，在男曰觋，在女曰巫。"② 专门从事巫术的巫师有男女，仅在称呼上有分别，天赋异禀的巫师通过舞蹈能与神明、鬼魂进行沟通。

《史记·龟策列传》载："太史公曰：自古圣王将建国受命，兴动事业，何尝不宝卜筮以助善！唐虞以上，不可记已。自三代之兴，各据祯祥。涂山之兆从而夏启世，飞燕之卜顺故殷兴，百谷之筮吉故周王。王者决定诸疑，参以卜筮，断以蓍龟，不易之道也。"③ 自夏商周始，具备神权属性的巫备受王者推崇，早期政治出现了神权和王权结合的特征。政治领袖同时也是宗教首领，巫在国家政治中占据重要地位，既巩固维护王权又限制着王权，王者每逢决策必先卜筮吉凶。殷商时期极重视巫，汤以自身为祭品祈雨，通鬼神变化，顺人事得民心，《文选·思玄赋》李善注引《淮南子》："汤时大旱七年，卜用人祀天。汤曰：我本卜祭为民，岂乎自当之。乃使人积薪，剪发及爪，自洁，居柴上，将自焚以祭天。火将然，即降大雨。"④ 《吕氏春秋·季秋纪》："汤乃以身祷于桑林……汤达乎鬼神之化，人事之传也。"⑤ 商代巫师乃官方任命的专职神职人员，按照固定的仪式开展各类祭祀、卜筮活动。随着西周政治制度和礼乐文化的发展，巫觋的部分职能被其他官职取代，分工细化，出现了巫、祝、宗、卜、史等类别，巫、祝、宗主要开展祭祀活动，祭祀礼制更加复杂和完备，使得巫觋所掌握的权力相应缩小，巫的地位开始下降。官"巫"主要是为王权服务，关注国家事宜，为政治团体代言，不再关注个人或家族发展。

而在民间，巫还有着广泛的基础，民众素来相信鬼神存在，巫

---

① （汉）许慎撰《说文解字》，中华书局，1985，第148页。
② （汉）班固撰，（唐）颜师古注《汉书》卷二十五《郊祀志》，中华书局，1964，第1189页。
③ （汉）司马迁撰《史记》卷一百二十八《龟策列传》，中华书局，1963，第3223页。
④ （梁）萧统编，（唐）李善注《文选》，上海古籍出版社，1986，第665页。
⑤ （战国）吕不韦：《吕氏春秋》，北方文艺出版社，2018，第97页。

师拥有沟通鬼神的奇能和灵验的巫术技能。此外，民众生存的自然环境和社会生活依然不安稳、不富足，当社会动荡、生命无常、危难恐惧笼罩在心头时，人们渴望借助某种力量从现实痛苦中解脱出来，在遭遇自然灾害和外力破坏时，巫师能够消解民众的恐惧害怕，给予人们精神安抚和心理慰藉。巫师依靠民众生存，自然会利用百姓惧怕鬼神的心理，夸大巫术神奇效应，编造大量鬼神故事。而鬼神故事贴近生活，顺应民众的需求，民众深信鬼神迷信之说，就会小心侍奉巫师。与上文所述的神话传说不同，鬼神故事是民众迷信和宗教巫术的产物，带有强烈宗教惩戒目的。

鲁迅在《中国小说史略》中称："中国本信巫，秦汉以来，神仙之说盛行，汉末又大畅巫风，而鬼道愈炽；会小乘佛教亦入中土，渐见流传。凡此，皆张皇鬼神，称道灵异，故自晋讫隋特多鬼神志怪之书。"① 先秦时期诸多典籍中载入鬼怪、神灵、报应等故事，例如《左传》《吕氏春秋》《墨子》等，内容多样，为后世志怪小说提供了素材。

《左传》载宣公十五年魏武子妾父结草报恩，不同于常见的报仇意图，此则故事是鬼魂善报，"结草"成为感恩报德的一个典故。

> 初，魏武子有嬖妾，无子。武子疾，命颗曰："必嫁是。"疾病，则曰："必以为殉！"及卒，颗嫁之，曰："疾病则乱，吾从其治也。"及辅氏之役，颗见老人结草以亢杜回。杜回踬而颠，故获之。夜梦之曰："余，而所嫁妇人之父也。尔用先人之治命，余是以报。"②

《左传》载庄公八年彭生受齐襄公之命杀害鲁桓公，被归罪冤死后，其鬼魂托化为猪形向齐襄公报仇。

---

① 鲁迅先生纪念委员会编《鲁迅全集》卷九《中国小说史略》，人民文学出版社，1973，第183页。
② 杨伯峻编著《春秋左传注》，中华书局，1995，第764页。

魏晋南北朝志怪小说的佛教元素

> 冬十二月，齐侯游于姑棼，遂田于贝丘。见大豕，从者曰："公子彭生也。"公怒，曰："彭生敢见！"射之。豕人立而啼。公惧，坠于车，伤足，丧屦。反，诛屦于徒人费。弗得，鞭之，见血。走出，遇贼于门，劫而束之。费曰："我奚御哉？"袒而示之背。信之。费请先入。伏公而出，斗，死于门中。石之纷如死于阶下。遂入，杀孟阳于床。曰："非君也，不类。"见公之足于户下，遂弑之，而立无知。①

此则故事被北齐颜之推收入《冤魂志》，收录部分的情节与《左传》记载一致，描述略简洁，内容如下：

> 齐人归罪于彭生而杀之。后襄公猎于贝丘，有大豕，从者曰："臣见豕乃彭生也。"襄公怒曰："彭生何敢见乎！"射之，豕乃人立而啼，公惧，坠于车，伤足而还。其臣连称、管至甫二人作乱，遂杀襄公焉。②

志怪小说《冤魂志》专门采撷有关鬼神报应的故事编撰而成，颜之推笃信佛教，《四库全书总目》言"此书所述，皆释家报应之说"③，此书是典型的佛教辅教之书，带有明确的佛教惩戒意味，并有反映社会现状、警醒世人之作用。

《墨子·明鬼》谓"明鬼神之实有也"，收录了诸多鬼故事，如杜伯一事，后也收入《冤魂志》中。

> 周宣王杀其臣杜伯而不辜，杜伯曰："吾君杀我而不辜，若以死者为无知，则止矣。若死而有知，不出三年，必使吾君知之。"其三年，周宣王合诸侯而田于圃田，车数百乘，从数千，人满野。日中，杜伯乘白马素车，朱衣冠，执朱弓，挟朱矢，

---

① 杨伯峻编著《春秋左传注》，中华书局，1995，第175~176页。
② （北齐）颜之推著，罗国威校注《〈冤魂志〉校注》，巴蜀书社，2001，第4页。
③ （北齐）颜之推著，罗国威校注《〈冤魂志〉校注》，巴蜀书社，2001，第110页。

第二章 魏晋南北朝志怪小说的渊源与繁荣

追周宣王,射之车上,中心折脊,殪车中,伏弢而死。①

为印证故事真实可信,文后还言周围人亲眼所见、远处人亲耳所闻,记在周《春秋》中。此则杜伯冤死鬼报仇的故事,不仅说明鬼神真实存在,亦是警醒君王"戒之慎之,凡杀不辜者,其得不祥,鬼神之诛,若此之憯遫也!"② 不辜不公必有报应,不义作孽自有惩罚,这种朴素的鬼神报应信念与宗教惩戒观念一致,故事所蕴含的宗教意味被后世志怪小说加以应用,便于传播宣扬宗教教义。

《吕氏春秋》卷二十二《慎行论·疑似》有一则黎丘鬼变身他人形象而捉弄人的故事:

> 梁北有黎丘部,有奇鬼焉,喜效人之子侄昆弟之状。邑丈人有之市而醉归者,黎丘之鬼效其子之状,扶而道苦之。丈人归,酒醒而诮其子,曰:"吾为汝父也,岂谓不慈哉?我醉,汝道苦我,何故?"其子泣而触地曰:"孽矣!无此事也。昔也往责于东邑人,可问也。"其父信之,曰:"嘻!是必夫奇鬼也,我固尝闻之矣。"明日端复饮于市,欲遇而刺杀之。明旦之市而醉,其真子恐其父之不能反也,遂逝迎之。丈人望其真子,拔剑而刺之。③

这个鬼喜欢变成人的儿子、侄子、兄弟等来戏弄人,《搜神记》"秦巨伯"一事就是由此演化而来:

> 琅琊秦巨伯,年六十,尝夜行饮酒,道经蓬山庙。忽见其两孙迎之,扶持百余步,便捉伯颈著地,骂:"老奴,汝某日捶我,我今当杀汝。"伯思惟某时信捶此孙。伯乃佯死,乃置伯

---

① 吴毓江撰,孙启治点校《墨子校注》,中华书局,1993,第337页。
② 吴毓江撰,孙启治点校《墨子校注》,中华书局,1993,第337页。
③ (战国)吕不韦著,陈奇猷校释《吕氏春秋新校释》,上海古籍出版社,2002,第1507~1508页。

去。伯归家,欲治两孙。两孙惊惋,叩头言:"为子孙,宁可有此。恐是鬼魅,乞更试之。"伯意悟。数日,乃诈醉,行此庙间。复见两孙来,扶持伯。伯乃急持,鬼动作不得。达家,乃是两人也。伯著火炙之,腹背俱焦坼。出著庭中,夜皆亡去。伯恨不得杀之。后月余,又伴酒醉夜行,怀刃以去。家不知也。极夜不还,其孙恐又为此鬼所困,乃俱往迎伯,伯竟刺杀之。[①]

这则故事的描写更注重情节推进和曲折变幻,秦巨伯的两个孙子被鬼所惑,秦巨伯两会鬼怪,一心除鬼,却人鬼难辨。秦巨伯误刺孙子而非鬼,结局令人遗憾。

这些鬼怪故事在题材上有多种表现,体现出鬼神观念深入人心,人死后变为鬼,鬼可报仇报恩,鬼可变成任何事物。不同于上古神话传说中人神分离,神在人类无法触及的灵界,在鬼神文化中,鬼神故事贴近人类生活,人与鬼神交往,天人感应可相互沟通,平日神秘的鬼神能在特定时间和空间中出现,彰显自己的力量和控制性。

随着社会发展进步,原始宗教向国家化、现实化转变,宗教活动与"巫"不断分化,与民间信仰紧密联系,与鬼神文化交融,由此衍生出诸多怪诞灵异故事,势必影响志怪小说的内容和后世流传。

三 先秦两汉志怪

魏晋南北朝志怪小说的成熟是在先秦两汉时期的积累上逐步发展起来的,战国时期百家争鸣,为志怪故事的传播创造了良好的环境,出现了第一部志怪小说《汲冢琐语》,两汉时期志怪小说初现规模,种类多样,其中影响较大者是《山海经》,这些都为魏晋南北朝志怪小说提供了直接的素材,使其得以不断丰富和发展。先秦两汉时期志怪小说或具有小说性质的准志怪,从内容上可分为神话传说类、地理博物类、杂史杂传类,它们丰富的想象力和艺术感染力被后世志怪小说继承。

[①] (晋)干宝撰,汪绍楹校注《搜神记》,中华书局,1979,第198页。

第二章 魏晋南北朝志怪小说的渊源与繁荣

如前文所述，神话传说是人类对自然、对原始社会认识的产物，先秦时期的史书中记载了大量神话传说，被称为"纪异之祖"的《汲冢琐语》承袭了这些神话传说和历史故事，吸收了《训语》《左传》《国语》的内容和记录体例，在真实的历史故事中融入了大量虚幻成分。汉代《汉武故事》《蜀王本纪》等杂史杂传类小说都是采用这样的取材方法。刘知幾在《史通·申左》中言"干宝藉为师范"，干宝视之为典范。胡应麟云："汲冢书目云：《琐语》十一篇，诸国梦卜妖怪相书也。则《琐语》之书，大抵如后世夷坚、齐谐之类，非杂记商、周逸事也。"① 《汲冢琐语》汲取神话、宗教迷信和历史等多方内容，勾勒出志怪小说之祖"梦卜妖怪"的面貌，从散存遗文中可窥见一斑。流传较广的如齐景公伐秦，梦到伊尹、盘庚怒言警告，遂不伐，占梦应验含有对祖先敬重之意，《晏子春秋》《论衡》《博物志》等皆载。有多篇关于妖怪的故事，如晋国乐师师旷，眼盲但博学多才亦能预言，民间流传着很多关于他的神异故事，师旷与晋平公辨别"大狸身而狐尾"为善喜吉兆，"西方白质鸟"为祥。还有记载预言故事的，有代表性的如师旷预言齐侯受伤，邢史子臣预言自己、宋景公、吴国死亡灭亡的时间等，它们皆成为魏晋南北朝志怪小说吸纳的丰富故事资源。

不断出现新现象和新知识的地理博物学，在发展中与当时的社会文化风尚、宗教思想、迷信观念等皆有关联，被赋予了同样虚妄荒诞的色彩。春秋战国时期百家争鸣，知识分子广泛涉猎各类学说，对地理博物也同样趋之若鹜，其中不乏虚构想象或道听途说之事，"好怪而妄言"，在好奇心驱使下，用幻想构造奇闻异谈并传播出去。胡应麟言："仲尼，万代博识之宗，乃怪、力、乱、神咸斥弗语，即井羊、庭隼间出绪余，累世靡穷，当年莫究。"② "累世不能穷其学，当年不能究其礼，仲尼之博也，而以防风、肃慎、商羊、萍实诸浅事当之，则仲尼索隐之宗而语怪之首也。"③ 连孔子都将不奇怪的事

---

① （明）胡应麟：《少室山房笔丛》，上海书店出版社，2001，第160页。
② （明）胡应麟：《少室山房笔丛》，上海书店出版社，2001，第381页。
③ （明）胡应麟：《少室山房笔丛》，上海书店出版社，2001，第382页。

魏晋南北朝志怪小说的佛教元素

物怪异化，胡应麟称之为"语怪之首"。至战国时期地理博物学志怪化更盛，庄子学问渊博，游历过很多国家，对世间万物充满向往，《秋水》中勾勒洪水奔腾的场景，记载河伯和北海若的谈话，《逍遥游》中书写鲲鹏展翅的壮举，描绘"藐姑射之山有神人居"。庄子的文笔变化多端，常以超常的想象和寓言故事描绘奇特世界，刘熙载在《艺概·文概》中言："意出尘外，怪生笔端。"地理博物借诸子百家奇说异谈，并混合民间巫术、方术，朝着志怪化的方向发展。志怪化的博物地理主要是对异域外民、奇异宝物、灵山异水的幻想和勾画，最具代表性的要数奇书《山海经》，它记载了大量山川水文，小部分是常见的，大部分殊异无征，花草鸟兽亦离奇荒诞。书中一大奇观是对异域一百多个国家的记载，有一半的人形体怪异不同于常人，"羽民国"，"人长头，身生羽"；"谨头国"，"人面有翼，鸟喙"；"三首国"，"人一身三首"，怪诞之相远超感官之及。以《山海经》为蓝本，怪诞的内容和体例影响到汉代《神异经》《十洲记》《洞冥记》，带动了地理博物书写，也衍生出新的发展面貌，魏晋南北朝志怪小说《博物志》《玄中记》《述异记》等都编撰了颇具价值的地理博物故事，构成了志怪体系的一个重要分支。

此外，到汉代趋盛的杂史杂传也对志怪小说的生成产生颇多影响。《隋书·经籍志》称杂史是正史之外别为一家的史书，类别划分不一，"体制不经"，内容"迂怪妄诞，真虚莫测"[①]。杂记多记录各色人等的"虚诞怪妄之说"，因其记载之事、载笔之人没有正史严谨，创作者甚多，且篇目广杂。两汉历史著作繁盛，杂史杂传纷纷涌现，较为著名的有赵晔《吴越春秋》，陆贾《楚汉春秋》，袁康、吴平《越绝书》，刘向《列士传》《列女传》《燕丹子》等。这些杂史杂传并非以记录史实为意图，而是将真实的历史人物和事件，同神话、历史传说、民间故事等杂糅，淡化了纪实成分，增加了虚构

---

① （唐）魏徵等撰《隋书》卷三十三《经籍志》，中华书局，1982，第962页。原文："学者多钞撮旧史，自为一书，或起自人皇，或断之近代，亦各其志，而体制不经。又有委巷之说，迂怪妄诞，真虚莫测。然其大抵皆帝王之事，通人君子，必博采广览，以酌其要，故备而存之，谓之杂史。"

元素，虚实莫测，侧重于在文学领域中展示奇闻逸事的乐趣，而不执着于历史真伪。马端临《文献通考》中按曰："实杂史而以为小说者。"杂史杂传因"体制不经""博采广览"的特性，所载作品内容驳杂，多率性而作，在发展中呈现出向小说方向转化的趋势，部分杂史杂传体例仍为史作，但小说元素增加，如《吴越春秋》兼顾史学和文学意味；另一部分是内容上基本为历史民间传说，以小说手法描述内容、勾勒情节和人物形象，如《燕丹子》，胡应麟称之为"古今小说杂传之祖"。至西汉末年，这种转化越发明显，以《列仙传》为代表的众神仙列传，内容精选、叙事细致，是魏晋志怪小说（如王嘉的《拾遗记》、葛洪的《神仙传》等）的临摹对象，博采神仙之事更为频繁，文字雕琢更为华美，刻画仙人形象生动丰富，汇成幻丽的游仙世界。杂史杂传为后世文学作品开拓了以历史人物和事件演绎神异故事的新范畴，为魏晋南北朝志怪小说乃至后世传奇小说积累了丰富、宝贵的经验。

第三节　魏晋南北朝志怪小说的总体特征

据学者考据，魏晋南北朝历经四百余年，可考的志怪小说共有一百二十三部，[①] 数量之多远超以往，且普遍为多卷本，如现存《博物志》和《拾遗记》皆为十卷，辑存《搜神记》和《幽明录》为三十卷，《集灵记》二十卷，《旌异记》十五卷，《宣验记》十三卷，《搜神后记》《异苑》《述异记》《冥祥记》等为十卷，《齐谐记》七卷，亡佚著作如《感应传》八卷。这些志怪小说搜罗广杂，上涉天文下通地理，山川鸟兽之奇异、历史人物之逸事、神仙法术之传奇，皆有集录，亦见取材广泛，著述勤奋。志怪小说经先秦两汉时期的发展，至魏晋南北朝呈现出繁荣景象，与当时的其他文学样式共同绽放光彩，呈现出前所未有的特征。

---

① 魏世民：《魏晋南北朝小说的嬗变》，博士学位论文，华东师范大学，2003，第190页。

❀ 魏晋南北朝志怪小说的佛教元素

一 参与创作人员众多

志怪小说创作队伍庞大，社会各阶层皆有参与，其中不乏名人文士。一般没有宗教信仰的文士多受巫觋数术、鬼神迷信影响，或因编撰史书触及各类奇闻逸事，如张华、干宝、曹毗、祖冲之、吴均、刘之遴等人。王浮、葛洪、王嘉等为笃信道教之徒，为宣扬道法，影响大众，获得帝王贵族的认可或资助来实现养生修炼、长生不老之期望，纷纷著书立说，载鬼神灵巫之事。佛教信徒如谢敷、傅亮、刘义庆、张演、陆杲、颜之推等人，则借志怪弘佛扬法，阐明因果报应、生死轮回之理。宗教信仰、鬼神迷信等观念在魏晋南北朝时期极为昌炽，深入人心，由此志怪小说创作者的写作初衷也同其身份、信仰等有着密切关联，这些因素为志怪小说提供了丰富的素材和广博的想象空间。下面试举几例。

西晋政治家、文学家张华，阮籍赞其"王佐之才"，在魏时任佐著作郎、中书郎等职。西晋建立后，先后拜黄门侍郎、中书令、度支尚书、太常、侍中、中书监，后封壮武郡公，官至司空。张司空在官场中身居高位，不断提携有志之士，举才推贤，输送一批良才贤俊进入仕途，一方面出于政治考量，巩固他在政局中的地位，另一方面出于对文士才华的欣赏和重视。在其大力提携和积极鼓励下，以张华为核心的文学中心产生了大量颇具特色的文学作品和文学评论，为西晋文坛繁荣贡献了力量。张华"学业优博，辞藻温丽，朗赡多通，图纬方伎之书莫不详览"，"天下奇秘，世所希有者，悉在华所。由是博物洽闻，世无与比"[1]，他博学多识，凭借官职能广泛阅览古籍，善于数术方伎，文采艳丽，这些条件都为他撰写地理博物杂说《博物志》奠定了良好的基础，积累了丰富的文献资料。

东晋著名史学家、文学家干宝，"少勤学，博览书记，以才器召为著作郎"[2]，历任佐著作郎、著作郎、山阴令、始安太守、司徒右

---

[1] （唐）房玄龄等撰《晋书》卷三十六《张华传》，中华书局，1974，第1068、1074页。

[2] （唐）房玄龄等撰《晋书》卷八十二《干宝传》，中华书局，1974，第2149页。

长史，官终散骑常侍，因才华出众，得华谭、王导器重提携。干宝一生著作颇多，有《周易注》《周官礼注》《春秋左氏函传义》《干子》等二十二种，颇有影响的代表作为编年史《晋纪》二十卷，"其书简略，直而能婉，咸称良史"①，被后世推崇。身处在便于接触大量典籍和前人之书的环境中，再加之干宝"性好阴阳术数"，有感于兄干庆和父婢起死还生之异事，遂开始搜奇辑异，编撰志怪小说《搜神记》。在从东晋建武元年到咸康二年长达二十年的写作生涯中，干宝以史学实录的专注态度投入其中，"记殊俗之表，缀片言于残阙，访行事于故老，将使事不二迹，言无异途，然后为信者"②，整理搜集古文献、实地探访采访、查阅各类资料，将各类奇说异闻"会聚散逸，使同一贯"③，并设置类目，全面系统分类汇编，一探鬼神世界的光怪陆离，可谓志怪小说集大成著作。后人从中汲取精华、吸收文学养分，续作及模仿者甚多，该书对后世影响深远。

二 题材广泛，内容庞杂

魏晋南北朝志怪小说的创作人员众多，信仰各异，面对社会纷繁复杂的景象，自然能网罗方方面面的奇闻逸事。这时期志怪小说取材范围广泛，除转录神话传说和古籍旧事，也涉及现实生活，直击社会现状，体现时代脉搏。

首先，志怪小说多反映政局跌宕、社会黑暗。从东汉末年至南北朝结束，中国长期处于频繁的朝代更迭、社会动乱中。各利益集团为争权夺利，连年讨伐不息，三国时军阀混战，西晋末年诸王争权，在长达十六年的八王之乱混战中，诸宗相互残杀，造成大量人口死亡。赵王司马伦之乱，"自兵兴六十余日，战所杀害仅十万人"④。长沙王司马乂与陆机在鹿苑交战，"机军大败，赴七里涧而

---

① （唐）房玄龄等撰《晋书》卷八十二《干宝传》，中华书局，1974，第2150页。
② （晋）干宝撰，汪绍楹校注《搜神记》，中华书局，1979，第2页。
③ （晋）干宝撰，汪绍楹校注《搜神记》，中华书局，1979，第3页。
④ （唐）房玄龄等撰《晋书》卷五十九《赵王伦传》，中华书局，1974，第1605页。

死者如积焉,水为之不流"①。东海王司马越部将祁弘攻河间王司马颙,"大掠长安,杀二万余人"②。司马氏宗王骨肉相残,加速了西晋的崩溃,直接导致五胡伺机乱华,在北方建立数十个政权,战乱未曾停息。冉闵称帝后,为巩固冉魏政权,坚决打击胡羯人,"无贵贱男女少长皆斩之,死者二十余万,尸诸城外,悉为野犬豺狼所食……于时高鼻多须至有滥死者半"③,非胡羯人也惨遭屠杀。司马睿重建东晋政权于江左,从此开启南北对峙。东晋历经王敦、苏峻之乱,桓温专权,朋党之争,桓玄作乱,政局四分五裂。南朝宋、齐、梁、陈四朝代,皇帝宗室争权夺位,皆血雨腥风,侯景之乱又助推国亡家灭,侯景叛军屠城洗劫,残虐无比,所到之处死伤无数。北魏经六镇之乱分裂为东魏、西魏,社会与民族矛盾尖锐导致被北齐、北周取代。社会动荡不安,战事连年,人人自危,到处充斥着家破人亡的恐怖氛围,百姓更是遭受无尽苦难,保命逃难,流离失所,最终留下的是人饥相食、白骨遍野的悲惨局面。

  这些社会现状在志怪小说中多有体现。如《冤魂志》多取材于历史和近世之事,书中揭露了统治阶级内部的争斗及滥杀无辜的暴行。"萧巘"条记载文惠太子药害豫章王萧巘,统治阶层内部为争权夺位,骨肉相残,手足反目,这在史书中屡有记载。"殷涓"条载桓温专横跋扈,剪除异己,意图谋权篡位。"王凌"条记司马懿诛曹爽、讨王凌,夺取政权。"夏侯玄"条记载夏侯玄谴责司马师篡魏之行径,被司马师杀害。"苻永固"条载姚苌兵败于苻坚,受其宠任,后趁机投井下石,逼苻坚让位,最终杀苻坚夺其位,掘坟鞭尸,残忍行径令人发指。"梁武帝"条载陈霸先遣兵谋害少主,自立政权。类似的篇章还有很多,这些志怪小说都意图揭示在乱世中,统治阶级内部核心人物为争夺权力和利益,竞相倾轧、祸国殃民的情况。战乱频发,给人们带来了无尽的苦难,《幽明录》中"望夫石"条

---

① (唐)房玄龄等撰《晋书》卷五十四《陆机传》,中华书局,1974,第1480页。
② (唐)房玄龄等撰《晋书》卷四《惠帝纪》,中华书局,1974,第107页。
③ (唐)房玄龄等撰《晋书》卷一百七《石季龙载记》,中华书局,1974,第2792页。

第二章　魏晋南北朝志怪小说的渊源与繁荣

反映了战争频繁,夫妻永不相见。"乐安县"条描述乱世中百姓饿死,满地骸骨,阴雨天能闻鬼啸之声。《冤魂志》作者颜之推亲身经历了西魏攻破江陵,元帝萧绎被害这一历史事件。战乱给人民带来苦痛,"乃选百姓男女数万口,分为奴婢,驱入长安;小弱者皆杀之"①。书中"江陵士大夫"条即反映这段惨痛历史,刘姓士大夫被俘途中前行艰难,军士梁元晖逼迫其放弃在战乱中唯一幸存的儿子,士大夫以死为请,梁军士强夺孩子扔到雪里,士大夫"步步回顾,号叫断绝,辛苦顿毙,加以悲伤,数日而死"②,惨烈至极,令人不忍直视。

社会黑暗还体现在统治阶级和世家大族生活骄奢淫逸,极力盘剥平民百姓。《晋书·文六王传》载:"都邑之内,游食滋多,巧伎末业,服饰奢丽,富人兼美,犹有魏之遗弊。"③东晋王导言:"自魏氏以来,迄于太康之际,公卿世族,豪侈相高,政教陵迟,不遵法度,群公卿士,皆屦于安息,遂使奸人乘衅,有亏至道。"④可见晋时奢靡之风,始于曹魏,实则是社会风俗之弊。魏明帝荒淫奢靡,大兴苑舍,广采众女。西晋刘毅等数劾奏何曾侈忲无度,武帝司马炎视其为重臣心腹,一无所问。南北朝时亦是如此,《宋书·刘秀之传》言:"梁、益二州土境丰富,前后刺史,莫不营聚蓄,多者致万金。所携宾僚,并京邑贫士,出为郡县,皆以苟得自资。"⑤"蜀中积弊,实非一朝。百家为村,不过数家有食。"⑥豪族贵人生活奢华糜烂,其财富主要源自对土地的大规模占有,他们还享有免役特权,由此苛捐杂税、兵役力役都压在百姓的身上。"荆、雍二州,西局、蛮府吏及军人年十二以还,六十以上,及扶养孤幼,单丁大艰,悉仰遣之。"⑦可见于役者,老幼病穷者皆不能免,深受其苦,且役类

---

① （唐）姚思廉撰《梁书》卷五《元帝纪》,中华书局,1973,第135页。
② （北齐）颜之推著,罗国威校注《〈冤魂志〉校注》,巴蜀书社,2001,第88~89页。
③ （唐）房玄龄等撰《晋书》卷三十八《文六王传》,中华书局,1974,第1132页。
④ （唐）房玄龄等撰《晋书》卷六十五《王导传》,中华书局,1974,第1746页。
⑤ （梁）沈约撰《宋书》卷八十一《刘秀之传》,中华书局,1974,第2074页。
⑥ （唐）李延寿撰《南史》卷五十五《罗研传》,中华书局,1975,第1369页。
⑦ （梁）沈约撰《宋书》卷二《武帝纪中》,中华书局,1974,第35页。

魏晋南北朝志怪小说的佛教元素

繁多、严酷,成为人们沉重的负担。在南朝,为了逃避沉重赋役,不少人投靠寺院或出家为僧尼,虽然脱离国家控制,但又被寺院束缚,终年为寺院主耕种经营。北朝奉佛之风尤盛,佛像、佛寺修筑奢华,寺院经济发达,寺院掌握和控制了大量的劳动力和土地,从事劳动的僧尼是被剥削和压榨的对象。此外,一些地方官为吏坐臧、助纣为虐、徇私舞弊、草菅人命,百姓实则身处水深火热之中。

这些社会情况也在志怪小说中有所反映。《冤魂志》"弘氏"条载梁武帝时期,为给皇帝建寺,官府搜刮百姓财物,商贾弘氏被盘剥一空后仍被枉害,反映当时社会黑暗和百姓困难。"太乐伎"条,父母官陶继之审案不详,枉杀太乐伎,草菅人命。"支法存"条载支法存医术精湛成为巨富,广州刺史王谈的儿子贪图其家中宝物,索要不成,便以豪纵为罪名杀害他,并没收家产。书中"王济婢""羊聊""羊道生""张绚""孙元弼""魏辉儁"等条,都揭露官吏枉杀害命的罪行,粗暴残忍、随意治罪的行为,抨击其对百姓无情的盘剥。《冥祥记》"沈僧覆"条载:"(南朝宋)大明末,本土饥荒,逐食至山阳;昼入村野乞食,夜还寄寓寺舍左右。"① 荒乱社会中,人们居无定所,食不果腹,靠乞讨为生。"智通"条载智通"家甚贫,无以为衣",因此捣碎经书为孩子做衣服。《述异记》"封邵化虎"条载汉时官吏封邵一日化身为虎,食人无数,虽写汉时,实则抨击南朝官吏残暴害人和昏庸无能。

其次,魏晋南北朝志怪小说反映了人民坚决反抗苦难现实以及对美好生活的憧憬。面对重重压迫和剥削,百姓或逃难或反抗,各种起义和反抗斗争层出。志怪小说中对起义的全面描述不多,但都透露出人们的反抗意识和斗争精神。《幽明录》中有述"孙恩作逆"的时代背景。《冤魂志》"涪令妻"条记录亭长为民申冤除害,《搜神记》"苏娥"条载苏娥被当地亭长谋害,托梦给刺史何敞,冤情得以昭雪。这两则故事情节有相似之处,皆是女鬼冤魂向清明官吏喊冤,最终让犯法的凶手伏法。虽然都借助鬼神故事表现,但反映

---

① 鲁迅校录《古小说钩沉》,齐鲁书社,1997,第332页。

第二章 魏晋南北朝志怪小说的渊源与繁荣

了人们惩奸除恶的决心和坚决反抗的精神。"干将莫邪"条把人民的反抗意识和精神充分表达出来,楚王将为其铸剑的干将杀害,其子赤长大成人后为给父亲报仇不惜拔剑自刎,帮助赤复仇的侠客亦侠肝义胆,诛除暴君。

在流离失所、困顿交织的情况下,人们所向往的美好生活不是飞黄腾达、高官厚禄,而仅是安全、健康以及平稳的基本生存环境。因此含有对美好生活的憧憬和期盼的志怪小说主要表现怡然自乐的世外桃源生活,如《搜神后记》中"桃花源"条、"韶舞"条、"袁相根硕"条,《幽明录》中"刘晨阮肇"条、"黄原"条等。身处战乱相寻、天灾迭至的环境中,人们不得不外逃避难,这在当时已经成为普遍现象。八王之乱后便出现了大量迁徙变动,"频岁大饥,百姓乃流移就谷,相与入汉川者数万家"①,"天下方乱,避难之国唯凉土耳……中州避难来者日月相继"②,其中不少人纷纷入山寻求幽静,"海陵县界地名青蒲,四面湖泽,皆是菰苇,逃亡所聚,威令不能及"③,"所部横阳县,山谷险峻,为逋逃所聚"④。为了保全性命,人们只得选择远离故土,逃至较为安全的地方或山中居住。一些知识分子也深感政局黑暗、官府腐败无能,政治理想和抱负无法实现,心灰意冷。再加之玄风炽热,标榜老庄之自然无为,很多人选择隐居避世,或辞官归乡,或亦仕亦隐,远离官场中的明争暗斗。志怪小说中,那些远离战乱喧嚣的山间乐土,是人人向往安居之地,没有战事和阶级压迫,有的是宁静祥和的社会环境、优美的自然景观和富足自在的生活,令人向往,给读者以精神上的慰藉。

此间出现的唯美爱情段落,也表达了人们对爱情和幸福的向往和追求。一些人仙、人鬼结合的浪漫幻想实则是表达对自由恋爱和婚姻的渴求,对包办、门第、政治婚姻的强烈抗拒和不满。如《幽

---

① (唐)房玄龄等撰《晋书》卷一百二十《李特载记》,中华书局,1974,第3022页。
② (唐)房玄龄等撰《晋书》卷八十六《张轨传》,中华书局,1974,第2222~2225页。
③ (唐)房玄龄等撰《晋书》卷八十一《毛璩传》,中华书局,1974,第2126页。
④ (唐)姚思廉撰《梁书》卷五十三《范述曾传》,中华书局,1973,第770页。

魏晋南北朝志怪小说的佛教元素

明录》"卖胡粉女子"条和"庞阿"条都歌颂了至死不渝的真挚爱情，《搜神记》"丁姑"条记丁姑被婆婆虐待至死，反映女性在社会中地位低下。"紫玉"条记吴王小女紫玉与韩重私订终身，遭到吴王反对郁郁而终，韩重吊唁，紫玉从墓中现身，行夫妻之礼，紫玉赠明珠作信物，吴王不信，认为是韩重盗墓，紫玉再度现身为韩重辩护。这个生死相恋的悲情故事表现了女性在追求爱情中的勇敢和执着。"河间男女"条，记录女子死后还魂与男子终成眷属，赞颂青年男女勇于追求自由婚姻。

最后，志怪小说中多体现宗教信仰。在魏晋南北朝时期，释道思想弥漫，前文已述佛教的发展情况，其在志怪小说中表现尤盛，本书将在后文中详述。

道教兴起于汉代，魏晋南北朝时期大兴，道教思想观念深入人心，成为社会普遍的认识。人们对长生不老、羽化登仙抱有渴望和追求，对道教法术、神仙世界充满好奇和探索之心。

道教发展渊源多样，杂糅民间巫术、鬼神观念、神仙思想、方术、阴阳五行等种种元素而形成，以崇尚黄老之道、长生成仙、祈福免灾、教化世人修道为核心思想。道教创建活动较为分散，其产生过程错综复杂，教派林立。"黄老道"崇信黄老；"丹鼎派"以长生不死为目的，炼养服丹；"符箓派"以驱除病害为主，借符箓召唤鬼神，祈禳消祸，济生度死；张角创建"太平道"，用符箓、水禁治病除疾，引归信民众数十万；张陵创建"鬼道"或称为"五斗米道"，魏晋之后称为"天师道"，教人跪拜思过，借符水治病，信奉徒众多；等等。太平道和五斗米道作为道教活动和道教实体出现，[①]意味着道教最终成立，《太平经》《周易参同契》《老子想尔注》等典籍构成道教理论依据，此后道教教义发展完善，祭祀礼仪日趋完备，道教思想成为社会思潮，并得到统治者的认可。

道教普遍受到帝王将相崇尚，名士文人信奉者众多。帝王奉道主要希望服食仙丹，长生不死，也对术士道士之法颇感兴趣。东晋

---

① 任继愈主编《中国道教史》，上海人民出版社，1990，第8页。

哀帝"雅好黄老,断谷,饵长生药,服食过多,遂中毒"①。欲成仙而服食采补之术,却短折为哀。梁武帝"弱年好事,先受道法,及即位,犹自上章,朝士受道者众。三吴及边海之际,信之逾甚"②。隐居炼丹家陶弘景"修辟谷导引之法,受道经符箓"③,武帝与他交往甚密。北魏道武帝"好老子之言,诵咏不倦……置仙人博士,立仙坊,煮炼百药"④,期望不死,而死刑犯试服大多死亡。嵇康虔诚奉道,崇尚老庄,好服食养生,作《养生论》,主张身体与精神共养,养神尤为关键,并提出具体方法。王羲之"雅好服食养性",与道士许迈共同修道服食,"王氏世事张氏五斗米道,凝之弥笃",其子王凝之被孙恩害命前曰:"吾已请大道,许鬼兵相助,贼自破矣。"⑤可见凝之笃信之深。曹操、曹植、阮籍、张华、郭璞、葛洪、陶渊明、庾阐、谢灵运等人也喜好方术、服丹修行,道教在士族阶层颇受重视,对其思想观念和诗文创作也产生了一定影响。

志怪小说中记载了不少关于道教的情况。行气息法、服食丹药,信道之众大多以此方式修炼,以达成祛病强身、延年益寿的终极目标。《幽明录》"颍川女"条载一女子在古冢中逃难,学习大龟在晨暮伸头吸气,不觉饥饿,多年来保存性命。《博物志》亦有相似故事,学龟蛇吸气大法,《抱朴子》曾引用,以证龟有不死之法,世人广为效仿。《搜神记》"赤松子"条载,赤松子"服冰玉散",《法苑珠林》中作"服水玉",以水服送玉屑,人不会死亡。《述异记》"庐山采松"条载,从庐山出发采松,有幸采摘松花服食后,"得寿三百岁也"。长生不老最为人们所期盼,如若生时得道未成者,不能精进修成天仙、地仙,死后蜕变亦是完满的结局。如《幽明录》"巴东道士"条载,道士事道精进,化成一白鹭飞出升天,不见道士所在。《汉武故事》"钩弋夫人"条载,夫人逝世入殡,香气缭绕,

---

① (唐)房玄龄等撰《晋书》卷八《哀帝纪》,中华书局,1974,第208~209页。
② (唐)魏徵等撰《隋书》卷三十五《经籍》,中华书局,1982,第1093页。
③ (唐)魏徵等撰《隋书》卷三十五《经籍》,中华书局,1982,第1093页。
④ (北齐)魏收撰《魏书》卷一百一十四《释老志》,中华书局,1974,第3049页。
⑤ (唐)房玄龄等撰《晋书》卷八十《王徽之传》,中华书局,1974,第2098、2103页。

因怀疑是非常之人，开冢见棺空空如也，仅留有衣服鞋子；《异苑》"宗超之"条，亦是死后待葬，发现尸体全无，留有一双屦：都是记载死后羽化成仙。

三　艺术表现力增强

较之以往，魏晋南北朝志怪小说在艺术表现上有了长足的提升。志怪小说篇幅增加，叙事更加完整，如《幽明录》和《冥祥记》中地狱入冥类小说"慧达"条和"陈安居"条，字数均超过一千一百字，《搜神记》"胡母班"条超过五百字。同时，故事的情节描绘也更加细致具体，想象丰富多彩，运用的表现手法各异，综合运用叙事语言、人物语言和诗歌手法形成独特的表达方式，侧重描绘人物心理与动作活动，加强对场景氛围的渲染，塑造了千姿百态的人物形象，整体提升了志怪小说的艺术表现力。下面着重从奇特想象和诗歌手法的运用两方面，一窥魏晋南北朝志怪小说的艺术表现。

一是奇特想象的运用。魏晋南北朝志怪小说在呈现繁荣盛世时，一大重要的特点就是想象绮丽。大量丰富、充满幻想的艺术内容和表现形式，为志怪小说带来了启迪和影响，赋予了志怪小说新的面貌和文学价值，也为后世的文学作品开辟了全新的创作思路。

在文学理论中，对于想象有诸多评论。陆机《文赋》言："其始也，皆收视反听，耽思傍讯，精骛八极，心游万仞……观古今于须臾，抚四海于一瞬。"[①] 想象超越了人的视野和思维范畴，跨过了时空的障碍，冲脱了现实的局限，让创作者在无限的世界中自由自在地创作和表达。刘勰在《文心雕龙》中论及想象时言："文之思也，其神远矣。故寂然凝虑，思接千载；悄焉动容，视通万里；吟咏之间，吐纳珠玉之声；眉睫之前，卷舒风云之色：其思理之致乎！故思理为妙，神与物游。"[②] 亦在强调想象的无拘无束特征，想象是作者创作的重要前提，对作品表现具有重要作用。

---

① （晋）陆机撰，张少康集释《文赋集释》，上海古籍出版社，1984，第25页。
② （南朝梁）刘勰著，黄霖导读，黄霖整理集评《文心雕龙》，上海古籍出版社，2010，第53页。

第二章 魏晋南北朝志怪小说的渊源与繁荣

想象是艺术创作的灵感源泉，想象超越了现实，脱离了理性束缚，想象缔造了志怪小说审美上的神秘氛围和令人深感惊喜之处。在志怪小说中出现了神奇多异的想象，有真实与虚幻交陈的，还有超现实的和富有象征意味的；有的表现在人物塑造上或者故事情节中，有的蕴含在空间和时间维度上，皆突破了人们的认识范畴。

首先，绮丽的想象给志怪小说带来了丰富的故事情节和人物形象。如《幽明录》"庞阿"条，石氏女执着相爱以致形神相离，在离魂梦幻中期望实现爱情愿望，"誓心不嫁"最终如愿，离魂情节将真挚爱情表达得十分生动和宝贵。《搜神记》"韩凭妻"条，讲述韩凭夫妻忠贞不渝的爱情，两人殉情后没有得到合葬，两冢生树，相互交错合为"相思树"，两人魂魄化为鸳鸯"交颈悲鸣"，想象出奇，是对美好姻缘的由衷歌颂，亦是对残暴康王的强烈控诉。

《搜神记》"弦超"条，讲述天帝怜悯弦超早失父母，派天上玉女成公知琼下嫁。作品想象丰富，文字描绘细致入微，形象生动。活灵活现地勾勒出下凡玉女的形象，且注重描绘场景，为人物塑造和情节发展走向营造氛围。"显然来游，驾辎輧车，从八婢，服绫罗绮绣之衣，姿颜容体，状若飞仙。自言年七十，视之如十五六女。车上有壶、榼、青白琉璃五具。饮啖奇异，馔具醴酒，与超共饮食。"[①] 描绘玉女体态容貌和下凡时浩大的排场，给读者以具体形象展示。"夜来晨去，倏忽若飞，唯超见之，他人不见。虽居暗室，辄闻人声，常见踪迹，然不睹其形。"[②] 表现了仙女不让凡人知晓行踪、神秘莫测的人物性格特征。"玉女遂求去，云：'我，神人也。虽与君交，不愿人知。而君性疏漏，我今本末已露，不复与君通接。积年交结，恩义不轻，一旦分别，岂不怆恨。势不得尔，各自努力。'又呼侍御，下酒饮啖。发篋，取织成裙衫两副遗超，又赠诗一首。把臂告辞，涕泣流离，肃然升车，去若飞迅。"[③] 这段独白是玉女行踪暴露后，与弦超分别之语，悲伤中透出眷恋不舍和珍重之情，

---

① （晋）干宝撰，汪绍楹校注《搜神记》，中华书局，1979，第17页。
② （晋）干宝撰，汪绍楹校注《搜神记》，中华书局，1979，第17页。
③ （晋）干宝撰，汪绍楹校注《搜神记》，中华书局，1979，第17~18页。

魏晋南北朝志怪小说的佛教元素

这种细致描绘对表现人物的内心情感和特定情绪的抒发颇具益处，使得玉女的形象更加生动鲜活。

在丰富自由、怪诞不经的想象中，无论是人、神、妖、鬼，抑或任何异物及其生发的种种联系，在志怪小说中都可幻化为离奇的故事和百态群像，展现了神异而多彩的艺术境界。

其次，志怪小说的想象超越时间和空间维度。在想象中自由翱翔，在对异域世界的好奇、探索里，志怪小说打破了时空限制。

志怪小说中有丰富的时间描述，它们或延长、或缩短，时而暂停、时而加速。富于变化的物理时间展示，折射出人们主观的心理感受。《玄中记》载"千岁树精为青羊，万岁树精为青牛"①，"狐五十岁能变化为妇人。百岁为美女，为神巫……千岁即与天通，为天狐"②，"百岁鼠化为神"③，记载了树精、狐精、鼠精等诸多精灵妖怪。在古人的认识当中，一些不平常的动物、植物都颇有灵性，成百上千年后化为妖怪，它们的生命形态和意义都发生巨大变化。漫长的时间浸润是实现这一变化的前提，促使一些妖怪成为日后人们神物崇拜和神物信仰的对象。

志怪小说还常常打乱历史发展顺序，在想象的作用下，诞生出引人入胜的作品。如《幽明录》"王辅嗣"条，讲述魏晋玄学的开创者王辅嗣注《易经》时，嘲笑汉代儒家经学集大成者郑玄，夜晚郑玄登门，谴责王辅嗣的言行。随后不久，王辅嗣因重病而卒。这则作品突破了历史时空限制，晋魏与汉代相隔多年，却能够跨越年代和幽明界限，让两位大师相见。不同时代的学术思潮交锋，在时空交错下，演变为离奇异趣的形态，由此产生别样的审美效果。

志怪小说开拓了富于变化的空间形态，突破了有限天地的限制。例如《博物志》中异域国家有轩辕国、白民国、君子国、三苗国、驩兜国、羽民国等，这些国度的设定别开生面，充溢着丰富奇特的想象。《神仙传》"壶公"条载，壶公入壶，小小壶内别有洞天，楼

---

① 鲁迅校录《古小说钩沉》，齐鲁书社，1997，第237页。
② 鲁迅校录《古小说钩沉》，齐鲁书社，1997，第239页。
③ 鲁迅校录《古小说钩沉》，齐鲁书社，1997，第239页。

阁高耸,神仙宴请,入壶而息和壶中天地的构想充满奇幻色彩,是脍炙人口的故事。《幽明录》中流传千古、效仿众多的"焦湖庙祝"条更是时空幻化的典型故事,时间被延长,梦中"历年"而人间"俄忽之间";空间被放大,由枕中小孔入朱门幻境,时空变异,看似怪诞不经,实则抨击了追名逐利的人生幻想。

二是诗歌手法的运用。中国是诗的国度,从《诗经》《楚辞》起,诗歌一直是文学创作的主要体裁,也是历史最悠久的一种文学形式。诗歌抒发创作者的感情,反映现实世界,在形象地描述政治经济活动、农业生产、人间悲欢离合中自由地表达情感。诗歌以凝练的语言和深邃的意境,达成抒情言志的创作意图。在志怪小说中,创作者也常常将诗歌融入作品中,遵从诗歌的创作规律,吸收诗歌的艺术精髓,丰富作品意蕴。

在魏晋南北朝志怪小说中,诗歌与小说相互借鉴与融合成为一大艺术特征。在小说中融汇诗歌的表现方式,有助于补充叙事内容,丰富小说的审美表达,满足不同读者的欣赏需要。

首先,诗歌介入志怪小说中便于抒怀言志。魏晋南北朝志怪小说中,诸多篇章以诗为载体,表达人物内心情感。例如,《搜神后记》"丁令威"条载,丁令威学道后化成鹤,飞回家乡,无人认识,徘徊在空中时言:

> 有鸟有鸟丁令威,去家千年今始归。
> 城郭如故人民非,何不学仙冢垒垒。[①]

这首七言诗的诗句中表现了成仙和凡俗的强烈反差,有物是人非之感,不禁令人喟叹,感慨人世沧桑变化。

《搜神记》"紫玉"条载,韩重前往紫玉墓前,紫玉魂魄显现并歌咏。下面这首四言诗将紫玉内心感受一展无遗:

[①] (晋)陶潜撰,汪绍楹校注《搜神后记》,中华书局,1981,第1页。

魏晋南北朝志怪小说的佛教元素

> 南山有鸟，北山张罗。乌既高飞，罗将奈何！
> 意欲从君，谗言孔多。悲结生疾，没命黄垆。
> 命之不造，冤如之何！羽族之长，名为凤凰。
> 一日失雄，三年感伤。虽有众鸟，不为匹双。
> 故见鄙姿，逢君辉光。身远心近，何当暂忘。①

与阔别三年的恋人韩重再见面，却已生死两重天，紫玉将内心的苦楚与压抑以诗歌的形式抒发，情调凄婉，语句动人，表达了紫玉身远心近的浓烈爱意。

同书"韩凭妻"条载，宋康王夺走韩凭妻子何氏，何氏偷偷写了遗书欲交给丈夫，事与愿违，遗书被宋康王获得，信中只有"其雨淫淫，河大水深，日出当心"②十二字，言辞隐晦，无人能解。一位叫苏贺的大臣解释道："其雨淫淫，言愁且思也；河大水深，不得往来也；日出当心，心有死志也。"③牢狱中的韩凭得知妻子心意后，悲痛而亡，何氏亦坠台殉情。十二字诗语书信是何氏对丈夫的深情告白，是其坚贞不屈的性格书写，是创作者表达主人公内心世界的主要途径。

《幽明录》"费升"条记，亭吏费升遇到一女子，她弹琵琶吟唱，表达对费升之痴情以及希望与之共度良宵的愿望。

> （上曲）云："精气感冥昧，所降若有缘；嗟我遘良契，寄忻霄梦间。"
>
> 中曲云："成公从义起，兰香降张硕；苟云冥分结，缠绵在今夕。"
>
> 下曲云："伫我风云会，正俟今夕游；神交虽未久，中心已绸缪。"④

---

① （晋）干宝撰，汪绍楹校注《搜神记》，中华书局，1979，第200页。
② （晋）干宝撰，汪绍楹校注《搜神记》，中华书局，1979，第141页。
③ （晋）干宝撰，汪绍楹校注《搜神记》，中华书局，1979，第141页。
④ 鲁迅校录《古小说钩沉》，齐鲁书社，1997，第183页。

吟唱分上、中、下三段曲，层层渲染了女子渴望与费升缠绵的内心情感，以歌曲的形式描绘人物心理动向，比直陈叙述更富美感，令人物形象栩栩如生，故事更加生动。

《续齐谐记》"赵文韶"条，写赵文韶秋夜怅然思归，唱《西夜乌飞》引来王家娘子共弹唱，赵文韶被深深打动。娘子所唱的歌曲内容是"日暮风吹，叶落依枝。丹心寸意，愁君未知。歌《繁霜》，侵晓幕。何意空相守，坐待繁霜落"①，暗含着对美好爱情的向往和追求，又将当时的内心感受和周遭环境气氛巧妙融合。这则人神恋爱的故事，文辞优美，叙述含蓄婉转，歌曲富有韵味，将凄凉寂寞的青年男女钟情邂逅时，热烈激动的心情描述得极为到位。这则故事充满诗意，恰如《虞初志》中载汤显祖评曰："骚艳多风，得《九歌》如余意。"②

其次，借用诗歌的形式有助于推动故事情节发展。例如《搜神记》"弦超"条载："飘浮勃逢，敖曹云石滋。芝一英不须润，至德与时期。神仙岂虚感，应运来相之。纳我荣五族，逆我致祸灾。"③这首诗是主人公成婚时，玉女赠予弦超的，诗句概括了小说的全部内容，预演了未来情节发展的景象，强化了终将走向分别的悲情结局。

《搜神记》"杜兰香"条，记载仙女杜兰香与凡人张传结合的故事。两人第一次见面时，杜兰香作诗曰："阿母处灵岳，时游云霄际。众女侍羽仪，不出墉宫外。飘轮送我来，岂复耻尘秽。从我与福俱，嫌我与祸会。"④杜兰香再次出现时又作诗曰："逍遥云汉间，呼吸发九嶷。流汝不稽路，弱水何不之。"⑤ 欲带领张传共同得道成仙，随后拿出仙果给张传食，并告知再次相见的时间，张传都一一应允。这两首诗成了故事的重要组成部分，起到了承上启下的作用，

---

① 王根林等校点《汉魏六朝笔记小说大观》，上海古籍出版社，1999，第1009页。
② （明）袁宏道参评，屠隆点阅《虞初志》，中国书店，1986，第12页。
③ （晋）干宝撰，汪绍楹校注《搜神记》，中华书局，1979，第17页。
④ （晋）干宝撰，汪绍楹校注《搜神记》，中华书局，1979，第15~16页。
⑤ （晋）干宝撰，汪绍楹校注《搜神记》，中华书局，1979，第16页。

❋ 魏晋南北朝志怪小说的佛教元素

前一首交代了仙女的来历、天上的居住环境、与凡人结合的禁忌等，后一首表达了仙女永结同心的意愿，为之后相互约定等情节做好铺垫，推进了故事发展。

《搜神记》"崔少府"条中，崔少府女儿以诗赠卢充，作为告别之言：

> 煌煌灵芝质，光丽何猗猗。华艳当时显，嘉异表神奇。
> 含英未及秀，中夏罹霜萎。荣耀长幽灭，世路永无施。
> 不悟阴阳运，哲人忽来仪。会浅离别速，皆由灵与祇。
> 何以赠余亲？金锭可颐儿。恩爱从此别，断肠伤肝脾。①

这段诗是崔氏与卢充再见面时，讲述自己的身世，并做最后的告别。崔氏正当青春年华时遭遇不测，香消玉殒，终须与爱人孩子分开。诗句补充了有关崔氏神秘身份的内容，又为下文的展开做了铺陈，是故事完整叙事中不可缺少的一部分。同时诗句的运用更突出表达了崔氏永失所爱的悲伤和苦痛。

魏晋南北朝志怪小说，将诗歌融汇其中，运用诗歌的抒情特性为志怪小说中的人物注入了丰沛饱满的感情，对志怪小说的情节发展和故事结构起着承转作用，与小说的情节融为一体，增强了小说的艺术表现力和感染力。

以诗入小说，这种现象在后世文学作品中得以继承和发展。在唐传奇中表现尤为突出，这也与唐代是我国诗歌艺术最辉煌的时期分不开。从唐传奇开始，古小说开始走向文学自觉的创作阶段，作者在创作小说时，运用诗赋有意地表达创作意图和主观情感，塑造人物形象，抒情言志，或烘托氛围等。至明清的章回小说，更是穿插着大量诗歌，形式更为多样，并形成以诗歌开篇或收尾的书写体例。

总体而言，魏晋南北朝志怪小说是古小说发展的初步阶段，显

---

① （晋）干宝撰，汪绍楹校注《搜神记》，中华书局，1979，第204页。

现着新的风貌和新的特点,其繁荣程度和蓬勃景象为自身在文学史上争取了一席之地,同诗、文等在六朝文坛竞相绽放美妙奇观。

第四节 魏晋南北朝志怪小说吸纳佛教因素探究

魏晋南北朝志怪小说中多有佛教因子,一方面,释家思想弥漫,佛教自觉地通过各种渠道和方式浸入中土,另一方面,志怪小说在发展过程中需要不断吸纳异质文化和思想,不仅是创作者志"怪"的基本需求体现,更可窥见志怪小说与佛教信仰之间存有共通或相似之处,这必然令志怪小说不断汲取佛教因素。具体原因有如下三点。

一 创作者思想融通,内外兼修

志怪小说创作队伍庞大,涉及佛教内容与精神的志怪作品的作者分为两类,一类是一般的文学士人,一类是佛教徒。

一般的文士,大多服膺儒家思想文化,不曾信仰某一宗教,不热衷宗教活动,但也不排斥。张华、干宝、曹毗、吴均、祖冲之、刘敬叔、刘之遴等人,家世多清贫,博学广识,文采出众。前四位曾担任著作郎或佐著作郎,编修国史及前代史,传世著作亦丰富。魏晋南北朝时期,佛、道思想弥漫,他们在素材搜集和作品创作中,融儒、释、道三家思想,并纳华夏传说、迷信、鬼神、方术之说,广涉杂糅,实为文士之本色。如鲁迅所言,"以为幽明虽殊途,而人鬼乃皆实有"[①],史官所述佛教神通变异、灵魂地狱之异事,皆与人间世事相同。

随着佛典翻译增多,早期译者如安世高、支谶、竺朔佛、道安多用直译方式,文直不华,以显质理,鸠摩罗什采用意译方式,平

---

① 鲁迅先生纪念委员会编《鲁迅全集》卷九《中国小说史略》,人民文学出版社,1973,第183页。

魏晋南北朝志怪小说的佛教元素

添文采意蕴,慧远则主张调和两者,文质齐美,佛典翻译在"六朝真是'达'而'雅'了"[①],且可实现"信"。高僧辛勤译经,士人和教徒精进研习佛典、钻研义理,具备精深的佛学修养。知识水平不高的平民信众,则苦于佛法深奥且存有中外文化差异,难以理解,不得章法。为弘扬佛法,奉佛文士以志怪小说的文学形式和口语化的叙述方法,寓教义佛理于故事中,涉及菩萨应验显灵、善恶报应、生死轮回等的篇章不胜枚举,令民众读后身心震撼,引以为戒。这些文士信徒创作者包括:士族出身的谢敷、傅亮、张演、陆杲、颜之推等人,身为皇室后裔的刘义庆、萧子良。他们皆素信佛法,长斋供养,且博览儒家经典,位居高官。他们创作志怪作品自然是基于佛教信仰,其中也体现了个人思想意识和社会风尚特质。

颜之推《冤魂志》颇具融合特点,结合中国传统的果报观念和道教"承负"思想,引用大量为人熟知的经史资料以证佛家三世因果报应,开儒、释、道融合之端。刘义庆因爱好文学,广罗才学之士构成文学集团,群体活动丰富,著作颇多,其中有两部志怪小说,分量厚重。一部是《幽明录》,它是由门客集体编纂而成的,内容小部分采自旧书,大部分为首次出现,展现晋宋奇闻,与《搜神记》相比更具强烈的时代特性和现实性,其中佛道色彩浓重。作品取材广泛,内容包罗万象,辑录神话传说、历史故事、佛道争斗与融合等各方面的内容。内外兼修的志怪著作,不仅受佛教徒欢迎,对于一般的文人士者和广大民众来说都是易于接受和传阅的。这些作品语言流畅文雅,颇注重场景、人物等细节描绘,大大提升了志怪小说的艺术表现力,堪为志怪经典。另一部是《宣验记》,它是南朝"释氏辅教书",身为佛教徒的刘义庆"晚节奉养沙门"。《幽明录》中虽有涉佛之事,但未铺陈展开,刘氏遂专门著《宣验记》"赞述三宝"[②]。两部志怪小说广泛搜神语怪,尊崇佛教,描摹细致、刻画

---

① 鲁迅先生纪念委员会编《鲁迅全集》卷四《二心集·关于翻译的通信》,人民文学出版社,1973,第376页。
② (唐)法琳撰《辨正论》,《大正新修大藏经》第52册,新文丰出版公司,1992,第504页。

形象，在历代志怪小说中具有较高的文学水平。

二 志怪小说的叙事需求

如前文所述，志怪小说这种文学形态，汲取了上古神话传说、中国传统巫和鬼神文化的营养，经历了先秦酝酿形成期、两汉长足发展期，至魏晋南北朝达到成熟。由于各种原因，丰富的上古神话未能得以系统留存，散落在古籍中，在《左传》《国语》《楚辞》《吕氏春秋》《山海经》《淮南子》中可见，多为简单记录，颇似一个个静止的文化图腾，保存神话数量最多的《山海经》成书于战国，盘古开天地的神话最早见于三国徐整《三五历记》，成熟于南朝梁任昉《述异记》，这些数量众多的神话传说，往往只言片语，自古以来未曾有过如古希腊、古印度神话史诗那样的鸿篇巨制，且见诸文本较晚，仅在后世的志怪小说中流传演绎。众所周知，神话传说的诞生实则很早，之所以疏于详述，盖因鲁迅所言中华人民"重实际而黜玄想，不更能集古传以成大文"[1]。这一现象也折射出中国文学存在传统薄弱的特质，即不善于故事叙述。王国维曾分文学为抒情和叙事两类，指明"叙事的文学（谓叙事传、史诗、戏曲等，非谓散文也），则我国尚在幼稚之时代"[2]，无法与西欧国家相匹敌。事实既是如此，中国文学自古即形成抒情的表达传统，《诗经》中不乏叙事篇章，不过是为抒情服务的材料，不足以催生叙事文学展开新风貌，抒情一直是文学表现的最终目标，叙事仅为达成目标的一种手段。

中国叙事文学发展迟缓，也缘于人们的叙事思维和叙事能力需要经由从粗糙至成熟的发展过程，这是一个漫长的蜕变过程，直到唐传奇大量涌现，才诞生了符合现代文学体裁中的小说定义的作品。鲁迅明示："小说亦如诗，至唐代而一变，虽尚不离于搜奇记逸，然叙述宛转，文辞华艳，与六朝之粗陈梗概者较，演进之迹甚明，而

---

[1] 鲁迅先生纪念委员会编《鲁迅全集》卷九《中国小说史略》，人民文学出版社，1973，第164页。
[2] 王国维：《文学小言》，《王国维文学论著三种》，商务印书馆，2010，第220页。

尤显者乃在是时则始有意为小说。"① 志怪小说作为古小说②的一类，仅为小说原始形态的一种表现，远未达到小说叙事的水平。此外，魏晋南北朝志怪小说的创作动机为忠实记录所见所闻，文学自觉尚未形成，仍不是"有意为小说"或刻意虚构创作。

叙事发展迟缓，叙事能力不足，只可令"丛残小语"拙于讲故事，无法精湛地通过语言组织人物和事件，构成完满的艺术世界。面对这样的窘境，志怪小说仍需汲取各方营养，不断充实。佛教东传，为志怪小说提供了丰富的佛教文化元素，如佛陀、观音、神通、三生三世、因果报应、地狱等释家人物和理念，以及佛教文学中本生、譬喻、佛传故事等内容，极大地丰富和拓宽了志怪小说的叙事。

夸饰、玄思、变幻、神异等多样的表现方式是佛教文学颇具魅力的特质，这对于提升文学表现水平是大有帮助的，引发了人们讲故事的乐趣，激发了文学叙事的创造力和想象力。同时，佛教文学的语言、修辞亦为中土带来了富于形象感、绮丽独特的表现旨趣。

三 志怪小说的真实性需求与读者的现实需求不谋而合

班固评小说家出于稗官，小说为"小道""不"可观"，其所列的十五家小说确实价值不高，注文评价多用"浅薄""依托"③之词，指出小说虚构不实、语意不深。中国古代对小说的评价就一直沿袭班固的观点，历代史志书录中小说都被列于正统经史子书之外，作为附庸而存在，地位始终不高。在这种观念影响下，小说地位的提升就要求解决其真实性问题，小说所载录的稗史遗文、闾巷风俗、奇闻逸事就都要求本质是真实不虚的，是可供史家选取的资料，而非作者肆意虚构，凭空臆造之作是没有文坛地位的，真实是衡量小

---

① 鲁迅先生纪念委员会编《鲁迅全集》卷九《中国小说史略》，人民文学出版社，1973，第211页。
② 李剑国：《唐前志怪小说史》，人民文学出版社，2011，第1页。鲁迅《古小说钩沉》辑录作品均为唐前的；程毅中《古小说简目》采用"古小说"概念，它实际上指古代文言小说；李剑国将中国唐以前的小说统称为"古小说"。
③ （汉）班固撰，（唐）颜师古注《汉书》卷三十《艺文志》，中华书局，1964，第1744页。

第二章　魏晋南北朝志怪小说的渊源与繁荣

说价值最重要且最基本的标准。

囿于长期传承的观念，小说家往往要对小说的真实性加以说明。干宝在《搜神记》序中言："虽考先志于载籍，收遗逸于当时，盖非一耳一目之所亲闻睹也，又安敢谓无失实者哉。卫朔失国，二传互其所闻；吕望事周，子长存其两说，若此比类，往往有焉。从此观之，闻见之难，由来尚矣。"①干宝是以史家的著述态度完成《搜神记》的，将真实视为其小说辑录的基本准则，虽然并非亲闻亲睹，"苟有虚错"在所难免，这并非为自己开脱，因为即便是史家也是无法避免"闻见之难"的。干宝担任过佐著作郎史官职务，精通史书撰写，这也与他以史家标准证实作品真实性不无关系。

志怪小说在文史地位提升的路上，不断为其真实性辨明，需要增添真实力作，要有真切的故事、真诚的情感、真理的阐明。佛教和佛教信仰的传入，使志怪小说在内容、思想以及情感方面探出方外，开创了呈现真实的新局面。

由佛教徒撰写的志怪小说，在表现真实性上尤为用功，特别是在关系事件发展转变的关键节点，或是有关出处、时间、地点、人物、背景等细节要素上，做到信而有征、以小窥大，实现小说整体真实可信的效果。王琰《冥祥记》所载时间年代皆精准，部分故事甚至可以"有助于考史"②，真实记录了当时的社会现象，令读者与作品的距离拉近，强化了作品的感召力。有的作者为了证明是亲眼所见、亲耳所闻，往往皆要标注出见闻来源及转述人的有关情况，如"赵泰""石长和""陈安居"等条后皆以标注听闻出处为结尾，以证确实无误。傅亮《光世音应验记》序言："谢庆绪往撰《光世音应验》一卷十余事，送与先君……遂不复存。其中七篇具识事，不能复记其事。故以所忆者更为此记，以悦同信之士云。"③交代写作动机乃是原本遗失，回忆复书，再现还原，绝无编造之嫌。类似于史书的体例编撰方式，反复标注资料来源，这些都令志怪小说与

---

① （晋）干宝撰，汪绍楹校注《搜神记》，中华书局，1979，第2页。
② 曹道衡：《论王琰和他的〈冥祥记〉》，《文学遗产》1992年第1期。
③ 董志翘：《〈观世音应验记三种〉译注》，江苏古籍出版社，2002，第1页。

魏晋南北朝志怪小说的佛教元素

以往的样貌有所不同,对志怪小说模式构建有一定影响。

魏晋南北朝时期,自然灾害严重,政局多变不安,社会民生凋敝。对于处于水深火热之中的平民百姓而言,深邃的佛教教义并无实用价值,高僧大德讲经开示之智慧、名士文人钻研佛理之玄妙皆不具备吸引力,他们期盼得到的是现世的救济,摆脱实际的苦痛,获得当下的心灵慰藉。佛教给予广大贫困无助的民众最大的精神支持,就是以观音菩萨及观音信仰为代表的神祇崇拜。如前文所述,神祇崇拜是宗教信仰最为活跃的要素,在当时民间信仰中,民众最欢迎的、流传最为普遍的当数观音信仰,观音是民间崇拜的救世主,是信仰的对象。

观音信仰之所以对黎民百姓有着强大吸引力,是因其未将人的精神意识提升到菩萨的高度和涅槃转世的难度,而是着眼于人的现实情况,关注人们自身受到的苦难以及如何在现世解脱。只要民众在困苦绝望中"诚心归请"、真心呼唤,观音菩萨即能感应到并来解救。这种不离现世、能够产生即刻效果的信奉方式是简便可行的,民众自然将救济的希望和生命的期望寄托在观音身上,相信菩萨的灵验和信仰的力量。这是民众真挚心愿的反映,是其强烈的精神追求的写照,因此,观音信仰在中国普及极快,对民众的精神世界有着重要的影响。

信仰需要强烈的热情和美好的憧憬,同样也需要真实的支撑和实证的验明,真实是坚定信仰不动摇的决心,实证是守护信仰的武器。宗教信仰需要实证以示真实,才能笼络人心,鼓动信众。通过实证,信众愈加真心信服,愈加坚守信念。基于真实情感表达、真实故事书写的要求,观音信仰在志怪小说中的表现就必须是真实的。

再看这类观音信仰主题的志怪小说,其所有的故事都发生在当时的社会背景中,透过故事我们能看到不可忽视、尖锐的社会真实问题。陆杲《系观世音应验记》"张崇"条:"晋太元中,苻坚败,时关中人千余家归晋。中路为方镇所录,杀尽,虏女。"[①] 反映了平

---

① 董志翘:《〈观世音应验记三种〉译注》,江苏古籍出版社,2002,第159页。

民被杀、妇女被掳走的真实一幕,通常情况下普通民众受难在正史中难得见到。"吴乾钟"条载,吴乾钟被北虏掠去,"缚胛埋腰,欲走马射之,以为睹戏"①,北虏嗜杀成性,手段极为残忍。几处言语揭示了在战乱中、在政权纷争中,一般民众身处苦难境遇、任人宰割的现实。这些故事不脱离社会环境,文笔描绘真切,增强了读者对事件发生的认可。一篇篇显灵得救的真实故事、一幕幕惊心动魄的场景、一次次观音应验的神迹,一遍遍强化了信徒的虔诚之心,也使得志怪小说在真实性表现上又踏出重要的一步。

既然作为事实陈述,创作者的个人思想和情感体会就不适宜在作品中有所体现。"杜贺敕妇"条最后部分是陆杲与讲述该条故事的亲历者游敬安的对话,陆问游何时事佛,"见答:'少作将,本无信情……亲睹司马氏事,乃知圣神去人,极自不远。匹妇送心,明见感激。从是不敢为罪,实由此始。'说此语时,尚追嗟叹,不能已已"②。游敬安目睹发生在司马氏身上的观音显灵事件后放下屠刀开始奉佛,此事对他造成极大震撼和冲击,在讲述见闻时他依然激动不已。文中没有提及陆杲的感受和想法,这不是作者有意为之的创作,也不是其个人才华展现的舞台,这类小说作品的本质是要为读者和接受者服务,满足他们知晓故事、沐浴菩萨恩泽的需求。由此采用客观的录述方式,拉近讲述者和读者的距离,令读者自然地感受观音不可思议的法力,与讲述者产生情感共鸣,愈加坚定奉佛之心。

志怪小说的真实性要求,决定了其所言皆真实,民间佛教信仰的热情和幻想需要真实的印证和实际的支撑,志怪小说与佛教信仰对"真实"的共同需求不谋而合,使两者自然结合在一起,而观音灵验故事正是满足双方需求的巧妙之作。由此,以观音灵验故事为代表的一系列佛教故事和佛教文学内容被纳入志怪小说真实、客观、理性的叙述框架中,成为中土历史叙事的组成部分。

---

① 董志翘:《〈观世音应验记三种〉译注》,江苏古籍出版社,2002,第162页。
② 董志翘:《〈观世音应验记三种〉译注》,江苏古籍出版社,2002,第93页。

第三章　魏晋南北朝志怪小说的涉佛题材

鲁迅在《中国小说史略》中指出："魏晋以来，渐译释典，天竺故事亦流传世间，文人喜其颖异，于有意或无意中用之，遂蜕化为国有。"[①] 汉译佛典对中土古小说创作影响深远，佛典中的故事类型、人物形象、叙述模式等都被文学士人或佛教徒选取，他们结合华夏民族思想和中土社会文化的具体情况，对佛典中作品进行改编或重新创作。这使得魏晋南北朝志怪小说作品与中土其他文学形式相比，有着迥然不同的艺术表现特征，并体现在志怪小说的题材内容上。涉佛题材主要有佛经文学演绎、观世音应验、僧尼神通、佛教与中土思想碰撞融合四类，这些题材成为志怪小说展示佛法基因和佛教文化的重要类型。

第一节　佛教文学演绎

一　"鹦鹉灭火"类型

在诸多由佛经直接移植到志怪小说的故事题材中，较有代表性的"鹦鹉灭火"就是采用情节移植的方式，直陈展现佛教文化对志怪小说内容的浸润。

"鹦鹉灭火"故事最早见于《旧杂譬喻经》，这则譬喻赞扬兄弟之间的友情，鹦鹉不忍见到朋友受火难，以一己微弱之力和不间断

---

① 鲁迅先生纪念委员会编《鲁迅全集》卷九《中国小说史略》，人民文学出版社，1973，第192页。

重复以翅取水的办法救助朋友，真情感动了天神，最终得以平安度难：

> 昔有鹦鹉，飞集他山中，山中百鸟畜兽，转相重爱不相残害。鹦鹉自念："虽尔不可久也，当归耳。"便去。却后数月大山失火四面皆然。鹦鹉遥见便入水，以羽翅取水飞上空中，以衣毛间水洒之欲灭大火。如是往来往来。天神言："咄鹦鹉！汝何以痴？千里之火宁为汝两翅水灭乎？"鹦鹉曰："我由知而不灭也，我曾客是山中，山中百鸟畜兽，皆仁善，悉为兄弟，我不忍见之耳。"天神感其至意，则雨灭火也。①

《杂宝藏经》"佛以智水灭三火缘"也是同一故事，叙述更为详细：

> 佛言："……释提桓因，即向鹦鹉所，而语之言：'此林广大，数千万里，汝之翅羽所取之水，不过数滴，何以能灭如此大火？'鹦鹉答言：'我心弘旷，精勤不懈，必当灭火；若尽此身，不能灭者，更受来身，誓必灭之。'释提桓因，感其志意，为降大雨，火即得灭。""尔时鹦鹉，今我身是也。尔时林中诸鸟兽者，今大聚落人民是也。我于尔时，为灭彼火，使其得安，今亦灭火，令彼得安。"②

此则故事中，鹦鹉为佛祖前生，因"深生悲心"而"必当灭火"，如果此生此身不能灭，来生"誓必灭之"。故事传递出坚持不懈的毅力和坚定不可动摇的决心，还阐释了佛教的因果轮回思想，以及佛祖用智慧之水助众生灭贪欲嗔怒愚痴之火，利益众人。

---

① （吴）康僧会译《旧杂譬喻经》，《大正新修大藏经》第 4 册，新文丰出版公司，1992，第 515 页。
② （北魏）吉迦夜、昙曜译《杂宝藏经》，《大正新修大藏经》第 4 册，新文丰出版公司，1992，第 455 页。

魏晋南北朝志怪小说的佛教元素

《大唐西域记》卷六载此故事，将鹦鹉换为雉：

> 精舍侧不远，有窣堵波，是如来修菩萨行时，为群雉王救火之处。昔于此地有大茂林，毛群羽族巢居穴处，惊风四起，猛焰飙急。时有一雉，有怀伤愍，鼓濯清流，飞空奋洒。时天帝释俯而告曰："汝何守愚，虚劳羽翮？大火方起，焚燎林野，岂汝微躯所能扑灭？"雉曰："说者为谁？"曰："我天帝释耳。"雉曰："今天帝有大福力，无欲不遂，救灾拯难，若指诸掌，反诘无功，其咎安在？猛火方炽，无得多言。"寻复奋飞，往趣流水，天帝遂以掬水泛洒其林，火灭烟消，生类全命，故今谓之救火窣堵波也。①

《大智度论》卷十六亦记载，林中有一雉"以死为期"，"我心至诚，信不虚者，火即当灭"。②《经律异相》卷四十八、《法苑珠林》卷二十七亦收录该则故事。

"鹦鹉灭火"故事在佛经中已构成一个系列，鹦鹉或雉，虽外形为动物，但其精神意志和思想感情皆是坚韧不拔、仁慈救众，实则是菩萨化身，这种象征意义尤为突出感人，所刻画出的无畏形象可歌可泣。

佛经"鹦鹉灭火"故事在志怪小说中多次出现，不断流传，成为颇有代表性的寓言故事。南朝宋刘敬叔《异苑》中就收录了一则，根据《旧杂譬喻经》改编，文字大略相同：

> 有鹦鹉飞集他山，山中禽兽辄相贵重。鹦鹉自念，虽乐不可久也，便去。后数月，山中大火，鹦鹉遥见，便入水濡羽，飞而洒之。天神言："汝虽有志意，何足云也？"对曰："虽知

---

① （唐）玄奘译，辩机撰《大唐西域记》，《大正新修大藏经》第51册，新文丰出版公司，1992，第903页。
② （后秦）鸠摩罗什译《大智度论》，《大正新修大藏经》第25册，新文丰出版公司，1992，第179页。

第三章　魏晋南北朝志怪小说的涉佛题材

不能救，然尝侨居是山，禽兽行善，皆为兄弟，不忍见耳。"天神嘉感，即为灭火。①

南朝宋刘义庆的《宣验记》中所载亦基本一致，同书还录一则类似的故事，语言简练：

> 野火焚山。林中有一雉，入水渍羽，飞故灭火，往来疲乏，不以为苦。②

鹦鹉换为雉，这是同一故事的变体，情节表述虽然简洁但仍能辨识出相似关系，换为雉，而非其他动物，也显然是受到佛经内容变化而调整。在志怪小说中，未曾提及"鹦鹉灭火"是佛经故事移植，但其所倡导的释家慈悲精神、济众救世思想、舍身利他的奉献意识皆展露无遗，故事传递的佛教观念与中土儒学倡导的仁义礼智信多有契合之处。善于搜录奇闻逸事的士人一方面青睐鹦鹉竭尽全力灭火、救助兄弟的动人壮举，另一方面也发现儒释融摄契合之路，反复收录，未有过多修改，基本保持原貌，既符合儒家修身处事原则，又圆融地宣传佛教教义。

佛经中"鹦鹉灭火"故事移植到多部志怪小说中，对后世亦有一定影响，清代周亮工《书影》卷二也有相似记录。像这样完整地移植情节是较为少见的，更多的形式是将佛经故事中的片段、情节或理念载入，进行艺术再创作，发展为具有中土特色的志怪小说。

二　"吐壶"类型

早在古时文人就注意到佛经对中土文学的渗透。晚唐著名文人段成式，以读书为嗜，知识渊博又深谙佛学，其佛学修养亦为僧人推重，所著笔记小说《酉阳杂俎》内容包罗万象，其中续集卷四

---

① （南朝宋）刘敬叔撰，范宁校点《异苑》，中华书局，1996，第14~15页。
② 鲁迅校录《古小说钩沉》，齐鲁书社，1997，第271页。

魏晋南北朝志怪小说的佛教元素

《贬误》篇提到:"释氏《譬喻经》云:'昔梵志作术,吐出一壶,中有女与屏处作家室。梵志少息,女复作术,吐出一壶,中有男子,复与共卧。梵志觉,次第互吞之,柱杖而去。'余以吴均尝览此事,讶其说,以为至怪也。"① 指出南朝吴均《续齐谐记》中"阳羡书生"故事来源于三国时吴康僧会所译《旧杂譬喻经》。《旧杂譬喻经》是一部重要佛典,收于《大藏经》本缘部,多年来这部佛典的翻译者、版本等存有争议,② 有人认为非康僧会所译,属于失译。经中共二卷六十一篇譬喻故事,皆文趣精致,彰显佛理。

段成式所引用的"梵志吐壶"只是佛经故事中的一段情节,故事前文讲述有一国王对妇女管束严格,王后再三恳求才第一次出宫,因手开帷帐,令人看到容貌,被太子认定是失态、不自重的表现,太子断言女人都不守妇道,随后进入山中看到了上述惊人一幕。故事未完,太子回国后当众曝光梵志私藏女人、女人与年少男子隐瞒私情的秘密,并结合王后不守妇道的行为,定下"天下不可信女人"的结论。

纵观故事全篇,其主旨是对偷情行为的否定以及对女性不当行为的严厉批判,是与古印度社会伦理和宗教信仰相适应的。梵志是非佛教的外道出家者,梵志偷情,男女互相隐瞒私情、放荡淫乱,虽未必受佛教戒律惩治,但也是违背社会伦理道德,应被禁止的,也验证了太子"女人奸不可绝"的观点。这则故事收录在佛教譬喻经中,反映了佛教对情欲的排斥与否定态度,教化僧徒严守戒律。在佛教戒律中,无论是出家还是在家,都须受持最为基本的"五戒",即不杀生、不偷盗、不邪淫、不妄语、不饮酒。不邪淫戒对出家者而言是根本戒,在家者也要戒邪淫。

再看南朝吴均《续齐谐记》"阳羡书生"。故事讲述阳羡人许彦担着鹅笼行走,遇到一位书生脚痛寄坐鹅笼中,休息时书生邀请许彦一同进食,看到奇幻一幕的故事:

---

① (唐)段成式撰《酉阳杂俎》,中华书局,1981,第235页。
② 陈洪:《〈旧杂譬喻经〉研究》,《宗教学研究》2004年第2期。

前行息树下，书生乃出笼，谓彦曰："欲为君薄设。"彦曰："善。"乃口中吐出一铜奁子，奁子中具诸肴馔，珍羞方丈。其器皿皆铜物，气味香旨，世所罕见。酒数行，谓彦曰："向将一妇人自随，今欲暂邀之。"彦曰："善。"又于口中吐一女子，年可十五六，衣服绮丽，容貌殊绝，共坐宴。俄而书生醉卧，此女谓彦曰："虽与书生结妻，而实怀怨。向亦窃得一男子同行，书生既眠，暂唤之，君幸勿言。"彦曰："善。"女人于口中吐出一男子，年可二十三四，亦颖悟可爱，乃与彦叙寒温。书生卧欲觉，女子口吐一锦行障，遮书生。书生乃留女子共卧。男子谓彦曰："此女子虽有心，情亦不甚，向复窃得一女人同行，今欲暂见之，愿君勿泄。"彦曰："善。"男子又于口中吐一妇人，年可二十许，共酌，戏谈甚久。闻书生动声，男曰："二人眠已觉。"因取所吐女人，还内口中。须臾，书生处女乃出，谓彦曰："书生欲起。"乃吞向男子，独对彦坐。然后书生起，谓彦曰："暂眠遂久，君独坐，当悒悒邪？日又晚，当与君别。"遂吞其女子，诸器皿悉内口中。留大铜盘，可二尺广，与彦别曰："无以藉君，与君相忆也。"彦大元中为兰台令史，以盘饷侍中张散。散看其铭题，云是永平三年作。①

这则故事同样表现了吞吐异物、男女隐瞒私情的基本情节，除采用佛经故事情节外，其创作意图与佛教思想毫无关联。只在开篇时许彦对书生要寄坐在鹅笼感到惊讶，此外对整体事件的怪异发展、奇诡的人物关系都是客观关注的，丝毫没有任何道德、信仰方面的评价或批判。不同于"梵志吐壶"的佛经寓意，"阳羡书生"仅凸显出魔幻离奇的"志怪"特征。

《续齐谐记》著者吴均，字叔庠，南朝梁文学家、史学家，好学有俊才，受到沈约赏识，善诗文，"文体清拔有古气，好事者或敩

---

① 王根林等校点《汉魏六朝笔记小说大观》，上海古籍出版社，1999，第1006~1007页。

之，谓为吴均体"①，鲁迅誉"故其为小说，亦卓然可观，唐宋文人多引为典据，阳羡鹅笼之记，尤其奇诡者也"②。"阳羡书生"可谓《续齐谐记》的代表性作品，也是志怪小说中创作水平较高者，故事情节描绘曲折有致，想象奇幻，人物刻画生动，全面展示情节发展轨迹。纪昀《阅微草堂笔记》卷七《如是我闻（一）》云"阳羡鹅笼，幻中出幻"③，明凌性德所刻《虞初志》载汤显祖评曰："展转奇绝"④。此故事同样表现了男女隐瞒私情的故事基本形态，但已经完全中国化，并且突出强化故事的真实可信，有明确的时间"太元中""永平三年"和地点"阳羡绥安山"，故事亲历者标注的名字为许彦，主人公为普通的中土书生，与现实生活更为贴近，完全置身于中土社会现实环境中。故事结尾更是安排张散作为亲证，力证所见为实，所言不虚。这与吴均是史学家有关系，《南史》记载："均注范晔《后汉书》九十卷，著《齐春秋》三十卷，《庙记》十卷，《十二州记》十六卷，《钱塘先贤传》五卷，《续文释》五卷，文集二十卷。"⑤所列著述均为史传类，可见吴均深厚的史家底蕴，这在志怪中深有体现。

纵览魏晋南北朝志怪小说作品，在"阳羡书生"出现之前，《灵鬼志》中有一则颇为类似的故事"外国道人"，显然也是源于佛经的变异。《灵鬼志》为东晋荀氏所撰，荀氏生平不详，《隋书·经籍志》杂传类著录三卷，《古小说钩沉》辑二十四条，多为鬼魅故事，此前志怪中少见佛事，此书则多涉佛事。

"外国道人"，讲述外国道人拥有"吞刀吐火，吐珠玉金银"的特殊能力。遇到一人担担子，担子上有一个能承载升余的笼子，外国道人请求寄坐在笼子中前行：

---

① （唐）姚思廉撰《梁书》卷四十九《吴均传》，中华书局，1973，第698页。
② 鲁迅先生纪念委员会编《鲁迅全集》卷九《中国小说史略》，人民文学出版社，1973，第190页。
③ （清）纪昀：《阅微草堂笔记》，天津古籍出版社，1994，第136页。
④ （明）袁宏道参评，屠隆点阅《虞初志》，中国书店，1986，第7页。
⑤ （唐）李延寿撰《南史》卷七十二《吴均传》，中华书局，1975，第1781页。

第三章　魏晋南北朝志怪小说的涉佛题材

　　既行数十里，树下住食，担人呼共食，云我自有食。不肯出。止住笼中，饮食器物罗列，肴膳丰腴亦办。反呼担人食，未半，语担人："我欲与妇共食。"即复口吐出一女子，年二十许，衣裳容貌甚美，二人便共食。食欲竟，其夫便卧。妇语担人："我有外夫，欲来共食；夫觉，君勿道之。"妇便口中出一年少丈夫，共食。笼中便有三人，宽急之事，亦复不异。有顷，其夫动，如欲觉，妇便以外夫内口中。夫起，语担人曰："可去。"即以妇内口中，次及食器物。①

　　尽管故事的人物、时间、地点、叙事情节与佛经故事有较大差异，但吞吐过程和表现男女之间隐瞒私情的基本形态脱胎于"梵志吐壶"。同样，担人观察到事情发展全貌，对偷情行为丝毫没有表现出否定态度。故事后半段还有新的情节发展，道人在中土遇到一大富人家，"性悭吝，不行仁义"，便作术将悭吝富人的宝马置入五升大的罂中，将其父母放入泽壶中，迫使富人献出食物资助穷苦人，换得宝马和父母安然无恙。此段描绘将外国道人幻术能力推向更加高超的水平，也体现出劫富济贫的现实意义，更是带有中土文化的人伦道德与善待父母的孝道意味。由佛经故事流变为中土志怪小说，除了基本情节相似，主人公是外国道人外，其所表现的思想意蕴与道德批判、宗教信仰皆无关，此外还融入了中土的传统文化意识和儒家道德观念。

　　从"梵志吐壶"到"外国道人""阳羡书生"，是志怪小说吸纳佛教文学和思想的一个缩影，这个过程不断融汇异域思维模式，描述不同的社会景象，令志怪小说面貌大为改观。这个变化具体表现在以下三个方面。

　　一是承袭基本框架，又富于各异变化。这一系列故事，都是主人公遇到能作术之人，通过口、壶吐出人和物，敞开奇异的空间，循环吐出，所吐物品繁复多变。吞回方式亦一致，一切人和物次第

---

① 鲁迅校录《古小说钩沉》，齐鲁书社，1997，第125页。

原途吞回，奇异空间关闭，回归现实。故事情节层次分明，人物关系简单。通过情节整理，不难看出"梵志吐壶"对"外国道人""阳羡书生"故事基本线索起到一定影响，后两则承袭其故事框架结构，亦采用吞吐方式收放奇异空间。

后两则志怪小说在承袭之外，在情节编排、细节刻画、人物形象等方面均有不同演绎。"外国道人"故事设定了确切时间"太元十二年"中土境内，所有人物没有姓名，仅交代道人是"外国来"，"白衣，非沙门"，吐出女子"年二十许，衣裳容貌甚美"，略有外形描绘。主人公担人不同于偷窥的太子，是以旁观者的视角记录整个情节发展过程。增添了双方的对话和互动，对话采用直接引语的方式陈述，对人物内心活动没有探究，仅展现所见之人或物。故事中未有"壶"出现，吐吞直接以器官"口"完成，吐出之物增加了食物。此外还设计了外国道人入笼的细节，以及故事后半部分关于劫富济贫的描写，凸显道人乃"神人"，奇术无所不能及，倡导仁孝美德。

"阳羡书生"故事发生在"绥安山"，主人公有明确名字许彦，书生为中土人士，文尾处大铜盘亦表述"永平三年"，限定了真实环境。其他人物未有姓名，年龄、容貌、衣着等描述较为清晰，人物形象初有勾勒。许彦以第三方视角叙述故事情节，主题基本不变，虚化升级，吐吞层级增加至三层。对话也采用直接引语的方式体现人物所思所感，对心理动向因素描述更为细致，深入表达各自私藏情人的内在原因，层层递进，使情节中因果关系更为明确，如"此女谓彦曰：'虽与书生结妻，而实怀怨。……男子谓彦曰：'此女子虽有心，情亦不甚。'"这使交代事情发展原因、合理引出后续情节、丰富人物形象，有了内在情感支撑，对于读者而言宜于理解人物行为及其感受。此外，书生入鹅笼与双鹅并坐的细节，幽默诙谐中增加了奇异怪诞和趣味幻想成分，也是为人津津乐道之处。

二是由"壶"至"口"的意象变化。"梵志吐壶"故事中吞吐是关键情节，吞吐实物为"壶"，是一个器物，是藏匿偷情者的独特场所,"壶"是关键的意象①,象征着不可告人的情欲空间。在古印度婆罗门教中,壶经常出现在宗教仪式活动中,有除旧之意,《摩奴法典》规定丧失嫡长权的长子要赎罪。"当赎罪完了时,他的亲族和他应该在和他共浴于清澈的浴池后,共同推翻一个充满水的新壶。""他可将壶投在水内后回家,和以前一样执行有关家庭的一切事务。"②在佛教典籍中壶有两种类型,一种是投掷游戏"投壶",《大般涅槃经》卷十一载:"六博、拍毱、掷石、投壶、牵道、八道行成,一切戏笑悉不观作。"③卷二十五又言:"围棋、六博、摴蒲、投壶,亲近比丘尼及诸处女……如是之人当知即是魔之眷属,非我弟子。"④都表明"投壶"是被严格禁止的,佛弟子不应当做。另一种是"唾壶",在《摩诃僧祇律》《四分律》《十诵律》等戒律中多次出现,皆是载不净的容器。可见"壶"意味着罪恶与不洁,是要被禁止的。"梵志吐壶"中,"壶"包裹着藏匿的秘密,象征着情欲空间的污秽不净,壶中复有壶,更是对情欲的讽刺。⑤

在"外国道人"和"阳羡书生"中,"壶"被省略,所有的吞吐直接由"口"完成,因为故事环境有了巨大的变化,地点与人物已基本中土化,故事主旨也不是表达佛教对情欲的批判意味,"壶"所代表的佛教罪恶含义也没有现实表现的价值,因此直接改为"口吐口吞"。"口"是人的基本器官,由口包裹偷情者,易于国人理解。在"外国道人"后半段故事中,外国道人凭借其高超的幻术,将悭吝富人的宝马及父母,分别装入"罂""泽壶"中,迫使富人"作百人厨"、"千人饮食"赈济穷苦百姓,此描述侧重于对为富不仁者施以教训,具有强烈的中土文化意识。故事中出现的"罂"与

---

① 张静二:《"壶中人"故事的演化——从幻术说起》,李志夫主编《佛教与文学——佛教文学与艺术学研讨会论文集(文学部份)》,台北法鼓文化事业股份有限公司,1998,第338页。

② 〔法〕迭朗善译,马香雪转译《摩奴法典》,商务印书馆,1996,第280页。

③ (北凉)昙无谶译《大般涅槃经》,《大正新修大藏经》第12册,新文丰出版公司,1992,第433页。

④ (北凉)昙无谶译《大般涅槃经》,《大正新修大藏经》第12册,新文丰出版公司,1992,第517页。

⑤ 丁敏:《中国佛教文学的古典与现代:主题与叙事》,岳麓书社,2007,第126页。

魏晋南北朝志怪小说的佛教元素

"泽壶"容器概念,可理解为"壶"意象的变形,象征着威胁和惩罚。至"阳羡书生"则全无"壶"的形象,出现的"一铜奁子"器物,仅为印证故事真实可信。

意象空间由"壶"转为"口",表现了志怪小说对佛经故事的创新,依据中土接受方式重新调整和再创作。

三是展现幻化时空。值得一提的是两则志怪故事中均出现了"笼"这一全新的空间。"外国道人"中道人进入笼中,人未变小,笼未变大,也未变重,女人吐外夫后,笼中三人不觉宽急。"阳羡书生"中,书生入鹅笼未变小,与双鹅并坐,鹅不惊,人、笼均未变形,大小合适、重量未变,这些都是在"梵志吐壶"中没有的奇幻景象。连同上文所述,从"口"中吐吞的人、食物、器具等,尽管大小不一、材质不同,但都进出无碍,来去自由。这超凡的想象显然是受到佛教时空观念的影响。

在研究志怪小说时,鲁迅曾言:"则复有他经为本,如《观佛三昧海经》(卷一)说观佛苦行时白毫毛相云:'天见毛内有百亿光,其光微妙,不可具宣。于其光中,现化菩萨,皆修苦行,如此不异。菩萨不小,毛亦不大。'当又为梵志吐壶相之渊源矣。"[①] 毛内百亿光,现菩萨修行,是超现实时空现象的又一再现,幻化空间的内容在佛经中还有许多,皆由佛教时空观和其对世界结构之认识而决定。钱锺书在论"阳羡书生"时,引《维摩诘经》中空间观念而谈:

> 《阳羡书生》……"书生便入笼,笼亦不更广,书生亦不更小";此固释典常谈。《维摩诘所说经·佛国品》第一:"佛之威神令诸宝盖合成一盖,遍覆三千大千世界,而此世界广长之相悉于中现",僧肇注:"盖以不广而弥八极,土亦不狭而现盖中";又《不思议品》第六:"舍利弗言:'居士,未曾有也!

---

① 鲁迅先生纪念委员会编《鲁迅全集》卷九《中国小说史略》,人民文学出版社,1973,第192页。

如是小室乃容受此高广之座，于毗耶离城无妨碍，又于阎浮提聚落地邑及四天下诸天龙王鬼神宫殿亦不迫迮。'维摩诘言：'唯！舍利弗。诸佛菩萨有解脱，名不可思议。……以须弥之高广内芥子中，无所增减，须弥山王本相如故；……又以四大海水入一毛孔，……而彼大海本相如故'"。①

这段话展示了佛教中"以须弥入芥子"大小兼容的空间关系。三千大千世界是佛教中宇宙结构理论，三千大千世界由小千、中千、大千世界合成，范围无边。须弥是诸山之王，每一个小世界中间都有须弥山，它是世界的中心，高八万四千由旬②，其山直上，无所曲折。芥子是芥菜的种子，有白、黄、黑等品种，芥子代表极其微小之物。微小的芥子中能容纳巨大的须弥山，换句话说，万物之间没有绝对的大小，巨、细皆可互容。"以须弥入芥子"与上述"毛内现菩萨"一样表现了释家无限的、开放式的空间理念。

释家这种高维度、开放的空间观念的输入，为志怪小说带来了新的思维方式和表现面貌。一方面表现在同一空间可以容纳众多事物，且不互相干扰。"外国道人"是道人入笼，笼中饮食、器物罗列，三人共处一笼，不觉异常；"阳羡书生"是书生入鹅笼，口吐的奁子中包罗罕见馔肴。人、器物、动物等大量元素都可纳入同一空间中。另一方面表现在微小与巨大可以互相兼容，且无须改变各自的大小和性质。"外国道人"中"笼不更大，其人亦不更小"，"阳羡书生"中"笼亦不更广，书生亦不更小"。壶、口、笼、罂、泽壶这些空间介质可以随意容纳任何人和物，出入自由，变幻莫测，均是佛教"以须弥入芥子"的空间展示，不同的空间介质，全新的思维模式，带给志怪小说富于变化的表现力和无限的遐想，在怪异趣味的描写中，留给人们无穷幻想空间，无形中人们对佛教思想和

---

① 钱锺书：《管锥编》，中华书局，1979，第 764~765 页。
② 由旬（Yojana），古印度的长度单位。《阿毗达摩俱舍论》的说法是，三节（人中指的中节）等于一指，二十四指等于一肘，四肘等于一弓，五百弓等于一俱庐舍，八俱庐舍等于一由旬。大体是人一日所行走的距离，为三十里至四十里。

其思维逻辑有了进一步接受。

"梵志吐壶"以依次吐吞秘密情人为基本叙述脉络,被中土文人吸纳"蜕化为国有",衍生出异域人物形象"外国道人"和完全本土化的"阳羡书生"。两则志怪小说脱卸了宗教意义的教说,采用仿经史写实的手法,以证事件真实可信。同时,沿袭佛教奇幻的想象思维,丰富了故事情节和细节展现,呈现出绮丽诡异的志怪风貌,显示了中土文学对佛经故事的融汇和改造能力,也极大开拓了志怪小说的叙事视野和艺术表现形式。

三 解体复原类型

佛经中故事种类繁多,有一类为解体复原类型,即人的身体被肢解为若干部分,最终恢复原形,且丝毫不影响生命,想象离奇,脱离现实。此类型被魏晋南北朝文人吸收,形成了一系列解体复原类型的小说,并有一定发展和演绎,除解体外,还有与他人身体交换而正常使用,并呈现出本土化描述的倾向。

(一) 佛经中解体复原故事

佛经中表现解体复原的故事较多,如前文谈及本生故事"尸毗王割肉贸鸽"一则。此外,《菩萨本行经》卷一载,不流沙城粮食昂贵,人民饥饿,伴有疫病流行,王后出行时遇到一位丈夫不在家、刚生产的产妇,她产后饥虚将饿死,欲杀儿济命。王后阻止后便取刀自割乳房给产妇食,震动天帝:

> 天帝住夫人前而便问言:"汝今所施甚为难及,求何愿耶?"夫人答言:"持此功德用求无上正真之道,度脱一切众生苦厄。"天帝答言:"汝求此愿,以何为证?"于是夫人即立誓言:"今我所施功德审谛成正觉者,我乳寻当平复如故。"其乳寻时平复如故。①

---

① 失译《菩萨本行经》,《大正新修大藏经》第3册,新文丰出版公司,1992,第110页。

第三章 魏晋南北朝志怪小说的涉佛题材

西晋法炬译《前世三转经》载淫女割双乳给饥饿中的产妇：

> 淫女人念言："若我持儿去，其母便当饿死；若置去者，便当取儿啖之。将当奈何令母子各得安隐？"淫女人即取利刀，自割两乳与之，其母便食之……男子言："我初不见此难，实至诚如汝言不虚者，姊乳当平复如故。"应时，其女人乳平复如故，亦无瘢也。①

两则故事情节相似，均为将身体布施他人，后发愿得以身体还原如故，叙事感人。佛教教义有"六度"，是从此岸烦恼到彼岸觉悟的六种方法。布施是其中一种，包含财施、无畏施、法施三项。财施是以物质利益施与大众的方式，包括身外的财物、自身的头目手足和生命，金钱财富是身外财，人体是内财，均是无常，可以施与。佛教教义中以布施为他人造福，为施者积累功德，以度一切苦难，实现最终解脱，由此主张尽可能地满足任何人的任何要求，哪怕需要布施自己的身体、生命。上述佛经故事中毫无条件地奉献身体是布施的最高典范，而持功德发愿，求得无上正真之道，身体亦能恢复如常。

鸠摩罗什译《大智度论》卷十二载，一人独宿空舍，夜里有两鬼担一死人，争执归属问题，便问这人。

> 是人思维："此二鬼力大，若实语亦当死，若妄语亦当死，俱不免死，何为妄语？"语言："前鬼担来。"后鬼大嗔，捉人手拔出著地，前鬼取死人一臂附之即著。如是，两臂、两脚、头、胁，举身皆易。于是二鬼共食所易人身，拭口而去。其人思维："我人母生身，眼见二鬼食尽，今我此身尽是他肉，我今定有身耶？为无身耶？若以为有，尽是他身；若以为无，今现

---

① （西晋）法炬译《前世三转经》，《大正新修大藏经》第3册，新文丰出版公司，1992，第448页。

有身。"如是思惟,其心迷闷,譬如狂人。……而语之言:"汝身从本已来,恒自无我,非适今也。但以四大和合故,计为我身,如汝本身,与今无异。"诸比丘度之为道,断诸烦恼,即得阿罗汉。①

这则趣味故事形象地为佛经增添了无穷魅力和想象空间,故事中活人的两臂、两脚、头、胁及全身都同死人替换,两鬼吃掉所换人身,活人依然活着,还在思考着有无变化关系,比丘明示是"四大和合"之故。"四大"是佛教教义名数,梵文"Caturmahābhūta"的意译,"四大种"的略称,又称"四界"。是指构成"色法"的四种基本元素:地、水、火、风。据《阿毗达摩俱舍论》卷一,"四大"的作用分别为保持、摄集、成熟、生长,世间万物和人的身体无一不由"四大"组成。对人而言,皮肉筋骨属"地大",汗血津液属"水大",体温暖气属"火大",呼吸运动属"风大",人之所以能生存,就是因为"四大和合",因此身体既由和合而生又可离散,万事万物都是由不同因素组合而成的关系体,不是独立存在的本有实体。由此推演出"空"是诸法共同实相,万事万物皆空,人生亦是苦幻不实、不断变化。一切因缘和合而有,因缘无常而空,"空"是人和宇宙生成的根本原理,也由此教导信徒重视因缘,依照互依互存关系,把握人生无常过程,破除我执以缓解人生烦恼苦痛,证得阿罗汉进入涅槃。

(二) 志怪小说中解体复原的表现

浏览魏晋南北朝之前的古小说,没有关于这类型题材的描述。受到佛教传播的影响,这时期的志怪小说借鉴了佛经文学中这一主题。值得注意的是,佛典中的解体故事主旨是布施救难、慈悲众生,以宣扬佛法无边、劝善修为的宗教思想;但中土志怪小说在表现时略过了这些核心要义,仅保留"空"观思想痕迹,以取舍改进的方

---

① (后秦) 鸠摩罗什译《大智度论》,《大正新修大藏经》第 25 册,新文丰出版公司,1992,第 148 页。

式，调整为展现西域奇异幻术和高僧神通能力、揭示世间乱象、警醒权位之争等，内容表现与佛经本义相去甚远。同时，在本土化的演进过程中逐步改造调和，越来越适应中土文学特征和满足其表现需求。

西晋竺法护译《生经》卷四《佛说比丘尼现变经》载，舍卫城"有诸荡逸淫乱之众"，一日遇众比丘尼在水中洗澡便生恶心淫意，比丘尼各显神通"因脱两眼，著其掌中……复示肠胃身体五藏手脚各异，弃在一面"①，逆凶方知世无常，悔过受戒。身体各器官乾坤大移位，这夸张的景象，不仅令逆凶感到害怕，也令读者深感震惊。这则佛经故事的情节描述对志怪小说有很大的影响，在《冥祥记》中记叙了比丘尼以剖腹截首恐吓桓温，诫喻其不要犯上作乱、谋权篡位。正是沿袭了上述佛经中的描述，并使之本土化，小说人物桓温为中国历史实有的，且个性特征相符合，在内容描述上更加具体：

> 晋大司马桓温，末年颇奉佛法，饭馔僧尼。有一比丘尼，失其名，来自远方，投温为檀越。尼才行不恒，温甚敬待，居之门内。尼每浴，必至移时。温疑而窥之，见尼裸身挥刀，破腹出脏，断截身首，支分离切。温怪骇而还。及至尼出浴室，身形如常。温以实问，尼答云："若遂凌君上，刑当如之。"时温方谋问鼎，闻之怅然。故以戒惧，终守臣节。尼后辞去，不知所在。②

又见于《搜神后记》，内容基本一致。《幽明录》亦载，但较为简略：

> 桓温内怀无君之心，时比丘尼从远来，夏五月，尼在别室浴，温窃窥之；见尼裸身，先以刀自破腹，出五藏，次断两足，

---

① （西晋）竺法护译《生经》，《大正新修大藏经》第3册，新文丰出版公司，1992，第100页。
② 鲁迅校录《古小说钩沉》，齐鲁书社，1997，第294页。

及斩头手。有顷浴竟,温问:"向窥见尼,何得自残毁如此?"尼云:"公作天子,亦当如是。"温惆怅不悦。①

上述两例在描述上各具特点,前者注重故事情节完整和前因后果连贯,后者在解体顺序上更有层次性。《冥祥记》中有一则颇为类似,载沙门竺法义病不愈,梦见一道人为其治疗"刳出肠胃,湔洗腑脏,见有结聚不净物甚多。洗濯毕,还内之"②,果然病患去除。这几则解体复原类型的志怪小说雕琢了匪夷所思的情节、塑造了僧尼的神能异力,展现出其在稳定国家统治局面、治病救人等方面的积极作用,呈现出其与中土文化顺利对接的特征。

肢体脏器分解后又能复原如初,丝毫不影响生命,这种令人瞠目结舌、匪夷所思的故事情节在当时表现多样,这与伴随着佛教传入中国的幻术有紧密联系。古印度及其周围国家盛行幻术表演,这些幻人自诩为奇人,通过大臣进献表演来得到赏赐并蛊惑帝王百姓。《后汉书·南蛮西南夷列传》载:"永宁元年,掸国王雍由调复遣使者诣阙朝贺,献乐及幻人,能变化吐火,自支解,易牛马头。"③《魏书·西域传》记载,悦般国"真君九年,遣使朝献。并送幻人,称能割人喉脉令断,击人头令骨陷,皆血出或数升或盈斗,以草药内其口中,令嚼咽之,须臾血止,养疮一月复常,又无痕瘢。世祖疑其虚,乃取死罪囚试之,皆验。云中国诸名山皆有此草,乃使人受其术而厚遇之"④。佛图澄是北方著名高僧,也是汉传佛教早期重要的宣教家,在乱世之中,他能预知凶吉,役使鬼神,利用政治活动弘扬佛法,《高僧传》中记载他可自行清洗五脏:"澄左乳旁有一孔,围四五寸,通彻腹内。有时肠从中出,或以絮塞孔。夜欲读书,辄拔絮,则一室洞明。又斋日辄至水边,引肠洗之,还复内中。"⑤

---

① 鲁迅校录《古小说钩沉》,齐鲁书社,1997,第167页。
② 鲁迅校录《古小说钩沉》,齐鲁书社,1997,第296页。
③ (宋)范晔撰,(唐)李贤等注《后汉书》卷八十六《南蛮西南夷列传》,中华书局,1965,第2851页。
④ (北齐)魏收撰《魏书》卷一百二《西域传》,中华书局,1974,第2269页。
⑤ (梁)释慧皎撰,汤用彤校注,汤一玄整理《高僧传》,中华书局,1992,第356页。

第三章 魏晋南北朝志怪小说的涉佛题材

此类幻术展演是中土志怪小说解体复原类型故事的源头,为这类主题的设置提供了参照素材,增添了奇异色彩。

魏晋南北朝志怪小说中有不少此类型的描写。干宝《搜神记》卷二载,天竺胡人有术,"能断舌复续、吐火……将断时,先以舌吐示宾客。然后刀截,血流覆地。乃取置器中,传以示人。视之,舌头半舌犹在。既而还,取舍续之,坐有顷,坐人见舌则如故,不知其实断否"①。胡人喜爱幻术,流传至中国奇幻成风,表演变化莫测,想象神奇。《搜神记》卷十二载,朱桓婢女"每夜卧后,头辄飞去,或从狗窦,或从天窗中出入,以耳为翼。将晓复还……唯有身无头,其体微冷,气息裁属。乃蒙之以被。至晓头还……乃去被,头复起,傅颈。有顷和平"②。《幽明录》中"贾弼之"条载,贾氏梦到有一丑人欲与其换头,早起后方知已替换,"家人悉惊入内,妇女走藏,云:'那得异男子?'弼坐,自陈说良久,并遣人至府检问,方信。后能半面啼,半面笑,两足、手、口各捉一笔,俱书,辞意皆美,此为异也,余并如先"③。梦中换头大胆夸张,贾弼之虽面目怪异丑陋,却获得手脚绝活,故事叙事生动幽默,颇有趣味。

《幽明录》中"甲者"一条描述更为离奇,甲者暴病亡,司命算其命未尽,遂遣返还生,甲者脚痛不能行走,司命让其与新死胡人康乙者换脚:

> 胡形体甚丑,脚殊可恶,甲终不肯。主者曰:"君若不易,便长决留此耳!"不获已,遂听之。主者令二人并闭目,倏忽,二人脚已各易矣。仍即遣之,豁然复生。具为家人说,发视果是胡脚,丛毛连结,且胡臭。甲本士,爱玩手足,而忽得此,了不欲见,虽获更活,每惆怅殆欲如死。旁人见识此胡者,死犹未殡,家近在茄子浦,甲亲往视胡尸,果见其脚著胡体,正当殡敛,对之泣。胡儿并有至性,每节朔,儿并悲思,驰往,

---

① (晋)干宝撰,汪绍楹校注《搜神记》,中华书局,1979,第23页。
② (晋)干宝撰,汪绍楹校注《搜神记》,中华书局,1979,第151~152页。
③ 鲁迅校录《古小说钩沉》,齐鲁书社,1997,第174~175页。

魏晋南北朝志怪小说的佛教元素

抱甲脚号咷；忽行路想遇，便攀援啼哭。为此每出入时，恒令人守门，以防胡子。终身憎秽，未尝误视；虽三伏盛暑，必复重衣，无暂露也。①

甲者换了毛多且臭的胡脚之后，康乙者儿子得知，每逢节日就跑来抱脚痛哭，胡脚成了其思念父亲的纪念物，诙谐的故事情节令人忍俊不禁。作品文学性凸显，人物刻画入微、描写生动，展现了魏晋南北朝士人讲究容貌形象的风尚和中西文化融合的场面。

无论是断舌断头，还是换头易脚，这些作品在情节表现上各有不同，但基本的构架都符合解体复原类型，在形式上是承袭佛教文学的，在内容上则与中土风俗、人物、社会现实等因素结合，渐渐融入华夏文化脉络中。解体后复原如初，或者异类组合后灵活自如并带有神通，无法想象的奇妙景象都留有佛家思想观念痕迹。如上所述，四大和合而生人，因缘而聚，依缘了散，和合是暂时的，分散是必然的，诚如前文"二鬼担死人"条中言"计为我身，如汝本身，与今无异"，人生如幻，生命无常，"空"乃诸法真实相。分裂的五官能重新组合，伤痛的四肢可交换复原，中土志怪小说自是遵从此法而创作的。

解体复原类志怪小说与佛经文学的紧密联系，也同魏晋南北朝时期社会思想、作家宗教信仰等不无关联。在前文中提到，佛教逐步摆脱对玄学、儒、道等的依附，走向维护宗教权威的独立发展轨道，帝王支持、高僧广泛译经弘法、信众广博，佛家思想已深入人心，在如此蓬勃的佛教发展环境中，士族文人是主要的佛法传播者，耳濡目染中将佛教思想、佛法活动、高僧逸事等提炼到作品中。纵观志怪小说的作者，有众多虔诚的佛教信徒，刘义庆"晚节奉养沙门，颇致费损"②，作品《幽明录》涉及佛教，《宣验记》"赞述三

---

① 鲁迅校录《古小说钩沉》，齐鲁书社，1997，第158~159页。
② （梁）沈约撰《宋书》卷五十一《刘义庆传》，中华书局，1974，第1477页。

宝"①，本节所选篇章皆可见作者的佛教信仰。王琰笃信不疑，与范缜论证神不灭，其著作《冥祥记》为一部代表性极强的佛教应验小说，辅教功能显著。谢敷、傅亮、张演、陆杲等均崇信佛教，自幼受到佛法熏染。作者们从佛典、佛经文学中汲取营养，在志怪作品中阐述信仰倾向，或直接袭用佛经故事，或融入教义思想，以弘佛宣教、劝诫民众，成为"释氏辅教之书"，宗教信仰对志怪作品创作产生重要影响。

解体复原类型为后世的文学创作提供了主题思路，唐代张鷟《朝野佥载》"叶道士""祖珍俭"条，段成式《酉阳杂俎》"梵僧难陀"条，宋代徐铉《稽神录》"陈寨"条等都记载了这类型作品，内容上增加了具体的细节描写，文学表现也更为娴熟老练。最为人津津乐道的是吴承恩《西游记》第四十六回孙悟空在车迟国斗法的故事，与虎力、鹿力、羊力三位国师比试砍头、破腹，颇为引人入胜，可谓世代演变后这类型中技术最为精湛的佳作。

第二节　观世音应验题材

在中国佛教史上，最受到信徒崇拜的当数观世音菩萨，观世音菩萨以其大慈大悲、救苦救难的形象成为深入人心、影响深远的佛教信仰，甚至逐渐超越了佛陀的崇高地位。观音信仰具有普遍的、广博的救济功效，因此具有强大的生命力和震慑人心的鼓舞力，真实地反映了朝代更迭中底层民众对生存和安稳的质朴需求。随着观音信仰在民间的广泛流传，它自然就成为志怪小说中着力展现的对象。

一　佛经中的观音信仰

以宣扬观世音菩萨为主要内容的佛典较多，其中以《妙法莲华

---

① （唐）法琳撰《辨正论》，《大正新修大藏经》第52册，新文丰出版公司，1992，第504页。

经》最为盛行且影响最大,唐代释道宣在《妙法莲华经弘传序》中言:"自汉至唐六百余载,总历群籍四千余轴,受持盛者,无出此经。"① 现留存译本三种,即西晋竺法护据西域胡本译的《正法华经》,后秦鸠摩罗什所译的《妙法莲华经》,隋代阇那崛多、达摩笈多根据印度梵文本共译的《添品妙法莲华经》。"三经重沓,文旨互陈,时所宗尚,皆弘秦本"②,以鸠摩罗什译本影响最大且后世流通最广。《观世音菩萨普门品》(竺法护译为《光世音普门品》)广为人知,宣扬观世音菩萨以大威神力救助众生脱离苦难,"无量百千万亿众生受诸苦恼,闻是观世音菩萨,一心称名,观世音菩萨即时观其音声,皆得解脱"③。孙昌武认为《观世音菩萨普门品》体现了观音信仰的三方面内容,一是普门救济,二是拔苦济难的简易与方便,三是观世音施设方便,以三十三化身为众生说法。④ 普遍救济、神通、慈悲成为观世音信仰最重要的表现特征,后世也称观世音菩萨为"救苦观音"。观世音菩萨以慈悲为怀,为众生救苦救难,主要包括救七难、离三害、应二求。

救七难,分别为救火难、水难、风难、刀难、鬼难、囚难、贼难:

> 若有持是观世音菩萨名者,设入大火,火不能烧,由是菩萨威神力故。(火难)
> 若为大水所漂,称其名号,即得浅处。(水难)
> 若有百千万亿众生,为求金、银、琉璃、砗磲、玛瑙、珊瑚、虎珀、真珠等宝,入于大海,假使黑风吹其船舫,飘堕罗刹鬼国,其中若有,乃至一人,称观世音菩萨名者,是诸人等

---

① (后秦)鸠摩罗什译《妙法莲华经》,《大正新修大藏经》第9册,新文丰出版公司,1992,第1页。
② (后秦)鸠摩罗什译《妙法莲华经》,《大正新修大藏经》第9册,新文丰出版公司,1992,第1页。
③ (后秦)鸠摩罗什译《妙法莲华经》,《大正新修大藏经》第9册,新文丰出版公司,1992,第56页。
④ 孙昌武:《中国文学中的维摩与观音》,高等教育出版社,1996,第75~77页。

第三章　魏晋南北朝志怪小说的涉佛题材

皆得解脱罗刹之难。（风难）

若复有人临当被害，称观世音菩萨名者，彼所执刀杖寻段段坏，而得解脱。（刀难）

若三千大千国土，满中夜叉、罗刹，欲来恼人，闻其称观世音菩萨名者，是诸恶鬼，尚不能以恶眼视之，况复加害。（鬼难）

设复有人，若有罪、若无罪，杻械、枷锁检系其身，称观世音菩萨名者，皆悉断坏，即得解脱。（囚难）

若三千大千国土，满中怨贼，有一商主，将诸商人，赍持重宝，经过险路，其中一人作是唱言："诸善男子！勿得恐怖，汝等应当一心称观世音菩萨名号。是菩萨能以无畏施于众生，汝等若称名者，于此怨贼当得解脱。"①（贼难）

离三害，是指"常念'恭敬观世音菩萨'"，让众生远离"淫欲""嗔恚""愚痴"三种毒害。应二求，是指满足民众生儿育女的心愿，"若有女人，设欲求男，礼拜供养观世音菩萨，便生福德智慧之男；设欲求女，便生端正有相之女"②。

观世音菩萨拥有无穷的威力，为众生增强力量，受到世间爱戴。信徒众生也恭敬礼拜之，一心一意供养将得到更多功德福报。观世音菩萨教化众生的方式是以三十三种身形（依次会有更多或者无数种化身）游历各个国土，千处祈求千处应，在众生遇到危难和恐惧时，"施无畏"给众生，即能化解苦难保得平安。

大慈大悲的观世音菩萨能够解救众生苦难、满足需求，同时对信奉者没有限定，只要念诵名号，菩萨就能感应到，受难者立刻就可以得到救助，免去一切灾祸。因此在政局波动、生活不稳的魏晋南北朝时期，信奉观世音之风盛行不衰，尤其是无法掌握自己命运

---

① （后秦）鸠摩罗什译《妙法莲华经》，《大正新修大藏经》第9册，新文丰出版公司，1992，第56页。
② （后秦）鸠摩罗什译《妙法莲华经》，《大正新修大藏经》第9册，新文丰出版公司，1992，第57页。

的底层百姓，他们把生存的希望寄托在菩萨身上。记载观世音菩萨的经集一直广泛流传，《观世音菩萨普门品》也单独抄出流传开，称《观世音经》、《观音经》或《普门品经》。观世音信仰在不同地区和社会各阶层中迅速流传，有些以民间故事的形式流传，有些记录在僧传中，如《高僧传》中不乏僧人亲历观音应验之事，还有些被收录在志怪小说和"释氏辅教之书"中。这些故事记录了大量观世音应验故事，实现了弘扬佛法义旨、宣扬观音信仰、鼓动奉佛祛难的目的，更为重要的是民众从中获得了慰藉，找到了信仰的依托和对未来及生命的希冀。情感满足和现实价值成为民众信仰的内在动因，也是志怪小说出现这一主题的根本原因。

二 志怪小说中观世音应验主题的表现

随着观音信仰在中土弘扬与普及，佛徒或奉佛士人搜集整理各种观音应验故事、观音神异故事、观音慈悲救济故事等相关内容，成为志怪小说中主要的表现内容。代表著作有：傅亮的《光世音应验记》、张演的《续光世音应验记》、陆杲的《系观世音应验记》、刘义庆的《宣验记》、王琰的《冥祥记》。

（一）观世音应验主题类型

依照观世音菩萨救七难、离三害、应二求的救济范畴，这一主题志怪小说大体分为以下几类。

1. 救火难

《冥祥记》中载"竺长舒""栾苟""释法智"条，《光世音应验记》亦载"竺长舒"条，都是反映此内容。若自家草房、船舫、身边四周起火，诵观世音，火就停止蔓延或诵者顺利脱离险境。如"释法智"条："忽遇猛火，四方俱起，走路已绝，便至心礼诵观世音；俄然火过，一泽之草，无有遗茎者，唯智所处容身不烧。"[①] 念诵观世音名号，即刻应验，转危为安。

2. 救风难

《宣验记》中"俞文"条，《冥祥记》中"吕竦其父""徐荣"

---

① 鲁迅校录《古小说钩沉》，齐鲁书社，1997，第305页。

"竺法纯""竺惠庆""伏万寿""顾迈"条,《光世音应验记》亦载"吕竦其父""徐荣"条,《续光世音应验记》中"韩当"条等属于此类。这类故事主要是行船江中,突然风雨大作,归心观世音,结果或风平浪静,或远方有火光指引,或有大船相助,最终得以安全抵达。有光指引者多为第二天得知未曾有光,悟出是神力相助。如"顾迈"条:"波浪方壮,迈单船孤征,忧危无计,诵《观世音经》,得十许遍,风势渐歇,浪亦稍小。"①

3. 救刀难

《宣验记》中"沈甲、陆晖""高荀"条,《冥祥记》中"南宫子敖""慧和"条,《续光世音应验记》中"孙恩乱后临刑二人"条等属于此类。此类均为临刑处决时,刑刀断裂,临刑之人免除一死,缘由为常诵观音。"沈甲、陆晖"条中载,沈甲"日诵观音名号",陆晖"令家人造观音像,冀得免死。临刑,三刀,其刀皆折。官问之故,答云:'恐是观音慈力。'及看像,项上乃有三刀痕现,因奏获免"②。观音像颈上有三刀痕迹,以证菩萨应验。

4. 救鬼难

《续光世音应验记》中存有两条,即"惠简道人""释僧融"。这一类别相比之下数量较少。

5. 救囚难

《宣验记》中"郭宣、文处茂"条,《冥祥记》中"窦传""张崇""郭宣之""张兴""王球""韩徽"条,《光世音应验记》中"窦传"条,《续光世音应验记》中"江陵一妇人"条,《续光世音应验记》中"张展""羲熙中士人"条等属于此类。这一类都是囚犯因各种原因入狱,无论是否有罪,罪行是否深重,只要诚心念经,锁械自解,囚犯得以脱身,还可以使同狱难友共同获救。

"韩徽"条讲述韩徽诵《观世音经》百遍,枷锁自脱,"徽惧狱司谓其解截,遽呼告之,吏虽惊异,而犹更钉镍。徽如常讽诵,又

---

① 鲁迅校录《古小说钩沉》,齐鲁书社,1997,第 326 页。
② 鲁迅校录《古小说钩沉》,齐鲁书社,1997,第 269 页。

经一日,锁复鸣解,状如初时。吏乃具告佩玉,玉取锁详视,服其通感,即免释之"①。枷锁多次自解,官吏敬服赦免之。

6. 应二求

这一类别数量不多,《冥祥记》中有"孙道德""卞悦之"两条。佛教中观世音菩萨对于生育亦是有求必应,从前文提及佛经中应二求的表述来看,这种满足是没有性别差异的,然而在中土社会文化中,重男轻女思想严重,只有生男孩才是传宗接代,志怪小说中所载向观世音求子的应验故事,都是如此。"卞悦之"条:"行年五十,未有子息,妇为娶妾,复积载不孕。将祈求继嗣,千遍转《观世音经》;其数垂竟,妾便有娠,遂生一男。"② 为了留后,妻子为丈夫娶妾,最终还需观世音菩萨显灵。

7. 被俘后成功逃脱

《宣验记》中"车母"条,《冥祥记》中"释开达""潘道秀""徐义"条,《续光世音应验记》中"徐义"条等属于此类。主要记载因战争失利或其他原因被俘,诵念《观世音经》,得以逃脱返乡的故事类型。如"释开达"条载,释开达被羌人所掳,因荒年羌人欲食人,"便潜诵《观世音经》,不懈于心……忽有大虎,遥逼群羌,奋怒号吼。羌各骇怖迸走。虎乃前啮栅木,得成小阕,可容人过。已而徐去。达初见虎啮栅,必谓见害。既栅穿而不入,心疑其异。将是观音力。计度诸羌未应便反,即穿栅逃走;夜行昼伏,遂得免脱"③。通人性的老虎成功救助释开达,实质为观音助力。

8. 逃脱追杀难

《宣验记》中"毛德祖""李儒"条,《冥祥记》中"刘度""毕览"条,《续光世音应验记》中"毛德祖"条,《光世音应验记》中"邺西寺三胡道人"条。如"毛德祖"条,毛德祖和家人遇到虏骑追杀,"合家默然念观世音,俄然云起雨注,遂得免难也"④。

---

① 鲁迅校录《古小说钩沉》,齐鲁书社,1997,第338页。
② 鲁迅校录《古小说钩沉》,齐鲁书社,1997,第329页。
③ 鲁迅校录《古小说钩沉》,齐鲁书社,1997,第304页。
④ 鲁迅校录《古小说钩沉》,齐鲁书社,1997,第273页。

9. 病愈

《宣验记》中"安荀""史㒞"条，《冥祥记》《光世音应验记》《述异记》中"竺法义"条等属于此类。《续光世音应验记》中"道泰道人"条，讲述主人公身患疾病，归心佛家，或诵经或造像，梦中得以应验，醒后身体痊愈。

10. 逃脱猛兽

《冥祥记》中"昙无竭"条载，昙无竭与僧徒求佛路上，遇到山象、狮子、野牛等猛兽，"竭赍经诵念，称名归命"①，猛兽四散，众人最终安全脱身。

11. 实现心愿

《宣验记》《冥祥记》中"陈玄范妻张氏"条载，张氏精心奉佛，愿有一金像终身供养，"专心日久，忽有观音金像，连光五尺，见高座上"②。《光世音应验记》"沙门帛法桥"条，帛法桥心无杂念、不吃不喝专心祈求观世音，七日后得到善应。

（二）观音信仰对志怪小说的影响

首先，顺应社会现实，便于民众迅速接受和传播。观音应验题材的志怪小说，在魏晋之前从未出现过，它是中土和外来文化交融的产物，以文学表现达成佛理和中土文化之间的沟通，佛经中的观音神力若没有通过具体形象的故事转化，很难被民众认可和信服。观音应验主题中时间、地点都以魏晋南北朝时空地域为大背景建构，出现的人物除了竺法义、竺法纯等少数知名的高僧外，大部分都是普通僧人或者没有名字的沙门，非佛教徒大部分为普通百姓，多为社会底层民众，面临着生存威胁，生活困苦。怀抱无私、救济精神的观世音菩萨平等地对待一切人，没有按照社会约定俗成的善恶报应做伦理判定，无论其是否犯罪、无论以往是否修佛，只需诚念观世音名号，就会得到救助，核心要素就是抱有观音信仰之心。这些

---

① 鲁迅校录《古小说钩沉》，齐鲁书社，1997，第 316 页。
② 鲁迅校录《古小说钩沉》，齐鲁书社，1997，第 274 页。

故事多出自信徒的亲身经历，他们或亲闻、或亲见，叙述中都强调是真实发生的，令信众和读者诚心信服。同时也真实地反映出当时的社会状况，魏晋南北朝是政权更迭最为频繁的时期，长时期的战乱和民族关系矛盾导致社会动荡不安，人民饱受战乱之苦，掌握不了自己的命运，又渴望在现实中获得解脱和慰藉，"度一切苦厄"的观世音正适应了民众的普遍需求，虽然看起来有些故事内容千篇一律，但在当时鼓舞和振奋了处于水深火热之中孤立无援的黎民百姓。

佛教教义"四谛"中以苦为先，世间是无边苦海，信奉者需要终其一生修悟佛法，寻求解脱苦痛的方法，超越六道轮回，最终到达涅槃寂灭的理想境界。而在观音应验故事中我们看到的是观音现场解救，芸芸众生立等脱离苦难，人们把所有希望寄托在菩萨身上，不必修炼成佛去另外一个世界解脱，就可以得到妥善的解决和现世的福报。从国人奉佛心理来看，其在意的是满足现实的功利，这使得在中土文化中佛教精神出现了新变化和新演绎，观音从神坛走向民间，更加适应中土重现世、求圆满的民众接受思想。观音信仰后来又与儒道精神融合，观音形象不断丰富，并成为本土俗神。观音信仰在中土环境里不断加工改造，发扬了大乘佛教精神，也因大开方便之路，得以迅速而扎实地根植于民众心里。

其次，在艺术表现上为志怪小说拓宽了空间。上述所考察的志怪小说，基本具有相同的结构模式，即主人公陷入困境——归心奉佛、诵观世音经或称号——应验显灵解脱困苦，无论任何天灾人祸，观世音都能以神力化解。从表面看，这些小说情节简单且相似，文学修饰粗糙。但细观这类主题，确实有一定的文学艺术价值，这也是这类作品能够产生如此大影响和不停传播的内因。

在观音应验的同类故事中，会发现只有时间、地点和人物发生变化，故事情节基本一致，虽然出现了雷同，但这类应验主题是为弘佛宣教、吸引民众精进佛法，势必要让民众信服才能维系其对佛教的归心信仰，而多个志怪故事反复应证恰是实现意图的方便之法，因此，这种雷同有存在的意义和传承延续的价值。"窦传"中，脱逃囚难后"道山后过江,为谢庆绪具说其事"①;"吕竦其父"中,风雨行舟后"竦后与郗嘉宾周旋,郗口所说"②;"徐义"被俘后成功逃脱,"天明贼散,义走归邺寺投众僧,具为惠严法师说其事"③……这些条目都是在故事结尾处证明此事不虚,有所证言,读者自然相信。陆杲在"释法纯道人"条后言:"临川康王《宣验记》又载竺慧庆、释道听、康兹、顾迈、俞文、徐广等遭风,杲谓事不及此,故不取。"④"事不及此"意为刘义庆所录之事比不上陆杲的,主要是指在故事表现力上缺乏打动人心之处。从这里可以看出,尽管应验小说结构框架模式化、程式化,但创作者在故事选取、艺术创作、文学表现等方面都在进行深耕细作、推陈出新,力求在有限的空间中创造不同的震撼效果。

再对比两条情节相似,却在文学表现上各具魅力的作品。《宣验记》中"车母"条载:

> 车母者,遭宋庐陵王青泥之难,为虏所得,在贼营中。其母先来奉佛,即然七灯于佛前,夜精心念观世音,愿子得脱。如是经年,其子忽叛还。七日七夜,独行自南走。常值天阴,不知东西,遥见有七段火光;望火而走,似村欲投,终不可至;如是七夕,不觉到家,见其母犹在佛前伏地;又见七灯,因乃发悟。母子共谈,知是佛力。自后恳祷,专行慈悲。⑤

这则故事篇幅短小,叙事明了生动,母亲奉佛点燃七盏祈福灯,愿儿子脱难,儿子在路上遥望远处有七段火光,为其指引回家的方向。文中"七灯""七火"遥相呼应,编织成温暖有希望的归家之路,"七日七夜""七夕"等词语选择颇为用心,运用火光的奇特之

---

① 董志翘:《〈观世音应验记三种〉译注》,江苏古籍出版社,2002,第16页。
② 董志翘:《〈观世音应验记三种〉译注》,江苏古籍出版社,2002,第19页。
③ 董志翘:《〈观世音应验记三种〉译注》,江苏古籍出版社,2002,第30页。
④ 董志翘:《〈观世音应验记三种〉译注》,江苏古籍出版社,2002,第75~76页。
⑤ 鲁迅校录《古小说钩沉》,齐鲁书社,1997,第268页。

法为宗教增添了幻想色彩，同时也表现了中土家庭伦理观念。再看《系观世音应验记》中"彭城姁"条：

> 彭城姁者，家世事佛，姁唯精进。亲属并亡，唯有一子，素能教训。儿甚有孝敬，母子慈爱，大至无伦。元嘉七年，儿随到彦之伐虏。姁衔涕追送，唯属戒归依观世音。家本极贫，无以设福，母但常在观世音像前然灯乞愿。儿于军中出取获，为虏所得。虑其叛亡，遂远送北埸。及到军复还，而姁子不反，唯归心灯像，犹欲一望感激。儿在北亦恒长在念，日夜积心。后夜，忽见一灯，显其百步。试往观之，至径失去。因即更见在前，已复如向，疑是神异，为自走逐。比至天晓，已百余里。惧有见追，藏住草中。至暝日没，还复见灯。遂昼停村乞食，夜乘灯去。经历山险，恒若行平。辗转数千里，遂还乡。初至，正见母在像前，伏灯火下。因悟前所见灯即是像前灯也。远近闻之，无不助为悲喜。其母子遭荷神力，倍精进。儿终卒供养，乃出家学道。后遂寻师远遁，不知所终。①

文中还载有另外一种说法，因篇幅有限暂不选取。单看上述文字，故事主体内容和第一条基本一致，但叙事和情节刻画更为深入细致。开篇交代母子关系、奉佛情况、经济状况等，儿子参军后，分别陈述母亲和儿子两条故事线索。母亲勤奉佛祖、燃灯乞愿，儿子一路坎坷跟随前方神异之灯返家，最终母子得以团聚。母亲所燃灯正是照亮儿子返家之路的"前灯"，双灯合为一，冲击力和震撼感是"车母"条所不及的。文中描述"前灯"时忽隐忽现，也将儿子的疑虑和忐忑的心情展露无遗，对母亲虔诚之心、顾虑儿子之情也刻画得十分到位，"衔涕追送""犹欲一望感激""伏灯火下"等动作和心理描写，无疑大大增强了感人的力量，表现手法甚为高超。

---

① 董志翘：《〈观世音应验记三种〉译注》，江苏古籍出版社，2002，第194～195页。

第三节　僧尼神通题材

"神通"是梵语"Abhijna"的汉译，常略作"通"，指能力超乎寻常或者超自然，运用畅通无碍。依佛教经论的阐述，有"五通""六通"之说，五通为得道高僧所必备的神通能力，包括神足通、天耳通、他心通、宿命通、天眼通五种。神通是通过修习禅定而获得的，在经过初禅、二禅、三禅、四禅后证得神通。"六通"是在"五通"基础上增加"漏尽通"，漏是业力、烦恼，漏尽通是摆脱一切苦恼，以无上智慧达到涅槃境界，是真正体悟宇宙生命实相者，证得此神通者获得阿罗汉果位。《阿毗达摩俱舍论》言"虽六通中第六唯圣，然其前五异生亦得"[①]，可见漏尽通唯有圣者可证，凡夫有情只可通过禅定获得前五通。因此神通在佛教中一是作为修习程度的衡量指标，二是用作传法劝化、普度众生的手段。

种种圣人高僧神通异事常被记录在志怪小说中，有依据传闻记载，有搜奇索异之录，亦有佛教徒刻意而为。这些记载一方面表现出创作者对不可思议的神通异迹有着浓厚兴趣和密切关注，另一方面也反映出神通之力为民众和社会带来了诸多救助，具有一定的现实意义。

一　僧尼神通的类型

1. 神足通

也称为神通智证、如意通、神变通。"能种种变化，变化一身为无数身，以无数身还合为一；身能飞行石壁无碍；游空如鸟，履水如地；身出烟焰，如大火聚；手扪日月，立至梵天。"[②] 其神通之处在于可分身无数再合而为一，能上天能入水火之地，无可阻碍。

[①] （唐）玄奘译《阿毗达摩俱舍论》，《大正新修大藏经》第29册，新文丰出版公司，1992，第142页。

[②] （后秦）佛陀耶舍、竺佛念译《长阿含经》，《大正新修大藏经》第1册，新文丰出版公司，1992，第86页。

《冥祥记》"耆域"条记载其多件神通之事。耆域欲寄船北上，船家轻视不载，"比船达北岸，耆域亦上。举船皆惊"①，耆域可隐形上船。一次，耆域徐行，有数百人追赶却仍不及。耆域从洛阳出发，送行者数千人，"于洛阳寺中中食讫，取道。人有其日发长安来，见域在长安寺中。又域所遣估客及骆驼奴达燉煌河上，逢估客弟于天竺来，云近燉煌寺中见域。弟子㵄登者，云于流沙北逢域，言语款曲，计其旬日，又域发洛阳时也。而其所行盖已万里矣"②。耆域分身众多，同时出现在多个地方与众人告别。《高僧传·耆域传》就参考了《冥祥记》的记载，将之归属于"神异"类，言其"迹行不恒，时人莫之能测"③，足见耆域兼具分身与各类行走幻化之异，拥有神足变通之力。"慧远"条言："或一日之中，赴十余处斋，虽复终日竟夜，行道转经，而家家悉见黄迁在焉。众稍敬异之，以为得道。"④ 黄迁为慧远俗名，此条载其能分身十余处，同时前往斋请。还有一条比丘尼故事，"竺道容"条载简文帝事清水道，道容劝导未果，"其后帝每入道屋，辄见神人为沙门形，盈满室内，帝疑容所为，因事为师，遂奉正法"⑤，以神异之力幻化变形，最终使文帝改变信念，比丘尼的神异水平丝毫不逊色于比丘，也是众生平等的展现。

2. 天耳通

"彼天耳净，过于人耳，闻二种声：天声、人声。"⑥ 能洞悉天上、人间声音，通晓众生语言。

《冥祥记》"宋仑氏二女"条载，姊妹二人一年内三次失踪，第二次返家就具备通晓外国语言之神能，能诵经及梵书，第三次返家

---

① 鲁迅校录《古小说钩沉》，齐鲁书社，1997，第282页。
② 鲁迅校录《古小说钩沉》，齐鲁书社，1997，第283页。
③ （梁）释慧皎撰，汤用彤校注，汤一玄整理《高僧传》，中华书局，1992，第364~365页。
④ 鲁迅校录《古小说钩沉》，齐鲁书社，1997，第330页。
⑤ 鲁迅校录《古小说钩沉》，齐鲁书社，1997，第287页。
⑥ （后秦）佛陀耶舍、竺佛念译《长阿含经》，《大正新修大藏经》第1册，新文丰出版公司，1992，第86页。

是告别家人，二人已剃发为尼，皆"宿世因缘"，颇有神奇色彩。

3. 他心通

"彼知他心有欲无欲、有垢无垢、有痴无痴、广心狭心、小心大心、定心乱心、缚心解心、上心下心，至无上心皆悉知之。"① 可感知他人心思和意念。

《冥祥记》"耆域"条载，耆域驯虎，手摸虎，虎便安稳入草丛。"于法兰"条载，其坐禅时，老虎入室，亦是以手摸头降服之。"释僧朗"条载，其所住之处常有虎暴害，僧朗建寺后，皆如家畜。"释法安"条载，老虎"如喜如跳，伏安前，安为说法授戒，虎据地不动，有顷而去"②。这四条皆为伏虎记载，老虎乃凶猛野兽，志怪借由驯服猛兽，表现神通之奇。"释法相"条载，"鸟兽集其左右，驯若家兽"③，亦表现其通晓动物心性，同时他能洞察人心所向，释法相因"干冒朝贵。镇北将军司马恬恶其不节，招而鸩之。频倾三钟，神气清怡，恬然自若"④。最终化解矛盾，缓和了双方关系。

4. 宿命通

"便能忆识宿命无数若干种事，能忆一生至无数生，劫数成败、死此生彼、名姓种族、饮食好恶、寿命长短、所受苦乐、形色相貌皆悉忆识。"⑤ 即能够回忆起自己和他人一生以及无数生的各种事项。

"耆域"条："法渊作礼讫，域以手摩其头曰：'好菩萨，羊中来。'见法兴入门，域大欣笑，往迎作礼。捉法兴手，举著头上曰：'好菩萨，从天人中来。'"⑥ 简洁明了，指出支法渊、竺法兴二僧的前世因缘。

---

① （后秦）佛陀耶舍、竺佛念译《长阿含经》，《大正新修大藏经》第1册，新文丰出版公司，1992，第86页。
② 鲁迅校录《古小说钩沉》，齐鲁书社，1997，第306页。
③ 鲁迅校录《古小说钩沉》，齐鲁书社，1997，第299页。
④ 鲁迅校录《古小说钩沉》，齐鲁书社，1997，第299页。
⑤ （后秦）佛陀耶舍、竺佛念译《长阿含经》，《大正新修大藏经》第1册，新文丰出版公司，1992，第86页。
⑥ 鲁迅校录《古小说钩沉》，齐鲁书社，1997，第282页。

5. 天眼通

又称为生死智证,"见诸众生死此生彼、从彼生此、形色好丑、善恶诸果、尊贵卑贱、随所造业报应因缘皆悉知之"①。能观众生生死轮回、因果报应以及大千世界万物景象。

"佛调"条,"自克亡期,远近悉至"②,佛调自知寿终之日,提前与众人诀别。"慧远"条载,慧远自言死期和方位,死后现身又指出昙珣道人亡日,一切都如其所料,可谓洞见生死之事:

> (慧远)自言死期,谓道产曰:"明夕,吾当于君家过世。"至日,道产设八关,然灯通夕。初夜中夜,迁犹豫众行道,休然不异;四更之后,乃称疲而卧,颜色稍变,有顷而尽。……死后久之,现形多宝寺,谓昙珣道人云:"明年二月二十三日,当与诸天共相迎也。"言已而去。昙珣即于长沙禅房设斋九十日,舍身布施,至其日,苦乏气,自知必终,大延道俗,盛设法会。三更中,呼问众僧:"有闻见不?"众自不觉异也,珣曰:"空中有奏乐声,馨烟甚异,黄迁之契,今其至矣。"众僧始还堂就席,而珣已尽。③

天眼通亦可观世间万事万物,不受时空阻碍。"犍陀勒"条载,山中有古塔寺,如能重建乃大福,犍陀勒"与俱入山。既至,唯草木深芜,莫知基朕。勒指示曰:'此是寺基也。'众试掘之,果得塔下石础。复示讲堂、僧房、井灶,开凿寻求,皆如其言"④。在杂乱荒芜中识得方位和分布,令人惊叹。另外,《幽明录》中佛图澄观掌中麻油,知刘曜将擒,可谓一例。

6. 漏尽通

"彼如实知苦圣谛,如实知有漏集,如实知有漏尽,如实知趣漏

---

① (后秦)佛陀耶舍、竺佛念译《长阿含经》,《大正新修大藏经》第1册,新文丰出版公司,1992,第86页。
② 鲁迅校录《古小说钩沉》,齐鲁书社,1997,第284页。
③ 鲁迅校录《古小说钩沉》,齐鲁书社,1997,第330~331页。
④ 鲁迅校录《古小说钩沉》,齐鲁书社,1997,第284页。

尽道。彼如是知、如是见，欲漏、有漏、无明漏，心得解脱，得解脱智，生死已尽，梵行已立，所作已办，不受后有。"① 漏尽通是神通的最高层级，亦是智慧的最高境界，若要证得，必要参透四圣谛真义，在生命本体中不断修持和追求，待达到解脱的最高级别便是涅槃，可脱拔一切烦恼、众苦永断、圆满寂静。

佛调死前与众诀别："天地长久，尚有崩坏；岂况人物，而欲永存？若能荡除三垢，专心真净，形数虽乖，而神会必同。"② 死后数年，弟子在山中见佛调"常自在"，样貌如生时，并互问近况，弟子回寺中开馆验证，不见其尸首。诸行无常，生死不定，无有永存，佛调深悟其意，任运自在随缘而受，可谓证得漏尽通。

僧尼异于常人的高超神力，出神入化、令人惊叹折服的神迹，展示了六通神异大观，塑造了高僧贤尼的神伟形象和人格力量，让民众领略了不可思议的生命境界，使其产生了深深的佩服与敬畏之心，足以让民众对佛法深感信服。

二　神通现象的社会认同和佛法信仰的精神支撑

1. 神通现象的社会认同

志怪小说中录入诸多僧尼神通之事，使民众对僧尼肃然起敬，而令人信服的并不只是神通之迹，更是神通现象给百姓和社会带来的有益结果和积极影响，这是民众认可与信奉的内在动因。这些助力百姓日常生活、关乎社会安定的神通现象主要体现在以下四个方面。

一是收伏猛兽。在僧尼收伏猛兽的神异故事中最常见的就是伏虎，前文列出四条伏虎及一条释法相驯服鸟兽的故事，老虎常被称为百兽之王，因其出没不定、凶猛残暴、常吃人害人，古往今来百姓无不畏惧，老虎对僧人的顺服恰好缓解了百姓的忧虑和惧怕。

二是伏鬼除蛊。人死后变成鬼，是中土先民所崇信的，至魏晋

---

① （后秦）佛陀耶舍、竺佛念译《长阿含经》，《大正新修大藏经》第1册，新文丰出版公司，1992，第86页。
② 鲁迅校录《古小说钩沉》，齐鲁书社，1997，第284页。

魏晋南北朝志怪小说的佛教元素

时鬼怪之说盛行，但出于对死后世界的恐惧，对鬼也抱有警戒之心，因此民间受鬼困扰苦不堪言者亦多，僧人能见到鬼、分辨鬼、驱除鬼，僧人和奉佛者皆不畏惧鬼，且鬼不敢捉佛弟子。《宣验记》"张融"条载，其孙子跑步同射箭一样快，却暴病而死，外国僧人云："君速敛此孙，是罗刹鬼也，当啖害人家。"① 张融照做，并作八关斋，得以平息。鬼能附身于活人，操纵控制人的精神灵魂，但一般人不能发觉，僧人则可以辨识。《异苑》卷六"梁清"条："乃呼外国道人波罗氎诵咒文，见诸鬼怖惧，逾垣穴壁而走，皆作鸟声，于此都绝。"②《述异记》"法力"条载，法力遇一鬼，"法力素有膂力，便缚著堂柱，以杖鞭之，终无声。乃以铁锁缚之，观其能变去否。日已昏暗，失鬼所在"③。这两则故事详细描述僧人驱鬼、捉鬼过程，实为百姓福音。

此外还能除蛊。《荀氏灵鬼志》"昙游"条载："有沙门昙游，戒行清苦。时剡县有一家事蛊，人啖其食饮，无不吐血而死。昙游曾诣之，主人不食，游便咒焉。见一双蜈蚣，长尺余，于盘中走出，因饱食而归，竟无他。"④ 蛊毒危害很大，能使人失去意识、性情大变，严重者可危及性命，令人闻风丧胆，僧人以咒术除蛊，解灾散祸。

三是除病救人。"赵沙门单"条载，其"能治目疾，常周行墟野，救疗百姓，王公远近，赠遗累积，皆受而施散，一毫无余"⑤。沙门单治病救人，布施财物，慈悲为怀，造福众生。

前述耆域最具神通之力，除了自身自在，还能治病救人，连枯树亦可救活：

> 尚方中有一人，废病数年，垂死。域往视之，谓曰："何以

---

① 鲁迅校录《古小说钩沉》，齐鲁书社，1997，第 267 页。
② （南朝宋）刘敬叔撰，范宁校点《异苑》，中华书局，1996，第 62 页。
③ 鲁迅校录《古小说钩沉》，齐鲁书社，1997，第 120 页。
④ 鲁迅校录《古小说钩沉》，齐鲁书社，1997，第 125～126 页。
⑤ 鲁迅校录《古小说钩沉》，齐鲁书社，1997，第 309 页。

堕落，生此忧苦？"下病人于地，卧单席上，以应器置腹上，绋布覆之。梵呗三偈讫，为梵咒可数千语。寻有臭气满屋。病人曰："活矣。"域令人举布，见应器中如污泥者。病人遂瘥。长沙太守滕永文，先颇精进。时在洛阳，两脚挛经年。域为咒，应时得申，数日起行。满水寺中有思惟树，先枯死，域向之咒，旬日，树还生茂。①

耆域治病救物是采用诵经、咒术的方法，一般情况下，佛家禁止弟子修习咒术或以此为生，除了以治病或护身为目的，《四分律》中对此有严格界定。② 因此咒术治疗的病症也多为邪妖鬼怪作祟引起，普通大夫的医术是怎样都无法治愈的，对比之下，顽疾被高僧治愈，患者自然感恩钦佩高僧救助，更为信奉佛法。

四是为民祈福。"晋沙门慧远"条："天尝亢旱，远率诸僧转《海龙王经》，为民祈雨。转读未毕，泉中有物，形如巨蛇，腾空而去。俄尔洪雨四澍，高下普沾。以有龙瑞，故名焉。"③ "竺昙盖"条载，天大旱，庄稼焦枯，祈祭山川却没有回应，卫将军刘毅请僧设斋，"盖于中流，焚香礼拜，至诚慷慨，乃读《海龙王经》；造卷发音，云气便起，转读将半，沛泽四合，才及释轴，洪雨滂注，畦湖毕满，其年以登"④。高僧"转读未毕"或"转读将半"，便大雨滂沱，足见其神力高超，尤其是后一则，先言祈祭山川未果，从侧面表现出佛法更胜传统巫术一筹。

这四类神通作品在展现高僧神能之外，解决了民众关注的个人安全、生存条件和农业生产等问题，将神通广大的异能力量与朴素寻常的百姓生活连接起来，深入民间，获得了社会民众的普遍认同。

---

① 鲁迅校录《古小说钩沉》，齐鲁书社，1997，第282～283页。
② （后秦）佛陀耶舍、竺佛念等译《四分律》，《大正新修大藏经》第22册，新文丰出版公司，1992，第754页。《四分律》卷二十七原文："不犯者，若诵治腹内虫病咒、若诵治宿食不消咒、若学书、若诵世俗降伏外道咒、若诵治毒咒以护身故，无犯。"
③ 鲁迅校录《古小说钩沉》，齐鲁书社，1997，第286页。
④ 鲁迅校录《古小说钩沉》，齐鲁书社，1997，第307页。

魏晋南北朝志怪小说的佛教元素

魏晋南北朝时期政治动荡，战乱频繁，百姓生活艰苦，时时面临疾病灾疫，生存及生命备受威胁；中土社会巫风盛行，对鬼神之说深信不疑，鬼怪妖物作祟害人，常令人恐怖不安；此外天灾、猛兽侵噬，人们无法抗拒自然力量，乱世中人人自危、性命难保，因此，黎民百姓渴望预知未来，以趋利避害。以往都是巫祝通过卜筮、祭祀，或道士作法事等形式辨识凶吉，人们向各种宗教神术求助，以获得解决现实矛盾的途径，同时也接纳种种法事巫术背后的宗派神灵思想。佛法东渐时依附黄老玄学，在与中土传统思想和宗教融合中谋求发展，佛家兼收并蓄，采用神通咒术收伏猛兽鬼怪、除病祈福，高僧贤尼与巫祝、道士一样向民众提供救助，效果甚至优于后者。高僧神异事迹既满足了民众的迫切需求，又为社会造福，对于那些希望改变自身命运的人们具有极大的吸引力，亦在救济助人的角度与中土传统意识相互调和。因此，在志怪小说中载有诸多僧尼神通之事，进一步传诵了僧尼祛祸造福的异闻，震服百姓，令其敬重崇拜，受到中土社会各阶层的热烈欢迎，直接或间接地增强宣教效果，吸引徒众。

2. 佛教信仰的精神支撑

神通是广度众生的基础，是斩断烦恼求得解脱的智慧助手，僧尼借此化解百姓疾苦、服务社会，在志怪小说的描绘中展现出僧尼独特的个人魅力和精神特质。

耆域从西域到洛阳，众僧礼见，却"不为起"；他自身衣着朴素，见众僧华服便讥讽道："汝曹分流佛法，不以真诚，但为浮华，求供养耳。"[1] 可见其个性十足，直率坦荡、傲然不群。运用咒术为人祛病、救活枯树，手摸虎头以慈心感化驯服猛兽，又有怜悯苍生、善心仁爱一面；竺法行请其讲得道之法，耆域说："守口摄意身莫犯，如是行者度世去。"[2] 这是佛教修行中最基本的内容，却又是最难做到的，是八岁孩子都能背诵的，却也是活到百岁者都未必能履

---

[1] 鲁迅校录《古小说钩沉》，齐鲁书社，1997，第282页。
[2] 鲁迅校录《古小说钩沉》，齐鲁书社，1997，第283页。

行的，是对希望听到前所未闻之法的竺法行和民众的强烈警醒。外在个性乖张、身行神通的耆域内心是慈悲、单纯与质朴的，外在的变化多端实则源于内心的平静和安宁，这种智慧的修得又是基于日复一日的克己自律和积累的善业。

　　天眼通在释僧朗身上有所体现，在远途中能发现寺院衣物被盗，还可驯服猛虎。僧朗身处复杂的政治环境中，在同多民族的政治斗争中应对自如，立寺、建塔、平定一方，令苻坚敬畏，鲜卑慕其容德馈赠供养，神通之力与佛家智慧缔造了僧朗"戒行明严，华戎敬异"[①]的人格魅力。

　　僧尼的神通之力不尽相同，每个人的魅力都各有特质，但都基于同一的佛教信仰，即佛教基本观念——缘起性空。世间万物因缘和合、因缘而散，不存在永生不朽，五蕴四大一切为空。"性空"是诸法实相，其构成了人生一切皆苦，亦变化万千生出不可估量之神通，"缘起"搭建因果联系，修持不懈是为解脱智慧。佛徒依戒资定、因定发慧，断除困惑显发真谛，把握性空真理，获得佛法真义。佛法亦得以通过高僧贤尼的鲜明个性展现出耀眼光辉，僧尼不受思维、语言、外物等约束，寻求人生和宇宙真实相状，缘于空，归于空。

　　僧尼神通故事的价值还体现了佛教的人文关怀。作为佛教基本教义之一的"四谛"中，第一谛即为苦谛，在佛教眼中，有漏皆苦，死是苦，生亦是苦，困顿是苦，幸福亦是苦，人活在世间就是苦难承载体。人生有八苦，分别是生老病死的肉体四苦，以及忧悲恼、怨憎会、所欲不得和恩爱别离的社会四苦，所有人都要经历人生八苦，无人能够回避。由此当民众出现了解脱痛苦、安抚人生的需求时，佛教的慈爱悲悯、救众济世的根本精神就自然呈现出来，积极救助有情众生，践行佛道精神，慈悲观念可谓弘法度生的内在动因。佛教中将四种广大利他心称为"四无量心"，包括慈、悲、喜、舍四种心，这是菩萨普度无量众生的四种精神，可以令众生离苦得乐。

---

　　① 鲁迅校录《古小说钩沉》，齐鲁书社，1997，第 299 页。

其中，慈是以慈爱之心令众生得乐，悲是悲怜众生使其脱拔出苦痛，慈源于悲，悲生成慈，二者相辅方能与乐拔苦。慈悲是平等、广博的，其对象是一切有情众生，慈悲精神是中土佛教各种理念中最受推崇的。佛、菩萨皆以普度众生为最高愿望，如同地藏菩萨所立愿望——"众生度尽，方证菩提，地狱未空，誓不成佛"[①]，以大慈大悲之心解除无名烦恼和苦痛，布施众生免除穷困，传法释义，予人解脱智慧，增强无畏之心，指引信众在漫漫人生中秉持智慧修为，脱离生死共登彼岸。因此在志怪小说中看到僧尼以神通之力实现风调雨顺，解决百姓生存困难，使其脱离病痛和鬼蛊之苦，驯服猛兽，救活草木，尊重一切生命，皆发自慈悲济世之心。他们运用神通和智慧满足民众迫切的实际需求，调和了人与自然、现实与理想之间的矛盾，吸引信众瞩目崇拜，给予了身处困苦中的信众巨大的精神慰藉。

志怪小说中通神现象的展示，为文学艺术搭建了想象空间，拓宽了中土文学的表现场域，丰富了志怪的表现内容和思维方式。这些僧尼异事，大多被视为重要文献资料，收入梁慧皎《高僧传》、梁宝唱《比丘尼传》中，与那些在译经和弘法方面成就卓越的高僧并列。

第四节　佛教与中土思想碰撞融合题材

佛教传入华夏后便主动靠近中土宗教、思想和文化，起先多依附黄老及方术以求生根发展，与玄学交融，方便弘佛传法，此后又在传教方式上借助各方所长。待佛教势力深厚后，欲独立发展，又同这些学派、思想对抗相争。这种相互融合又相互碰撞的关系最显著地体现在佛教与巫、佛教与道教之关系中。

巫是传统迷信思想，在原始宗教中具有沟通上天、鬼、神之能

[①]《瑜伽集要焰口施食仪》，《大正新修大藏经》第 21 册，新文丰出版公司，1992，第 476 页。

力，巫术能通过操纵神秘力量来调整和改变非人力所能实现的人世间和自然的事务，祭祀、卜筮、天文、医术、祈福、驱邪等都是巫术能参与的领域，范围非常广泛，由此可以看出，巫与社会生活联系紧密。尽管巫不具备完整的宗教系统，但作为中土社会强大的宗教现象和迷信思想，其具有广泛民众基础。起源于汉代的道教，作为中国传统宗教，宣扬长生不老、成仙永乐、消灾灭祸、清静无为等思想，早已渗入社会各阶层，信奉者众多。

佛教东渐过程中，亦以巫、道二教为依附对象。与此同时，佛教在发展中亦保持着相对独立的教义和信仰，随着流传渐广、信众增多，也为了摆脱传统宗教和思想对其的束缚和制约，佛教积极回应各方的挑战，与各教展开论战，锋芒日趋显露。于是在魏晋南北朝志怪小说的内容中，产生了展现佛与巫、佛与道两组矛盾关系的题材，下面分别论述。

一 佛与巫的互动

从本质上看，原始佛教是反对巫术的，《长阿含经》卷十四言："如余沙门、婆罗门食他信施，行遮道法，邪命自活，或咒水火，或为鬼咒，或诵刹利咒，或诵象咒，或支节咒，或安宅符咒，或火烧、鼠啮能为解咒，或诵知死生书，或诵梦书，或相手面，或诵天文书，或诵一切音书，沙门瞿昙无如此事。"[①] 认为有些沙门、婆罗门为了接受信众供养维持生计，从事的障碍解脱之道是邪法，包含了很多巫术咒语，因此佛教徒是不能做的。在《大般涅槃经》卷七，佛陀教导众比丘不应做如下事，"治身咒术、调鹰方法、仰观星宿、推步盈虚、占相男女、解梦吉凶、是男是女、非男非女、六十四能、复有十八、惑人咒术、种种工巧"[②]，这些事都是与巫术有关的，佛陀要求比丘坚决杜绝此事，并且还将之定为戒律。《沙弥十戒法并威

---

① （后秦）佛陀耶舍、竺佛念译《长阿含经》，《大正新修大藏经》第1册，新文丰出版公司，1992，第89页。
② （北凉）昙无谶译《大般涅槃经》，《大正新修大藏经》第12册，新文丰出版公司，1992，第403页。

仪》亦有一条："沙弥之戒，尽形寿，不得学习奇技巫医蛊道、时日卜筮占相吉凶、仰观历数推步盈虚、日月薄蚀星宿变怪，山崩地动风雨旱涝、岁熟不熟有疫无疫，一不得知……有犯斯戒，非沙弥也。"① 原始佛教认为，巫术是通过操纵人的精神意志而迷惑众生，祭祀活动中又要杀生以祭，这些都与佛教宗旨背道而驰。佛教认为巫术乃外道邪见，是为个人谋利而非为大众谋福，应该避免巫术毒害，主张修习佛法正道，唯有通过戒、定、慧的修持才能进入解脱大门，了却生死束缚，断除烦恼痛苦。

然而在实际情况中，佛、菩萨、比丘仍会使用巫术，但前提是为了帮助众生解脱而使用，因此未曾与巫、巫术断绝关系。《生经》卷二《佛说护诸比丘咒经》载，众比丘遭遇猛兽饿鬼、孤魂野鬼和巫咒侵扰而惊慌失措，四处逃脱，佛得知后教授念诵咒语以保护众人，并言："若不解脱我当劝解，为其拥护救济，令安吉祥无患。若贼鬼神罗刹、蛊道符咒，护四百里周匝，无敢娆者；其不恭顺，犯是咒者，头破七分。所以者何？……今吾普观天上世间，若如是咒，咒愿拥护，终无恐惧，衣毛不竖，除其宿命不请。"② 佛为了保护众比丘的安全和修行才使用咒语，且直言巫咒为邪门歪道，佛教咒语才是能够实现解救的方法，但平时不礼佛者是得不到庇护的，也就是说佛教使用巫术必须以信仰佛教为基础、以度化众生为目的，这与其他宗教或迷信意图的巫术运用有着本质的区别。

佛教初入中华，若要立足中土，必然要解决异质文化环境带来的种种问题。西域高僧多神通广大，具有高超的法术和医术，运用这些术法为人医病、祛灾祈福，可极大地聚拢民心，利于佛法顺利融入中土社会。在《高僧传》中专列神异僧两卷，正传二十人，附见十二人，这些高僧有神异之术，与传统巫术在使用形式和效果上不相上下，因此佛教法术可以迅速被接纳，获得了百姓的信任，换

---

① 失译《沙弥十戒法并威仪》，《大正新修大藏经》第 24 册，新文丰出版公司，1992，第 927 页。
② （西晋）竺法护译《生经》，《大正新修大藏经》第 3 册，新文丰出版公司，1992，第 85 页。

句话说，这也是佛教调和中土信仰与思想的一种表现。

巫在中土有着悠久的历史，在百姓生活、社会发展和国家政治中占有重要地位，积极发挥作用。魏晋南北朝巫风昌盛，巫术在社会各层面表现活跃，但同时，佛教的神通法术以及道教的道术在民间广泛使用，影响也颇大，传统巫术受到了很大的冲击。巫原本的稳定地位发生了动摇，巫师参与国家祭祀的职能基本丧失，巫师的社会影响力也逐渐减弱，巫与佛教、道教的纷争日趋激烈。

由此出现了佛教与巫的双重关系，二者既相互调和依赖又彼此排斥矛盾，这些复杂的关系和思想冲突，在志怪小说中也多有反映。

1. 佛与巫调和共存

《幽明录》"李巫"条载，李巫"能卜相，作水符，治病多愈，亦礼佛读经"[①]。李巫所擅长的前三项，都是巫师的基本职能，同时他还能事佛，兼奉巫和佛两种信仰，必然会将巫与佛教内容和思想结合起来共同使用。在上一节论述僧尼神通的部分，僧尼所具备的神通之术，如列举的六种神通与巫术基本相同，因此僧尼所参与的民众活动与巫术的法术领域相似，皆能与鬼怪沟通、治病疗伤、祈雨降福或预言未来。在《幽明录》"舒礼"条中有言"俗人谓巫师为道人"[②]，可见当时将佛家僧人与巫师等同，表象看是源于两者都操作相似的巫术，实则是在弘法过程中佛教同巫相融，减少了外来宗教的陌生感，借力营造良好的传法环境，高僧贤尼的神通法术同巫术一样解决民众生存问题，赢得了民众信任。

2. 佛与巫争斗

佛与巫在共存的同时也充满了争斗，随着佛教思想在中土宗教信仰中站稳脚跟，为树立威信，佛教开展了对巫及巫师、巫术的排斥和打击。具体表现在以下两方面。

一是尽管巫师拥有与鬼神相连的奇术和操纵自然的神力，但在佛家眼中众生皆相同，处处皆因果，任何生命都要在轮回中体悟苦

---

① 鲁迅校录《古小说钩沉》，齐鲁书社，1997，第172页。
② 鲁迅校录《古小说钩沉》，齐鲁书社，1997，第161页。

难，巫师亦要接受地狱审判。

在"舒礼"故事中，舒礼身为巫师能与鬼神沟通，可解除灾祸或诅咒、预言，然而其死后仍然与众生共进太山地狱，接受府君审判，因"佞神杀生"被判"罪应上热熬"，遭受酷刑苦不堪言，巫师的巫术神能在佛家世界中不得施展。舒礼在审判前路过"冥司福舍"，是道人舍，里面"男女异处，有诵经者，呗偈者，自然饮食者，快乐不可言"①，从行为上可见这些是佛家弟子，死后得福报进福舍不受苦难。而同被称为道人，实为巫师身份的舒礼，生前恶业甚多，"事三万六千神，为人解除祠祀，或杀牛犊猪羊鸡鸭"②，死后注定身受恶报，因果报应轮回不止。舒礼还活复生后便不做巫师，可见佛法强大的感召力，亦为佛胜巫一例。

《冥祥记》"陈安居"条载，陈安居的"伯父少事巫俗，鼓舞祭祀，神影庙宇，充满其宅"，死后亦入地狱，贵人言"汝伯有罪，但宜录治，以先植小福，故暂得游散"③，伯父事巫，多行不轨身受惩罚，其罪与福相抵，但也只能在地狱中轮回。在民间神力无穷的巫师皆要受佛家因果报应、地狱轮回的体系惩戒，佛教对待众生平等，亦要唤醒巫师对生命意义的实相认识，以证佛家大彻大悟的生死智慧。

二是巫术的神异功效丧失，需要依托佛徒与佛事得以圆满处置，借由两者强烈反差来展现佛优于巫。

《冥祥记》中"张应"条载，"本事俗神，鼓舞淫祀"的张应奉巫，妻子患病，于是他"请祷备至，财产略尽"，然而巫术未见效果，最终还是通过佛事救了妻子。

> 妻，法家弟子也，谓曰："今病日困，求鬼无益，乞作佛事。"应许之。往精舍中，见竺昙铠。昙铠曰："佛如愈病之药。见药不服，虽视无益。"应许当事佛。昙铠与期明日往斋。应

---

① 鲁迅校录《古小说钩沉》，齐鲁书社，1997，第161页。
② 鲁迅校录《古小说钩沉》，齐鲁书社，1997，第161页。
③ 鲁迅校录《古小说钩沉》，齐鲁书社，1997，第310~311页。

归，夜梦见一人，长丈余，从南来。入门曰："汝家狼藉，乃尔不净。"见昙铠随后，曰："始欲发意，未可责之。"应先巧，眠觉，便炳火作高座，及鬼子母座。昙铠明往，应具说梦。遂受五戒。斥除神影，大设福供。妻病即间，寻都除愈。①

面对妻子病痛，其巫术毫无办法，最终还是依托僧人作佛事才除患，可见佛教在治病救人上也技高一筹。文中表述张应妻子是佛弟子，深知病因是有鬼作怪，而祭祀求鬼毫无意义，她能看透真相，也表明奉佛者胜于奉巫者。此事在《荀氏灵鬼志》中也有记载，其间称张应为"魔家"作"魔事"，这是对不信奉佛教者或不宜修佛习道者的贬抑，流露出对巫的轻视。

此书中另载"晋南郡议曹掾"条，欧某"得病经年，骨消肉尽；巫医备至，无复方计"②，其子梦到诸沙门前往佛寺邀请僧人读经，现实中的父亲病症得缓，儿子又梦中见到是几十个手持幡仗、刀矛的小鬼要进入家门，走在前面的两个小鬼命令止步，因为屋中都是僧人和尚，此后欧某的病就好转了。这则故事同样说明面对疾病，巫医无能为力，全靠僧人念诵佛经方能祛病除鬼。人得病，通常先想到的是用巫术治疗，佛法是补救之策，也正是前后反差对比，更强烈凸显佛法力量无边。后一则志怪中巫者不仅治病功效丧失，连驱鬼俘鬼的能力也大大减弱。《搜神后记》中也有类似记载，"胡茂回"条讲述胡茂回拥有能看到鬼的异力，一次见到群鬼无视巫祝，但遇到沙门皆畏惧不敢妄动，胡茂回也被佛力折服，由此精诚奉佛，佛法强大的震慑力可见一斑。

卜筮是巫术的一种，运用龟甲、筮草等工具占卜凶吉、预测事件发展，助人作决策。《冥祥记》"唐遵"条载，唐遵暴病暂死入地狱，见到从叔得知"汝大姊儿道文，近被录来。既蒙恩放，仍留看戏，不即还去，积日方归，家已殡殓。乃入棺中，又摇动棺器，冀

---

① 鲁迅校录《古小说钩沉》，齐鲁书社，1997，第290页。
② 鲁迅校录《古小说钩沉》，齐鲁书社，1997，第123页。

望其家觉悟开棺。棺遂至路，落檀车下。其家或欲开之，乃问卜者。卜云不吉，遂不敢开，不得复生"①。道文本可以还魂入体，起死回生，但家人迷信卜者所言，以至于无法还活坠入地狱受难。故事奚落了卜筮的不切实际以及卜者的无能，凶吉判断实属虚妄，断送道文还生的机会，这进一步强化了佛家所说生死轮回对众生的普适性和世事无常的基本认识。

祭祀祈福也是巫师的基本职能，在志怪作品中也属无效之举。前文中提及《冥祥记》"竺昙盖"条，因巫术祈祭山川无效，竺昙盖受邀请礼拜诵经，方解干旱之急。《幽明录》中"王明儿"条载，王明儿死后一年现身家中欲烧邓艾庙，儿子劝阻说邓艾死后有神灵，百姓祈求他保佑，王明儿讲述地狱见闻，邓艾、王大将军、桓温同在地狱受罪，苦难至极，怎能为人作福，并言"汝欲求多福者，正当恭顺，尽忠孝，无恚怒，便善流无极"②，这正是佛家业行自受、善恶福祸因果受报的观点，再一次表现了巫之无用。

二 佛与道的交涉

佛教作为外来思想初传至中国时，就开始走上中国化的道路，除了入乡随"巫"，适应中土文化外，还主动与其他宗教思想相调和，采用圆融方式比附本土道教，以顺应社会发展，令社会与民众认同与接受。

佛道杂糅最早见于反映汉魏之际中国佛教思想的著作《理惑论》，其中有言："锐志于佛道，兼研老子五千文，含玄妙为酒浆，玩五经为琴簧。"③ 熟悉儒家正统思想的牟子引儒、道入佛，并用老子之说为佛教义理发展开辟通路。以儒家崇敬的帝王和道教神仙释佛，"三皇神、五帝圣也。佛乃道德之元祖，神明之宗绪"④，将佛

---

① 鲁迅校录《古小说钩沉》，齐鲁书社，1997，第296页。
② 鲁迅校录《古小说钩沉》，齐鲁书社，1997，第191页。
③ （南朝梁）僧祐撰，李小荣校笺《弘明集校笺》卷第一《理惑论》，上海古籍出版社，2013，第10页。
④ （南朝梁）僧祐撰，李小荣校笺《弘明集校笺》卷第一《理惑论》，上海古籍出版社，2013，第14页。

教教义阐述为"道之言导也,导人致于无为"①,"佛与老子,无为志也"②,认为佛教引导人进入无为状态,同老子之说相同。"吾未解佛经之时,惑甚于子,虽诵五经,适以为华,未成实矣。吾既睹佛经之说,览老子之要,守恬惔之性,观无为之行,还视世事,犹临天井而窥溪谷,登嵩岱而见丘垤矣。五经则五味,佛道则五谷矣。"③ 牟子阅读佛经后,感悟与《老子》内容类同,对世事通透不迷惑,犹如"开云见白日,炬火入冥室"④。他视佛道相通并重,同儒家并崇,三教协调一致。

佛经在翻译过程中也多融合传统思想和伦理观念,与道教拉近关系。第一部汉译佛典《四十二章经》中称佛教为释道、佛道、道法,称领悟者为道人,文中含有"解无为法"的道家言语。安世高频繁使用"无为""元气"等,支谶把"真如"翻译为"无本""自然"等,与老庄概念相混淆,显然受到道家影响,这使得佛经本义发生了变化,呈现出折中意味,大大增强中土接受力,也促进了佛教对道教的思想渗透,魏晋玄学盛行与此多有联系。三国时期汉译佛典与《老子》《庄子》更为契合,支谦所译常有"本无"之言,认为"一切皆本无,如来亦本无,故佛与道为一"⑤,其"内外备通,其译经尚文丽,盖已为佛教玄学化之开端也"⑥。康僧会同支谦一样祖源西域,在中土出生,译经多受华夏文化、儒道观念与汉语表达等因素的影响,《安般守意经》《法镜经》等多袭用老庄词语和典故,可感佛道关系紧密。至魏晋玄学盛行,般若学得以扩展传播,朱士行西行求法得《大品般若》梵本,后译成《放光般若经》受到

---

① (南朝梁)僧祐撰,李小荣校笺《弘明集校笺》卷第一《理惑论》,上海古籍出版社,2013,第15页。
② (南朝梁)僧祐撰,李小荣校笺《弘明集校笺》卷第一《理惑论》,上海古籍出版社,2013,第26页。
③ (南朝梁)僧祐撰,李小荣校笺《弘明集校笺》卷第一《理惑论》,上海古籍出版社,2013,第47页。
④ (南朝梁)僧祐撰,李小荣校笺《弘明集校笺》卷第一《理惑论》,上海古籍出版社,2013,第47页。
⑤ 汤用彤:《汉魏两晋南北朝佛教史》,中华书局,2016,第104页。
⑥ 汤用彤:《汉魏两晋南北朝佛教史》,中华书局,2016,第95页。

❁ 魏晋南北朝志怪小说的佛教元素

义学高僧重视，加以注疏、讲解，形成般若学研究热潮。在老庄玄学的影响下，般若学逐渐成为佛教显学，并形成"六家七宗"，佛道融合浸润成为时代风气。

自晋以后，佛道二教在思想和礼教上相互效仿，取长补短。马端临指出："理致之见于经典者，释氏为优，道家强欲效之，则只见其敷浅无味；祈祷之具于科教者，道家为优，释氏强欲效之，则只见其荒诞不切矣。"① 就义理而言佛教胜出，科教礼仪则是道教之优势，二教彼此吸收，相互涵摄，共同发展。

然而同巫佛互动一样，佛教攀附道教亦为权宜之计，宗教的排他性决定了当佛教在中土站稳脚跟后，逐步凸显其教义和组织上的独立要求，刺激了作为中土传统宗教的道教抗衡外来宗教的意识，因此佛道二教的冲突愈演愈烈。即便在佛教初入中土依附道教，《理惑论》极力调和儒释道三家时，牟子就曾批判道家："神仙之书，听之则洋洋盈耳，求其效，犹握风而捕影……老子著五千之文，无辟谷之事。"② 反映出佛道在初识时就存有差异和矛盾，只是为了更好地实现在中土发展的目标，佛教求同存异，暂且忽略双方的差异。但随着佛教扎根壮大，佛道矛盾日渐凸显，至魏晋时期佛道之争激化，道士王浮《老子化胡经》一出，扬道抑佛，凸显道优于佛，引发了二教激烈冲突，开启了此后百余年的佛道较量。再加之帝王以威权干涉宗教，历代发生了多次宗教间的争斗，场面惨烈不堪，流血不止，争斗至明清时仍不时发生。

魏晋南北朝佛教大兴，信众剧增，佛教主张独立发展，不甘附庸其他文化教派。为遏制佛教的发展，道教积极壮大与之抗衡，双方激烈的冲撞也带动了二教进一步发展，促进了各教派思想的互生。这些内容在志怪小说中也多有反映。

1. 佛与道调和共存

汉魏时佛教依附道教以方便传法，随着佛教典籍与思想大量涌

---

① （元）马端临撰《文献通考》卷二百二十五《经籍考》，浙江古籍出版社，1988，第1811页。
② （南朝梁）僧祐撰，李小荣校笺《弘明集校笺》卷第一《理惑论》，上海古籍出版社，2013，第51～52页。

第三章　魏晋南北朝志怪小说的涉佛题材

入，佛教义理与中土思想文化全面接触，在同繁芜的传统文化交涉中佛教亦屈亦伸，保持相对独立的宗教信仰特性，又同其他宗教相互融合。在志怪小说中反映这类现象的作品，数量虽不多，表意却鲜明。

《述异记》"胡庇之"条载，胡庇之家常年有鬼怪侵扰，举家患病，频显怪事不胜其烦。胡庇之"迎祭酒上章，施符驱逐，渐复歇绝"①，祭酒是早期五斗米道的官职名称，道士的道符法术显效，鬼怪绝灭。第二年鬼怪复来，闹得更重，鬼告知胡庇之作怪的是已故原宅主沈公，其本想作弄而已，不想遭到道符驱逐，遭到天曹质问。沈公疑惑上言："君是佛三归弟子，那不从佛家请福，乃使祭酒上章？自今唯愿专意奉法，不须兴恶，鬼当相困。"② 沈公认为胡庇之是佛家弟子就应请僧人施法事处置鬼怪，而不应请道士作术。随后庇之请僧人读经斋讫，并听从劝告"归诚正觉，习经持戒"，彻底清除了鬼患。这则志怪表明佛与道各有其特性，奉佛者应秉持佛家思想，坚持采用佛家方式修行，即便道家或其他教派观念与术法有其功效。文中无攻击、贬损道家之意，主张遵从民众信奉意愿，佛道二教共存。

《幽明录》"陈相子"条："始见佛家经，遂学升霞之术。及在人间斋，辄闻空中殊音妙香，芬芳清越。"③ 陈相子开始学佛，后又学道，两法皆有精进，此则颇有调和佛道之倾向。

另有几则是展示佛与道、巫三家共融的局面。

《幽明录》"新死鬼"条载，一新死鬼形疲瘦饿，生时旧友告诉他去作怪，人们害怕便会给其食物，由此：

> 新鬼往入大墟东头，有一家奉佛精进，屋西厢有磨，鬼就挨此磨，如人推法，此家主语子弟曰："佛怜我家贫，令鬼推磨。"乃辇麦与之，至夕磨数斛，疲顿乃去。遂骂友鬼："卿那

---

① 鲁迅校录《古小说钩沉》，齐鲁书社，1997，第111页。
② 鲁迅校录《古小说钩沉》，齐鲁书社，1997，第112页。
③ 鲁迅校录《古小说钩沉》，齐鲁书社，1997，第166页。

魏晋南北朝志怪小说的佛教元素

诳我?"又曰:"但复去,自当得也。"复从墟西头入一家,家奉道,门傍有碓,此鬼便上碓,如人舂状。此人言:"昨日鬼助某甲,今复来助吾,可辇谷与之。"又给婢簸筛,至夕力疲甚,不与鬼食。鬼暮归,大怒……友鬼曰:"卿自不偶耳!此二家奉佛事道,情自难动,今去,可觅百姓家作怪,则无不得。"鬼复去,得一家……有一白狗,便抱令空中行,其家见之大惊,言自来未有此怪,占云:"有客索食,可杀狗并甘果酒饭于庭中祀之,可得无他。"其家如师言,鬼果大得食。此后恒作怪,友鬼之教也。①

新鬼先去的两户人家奉佛事道,都不怕鬼,认为是佛道相助,不停地令鬼多做活,新鬼疲累大怒。其后去普通人家作怪,经由占卜者助言,新鬼得到祭祀食物,此后便常作怪。佛、道信徒不畏鬼,而一般百姓则需要借助巫术占卜方式满足鬼的需求,奉应供食驱鬼免灾。这则故事中佛、道、巫三家都能同鬼交涉,三种文化信仰在社会上并行不悖,各有信奉追随者,在此篇中也未见相互竞争冲突之势。

《旌异记》"海中二人"条载,海中有浮游二人,巫祝认为是海神准备牲牢迎接,奉五斗米道黄老之徒认为是天师,前往相迎,奉佛居士认为是大觉者,与僧人信众等洁斋共迎,海中二人随潮入浦,原来是石像,石像自行飘至佛寺。从一个侧面反映出佛教、道教,以及巫三家共存的局面。

2. 佛与道争斗

佛教主张生死轮回,道教则重养生长寿,以不死为目标。道教斥责佛教为夷狄之教,以《老子化胡经》证明佛教是老子所传,论证道优于佛,佛教徒借此反击,言老子是佛家弟子,抨击道家之拙劣,两教之间互相攻击,且历代不休。志怪小说中不乏争斗表现,且多为佛胜道,有如下几类。

---

① 鲁迅校录《古小说钩沉》,齐鲁书社,1997,第204页。

第三章　魏晋南北朝志怪小说的涉佛题材

一是让重视神仙养生之术以达成长生不死的道教信徒经历生死体验，进入因果报应的佛家观念体系中，让其在地狱中受业报奖惩，知三世轮回。

最具代表性的是《幽明录》"李通"条。"蒲城李通死，来云：见沙门法祖为阎罗王讲《首楞严经》；又见道士王浮身被锁械，求祖忏悔，祖不肯赴。孤负圣人，死方思悔。"① 这是典型的佛道争胜作品，这部著作是由刘义庆门客所撰，刘义庆笃信佛教，显然是要偏向佛胜。李通死而复生讲述地狱见闻，看到王浮身受刑锁，向沙门法祖忏悔，因其生时辜负圣人释迦牟尼，不信佛理，诽谤佛法，死后才知悔悟。道士会死，死后要进入地狱，依据业力被审受刑，王浮是道教发展史上重要人物，都要受难，更何况普通的道教信奉者呢？《冥祥记》"陈安居"条载，排在陈安居前面的第一位地狱受审者为有妇之夫，本是祭酒（五斗米道中官职），对女弟子不轨且抛弃妻子，违反常伦，被判罪业深重。道家希冀长生不老得道成仙，然而终皆寿尽而亡，死后进入佛家生死轮回体系中，遵循地狱的审判和惩戒。同书"程道惠"条载，程道惠"世奉五斗米道，不信有佛。常云：'古来正道，莫逾李老。何乃信惑胡言，以为胜教。'"② 死后魂至地狱回忆起生前五世奉佛，宿福甚多，因此在地狱中未受磨难且得以被遣还活，虔诚的道教徒实则是五世轮回的佛家弟子，借此表现佛教精神境界博大精深，道家则相形见绌。

二是表现因果业报，佛家对无礼、弃佛、慢佛的道徒严加惩治。

《冥祥记》"刘龄"条，讲述刘龄原本奉佛，父亲暴亡后，轻信巫祝预言和道士之言改变信仰：

（道士魏叵）语龄曰："君家衰祸未已，由奉胡神故也。若事大道，必蒙福佑，不改意者，将来灭门。"龄遂揭延祭酒，罢不奉法。叵云："宜焚去经像，灾乃当除耳。"遂闭精舍户，放

---

① 鲁迅校录《古小说钩沉》，齐鲁书社，1997，第206页。
② 鲁迅校录《古小说钩沉》，齐鲁书社，1997，第300页。

魏晋南北朝志怪小说的佛教元素

> 火焚烧,炎炽移日,而所烧者,唯屋而已,经像幡幞,俨然如故,像于中夜,又放火赫然。时诸祭酒有二十许人,亦有惧畏灵验,密委去者。巨等师徒,犹盛意不止;被发偶步,执持刀索,云斥佛还胡国,不得留中夏,为民害也。龄于其夕,如有人殴打之者,顿仆于地,家人扶起,示余气息,遂委箦蹙,不能行动。道士魏巨,其时体内发疽,日出二升,不过一月,受苦便死。自外同伴,并皆著癞。①

这段描写刘龄违背佛教信仰做出道士魏巨指示的大逆行为,佛法力量无边,经像未遭焚灭,并严厉惩戒不敬者,刘龄病倒,魏巨受现报痛苦而亡,众道士畏惧逃跑。这场争斗的起源是道士认为"奉胡神"导致刘龄家道中落,这就是魏晋时期佛道论战的焦点,道教指责佛教为"夷狄"之教,是老子出关用以教化不知礼仪的胡人的产物,不适用于文明的华夏。② 志怪小说展现了争论的激烈程度,故事以众人受难和道士获得悲惨下场为结尾,力图展现佛教所向披靡,在同道的斗争中获得胜利。

《宣验记》"史㑺"条载,史㑺"奉道而慢佛",常言"佛是小神,不足事也"③,也不尊重佛像,后患脚疾,以道教祈福丝毫无用,听人劝说造观音像,果然像成病好。史㑺因慢佛而患脚疾得恶报,因造佛像而解除病痛得福报,佛法因果报应体现在众生身上,对比道家种种祈福无果,足见佛教法力更高。

三是表现道家术法失效,道家弟子转投佛法大门以解决种种问题。

《冥祥记》"何澹之"条载,何澹之得病,昼夜不绝见一大鬼,模样是牛头人身,"使道家作章符印录"④,未见起色,沙门告知鬼是"牛头阿旁",即佛家地狱鬼卒,乃勾魂使者,并告知若能转心向

---

① 鲁迅校录《古小说钩沉》,齐鲁书社,1997,第321~322页。
② 杜继文主编《佛教史》,江苏人民出版社,2007,第186页。
③ 鲁迅校录《古小说钩沉》,齐鲁书社,1997,第269页。
④ 鲁迅校录《古小说钩沉》,齐鲁书社,1997,第314页。

佛，大鬼自然消除。这里看到道符法术未能发挥应有作用，究其原因是没有弄清楚鬼是谁，地狱鬼卒依佛法行事，道士法术怎能灵验？除鬼祛病皆是笑谈，佛家以此否定道教。同书"孙道德"条载，孙道德亦奉道祭酒却无子嗣，经沙门点拨礼诵《观世音经》，孙道德"罢不事道，单心投诚，归观世音"[①]，不久应验得男孩。"葛济之"条载，葛济之和妻子世奉仙学，而心向佛法，一日妻子见西方有如来现身，为济之传授佛经。在佛道较量中，佛家常借道家术法不灵验作为攻击贬抑的武器，使道教与民众日常生活渐行渐远，为佛家争取了更多信众，这种互搏争胜的景象在日后持续不止。

  从上述所引诸多作品中可以看出，佛与巫、佛与道争斗成为志怪小说的一类重要内容，展现了魏晋南北朝时期佛教在华夏地界发展的显著特征，即与中土固有的巫、道两教并存且冲突不断。从冲突的结果看，以佛教胜利为主，由此可见佛教已经浸入社会生活和人们精神世界的方方面面，成为民间宗教信仰的重要组成部分。

  作为外来宗教，佛教在中国传播和发展时，始终处在复杂的关系里，引援各方思想共生，也与之相互摩擦冲突，但正是在共存与竞争的纠葛中，佛教更加注重与中土文化相适配，得以快速发展以实现扎根华夏的目标。尽管过程漫长起伏、曲折坎坷，佛教终究占据了中华思想文化发展史上的一个重要位置。

---

① 鲁迅校录《古小说钩沉》，齐鲁书社，1997，第315页。

第四章　魏晋南北朝志怪小说中的释家精神

志怪小说中众多源于佛经故事、表现观音灵验、讲述高僧神通的篇章，直接传递了释家观念和信仰。此外还有一些篇章取材于中土故事，在情节构建或题旨意义中，也渗入了释家精神，这反映出佛教思想已浸染社会各层面，渗透至国人的灵魂深处。同样，作为外来宗教，佛教在经历与本土儒、道思想排斥、交汇、融合的过程中，演化成为适应中土的生存形态，有所变化调整的释家精神在志怪小说作品中也逐一呈现出来。魏晋南北朝志怪小说在时空观、报应观、地狱观方面，展示着儒、释、道杂糅的精神世界。

第一节　三世三界的时空观

一　三世十方的宇宙时空

中国古代在长期的实践中，逐渐形成了时间和空间的抽象观念，① 以"宙""久"表示时间，以"合（六合）""宇"表示空间，而现在使用的"时""空"二字在古时并不具备表达抽象观念的含义。最早论述时空概念的是《管子·宙合》："天地，万物之橐也，宙合有橐天地，天地苴万物，故曰'万物之橐'。宙合之意，上通于天之上，下泉于地之下，外出于四海之外，合络天地以为一裹。散之至于无间，不可名而山，是大之无外，小之无内，故曰'有橐

---

① 刘文英：《中国古代时空观念的产生和发展》，上海人民出版社，1980，第20~35页。

天地'。"① 橐是指口袋，这里指天地万物都在"宙合"之中，即都在时间和空间之中，这种时空是融合在一起的，天上、地下、四海之外全部囊括其中。战国《尸子》言"天地四方曰宇，往古来今曰宙"②，空间有了具体的六个方位指向，时间呈现出线性视角。《庄子·庚桑楚》："有实而无乎处者，宇也；有长而无本剽者，宙也。"③ 这里的空间观强调实在和不限制范围两个特征，以实体存在为依托，时间观则是无本无末的长久持续，这种时空观是没有界限地囊括一切空间和时间。先秦时期对时空问题研究最细致入微的是《墨子》④，其《经上》篇云："久：弥异时也。"《经说上》篇云："久：今古、今、且。"⑤ 久是时间，是具体时段、时刻的总和，突出了时间的延展性和持续性。"宇：弥异所也"，"宇：冡东、西、家、南、北"。⑥ 宇是场所空间和方位，并以"家"为中心点划分东西南北方位。两汉时期扬雄、张衡继承墨家学说，分别提出"阖天谓之宇，辟宇谓之宙"⑦，"宇之表无极，宙之端无穷"⑧，前者将宇宙限定在天地之内、开天辟地之后的框架里，后者展现的依然是宇宙的无限性。纵观诸家百说，尽管各有不同，但总体来看对时空的认知在本质上是相似的，时间是无首无尾的永恒延展，空间是天地之间具有方位、三维的立体范畴，都是处于生命体验范畴以内、目所能及、现身所处、众人皆能认识的真实时空环境。再加之儒家思想注

---

① （唐）房玄龄注，（明）刘绩补注，刘晓艺校点《管子》，上海古籍出版社，2015，第73页。
② （战国）尸佼著，（清）汪继培辑，朱海雷撰《尸子译注》，上海古籍出版社，2006，第47页。
③ （清）王先谦撰《庄子集解》，中华书局，1999，第203页。
④ 学者刘文英在《中国古代时空观念的产生和发展》中详尽展现了墨家关于时间、空间的观念，时间同空间的联系，时间同运动的联系等方面的探讨，认为墨家是古代史中全面深入地研究时空的唯一一家。
⑤ 吴毓江撰，孙启治点校《墨子校注》，中华书局，1993，第473页。
⑥ 吴毓江撰，孙启治点校《墨子校注》，中华书局，1993，第474页。
⑦ （汉）扬雄原著，郑万耕校释《太玄校释》，北京师范大学出版社，1989，第261页。
⑧ （汉）张衡著，（明）张溥校《张河间集》卷之二《灵宪》，信述堂，1879，第108页。

❋ 魏晋南北朝志怪小说的佛教元素

重现实社会和利益,"孔子出,以修身齐家治国平天下等实用为教,不欲言鬼神,太古荒唐之说"①,"子不语怪、力、乱、神"②,不谈人本生命以外的鬼神怪异之事,更不考量多维度的时空概念或超越现实的时空结构。民众对超出能力范围之外的异常现象"自造众说以解释之"③,形成神话传说。它们皆充满想象,描述夸张离奇,然而其思维模式仍不脱离现实。如《山海经》所记录的神灵、怪兽,虽样貌奇异未见存在,但也基本是不同动物形体的重新拼贴以及半人半兽的全新组合,所载的山川道里也都有着明确方位地址、名字、走向及基本特征,充满着神话色彩的地理典籍终归受现实和想象限制,"重实际而黜玄想,不更能集古传以成大文"④。

与中土现实单一的时空观迥异,佛教的时空观是超现实的、开放的,有一系列完整的体系架构,其中有代表性的、对中土文化影响较深的有"世界""劫""刹那"等概念。

"世界"(Lokadhātu)一词来自佛典汉译,音译"路迦驮睹"。《楞严经》卷四言:"何名为众生世界?世为迁流,界为方位,汝今当知,东、西、南、北、东南、西南、东北、西北、上、下为界,过去、未来、现在为世;位方有十,流数有三。"⑤"世"是时间系统,包括过去、现在、未来三类,是流转不尽的时间存在形式,"界"是空间系统,囊括十个不同空间,包括平面和立体方位,三世十方共同构建了释家时空范畴。这就突破了中土时间观中侧重于一生一世的生命经验,由前世、现世、来世组成的佛家三世观就成为业报轮回的依据,十方空间亦打破了中土的天地区间限定,佛家世与界的时空领域无边无界,是不能用生命和肉眼将之全貌捕捉观测

---

① 鲁迅先生纪念委员会编《鲁迅全集》卷九《中国小说史略》,人民文学出版社,1973,第164页。
② (清)阮元校刻《十三经注疏》之十《论语注疏》,中华书局,1980,第2483页。
③ 鲁迅先生纪念委员会编《鲁迅全集》卷九《中国小说史略》,人民文学出版社,1973,第158页。
④ 鲁迅先生纪念委员会编《鲁迅全集》卷九《中国小说史略》,人民文学出版社,1973,第164页。
⑤ (唐)般剌密帝译《大佛顶如来密因修证了义诸菩萨万行首楞严经》(简称《楞严经》),《大正新修大藏经》第19册,新文丰出版公司,1992,第122页。

的，十方立体空间加上三世时间维度构建成四维空间。多维度、开放、新颖的佛教时空观流入中国后，为中土文化和文学注入了新的思维理念和表现方式。

"劫"（Kalpa）是音译"劫波"的简称，也意译为"长时""大时"，是古印度用于表示世运周期的时间单位，后被佛教及其他宗教使用。佛教各派对劫运周期的说法也有不同，常见指非常大的、难以计算的时间单位，用"芥子劫""拂石劫"等比喻。前者指在长宽高各四十里的城中装满芥子，天人每三年取一粒，取尽芥子的时间为一劫；后者指在长宽高各四十里的石头上，天人每三年用柔软的天衣拂石一次，磨尽石头的时间为一劫。劫一般分为大劫、中劫、小劫。小劫又称增减劫，指人寿八万岁，每百年减一岁，减至十岁，为一减劫，从十岁起，每百年增一岁，增至八万岁，为一增劫，减劫和增劫交替出现，二十个小劫为一中劫，中劫包含成、住、坏、空四种，四种中劫（合八十个小劫）为一大劫。成劫是世界开始形成，住劫是世界保持安稳时期，坏劫是世界开始崩溃坏灭，空劫是世界毁坏无余的空虚时期，空劫之后再循环反复，在无限的时间中，世界依次生消循环无限，漫漫不能观其终。

与"劫"对应的短时间为"刹那"（Kṣaṇa），又意译为"念倾""一念""须臾"，指极短暂的时间单位。《阿毗达摩俱舍论》卷十二言"如壮士一疾弹指顷六十五刹那，如是名为一刹那量"[①]，《佛说仁王般若波罗蜜经》卷上谓"九十刹那为一念，一念中一刹那经九百生灭"[②]，关于刹那的量度说法有所不同，以譬喻方式表达时间短暂便于理解。在佛教的时空观中，时间可微如"刹那"，宏如"三劫"，恒通"三世"，遍布"十方"，在不断地流动循环中变迁推进。在无限的时间中有消有长，不断成坏，坏灭又成，成而又坏，无始无终，以此传达世界的永恒无常和变迁。

---

① （唐）玄奘译《阿毗达摩俱舍论》，《大正新修大藏经》第29册，新文丰出版公司，1992，第62页。
② （后秦）鸠摩罗什译《佛说仁王般若波罗蜜经》，《大正新修大藏经》第8册，新文丰出版公司，1992，第826页。

魏晋南北朝志怪小说的佛教元素

《曹毗志怪》、《搜神记》卷十三、《幽明录》都记载了这样一则故事：

> 汉武凿昆明池，极深，悉是灰墨，无复土。举朝不解，以问东方朔。朔曰："臣愚不足以知之，可试问西域胡人。"帝以朔不知，难以移问。至后汉明帝时，外国道人入来洛阳，时有忆方朔言者，乃试以武帝时灰墨问之。胡人云："天地大劫将尽，则劫烧；此劫烧之余。"乃知朔言有旨。①

汉武帝开凿昆明池，挖到深处都是"灰墨"，问其原因无人知晓，连博学的东方朔也无法解释，认为需向西域胡僧请教。据《高僧传·竺法兰传》记载，这位胡僧为竺法兰，其对此之解释令众人知东方朔所言不虚。这则故事中的"天地大劫"指世界经历坏空劫，大火燃烧，毁尽世界天地余下"灰墨"。"天地始终谓之一劫，劫尽坏时火灾将起"②，大劫变动始于火灾，火灾自动熄灭后紧随水灾、风灾，每个阶段都要经历漫长岁月，三大灾后地劫初成，天地更新，又开启一个全新的世界历程。从这则志怪小说中可见在其创作时已经吸收了佛教时空观念，在情节上融入了新的故事内容，也拓宽了想象空间，增添了异域神秘色彩。

二 大千世界与三界六道

三千大千世界，亦称"大千世界"，是佛教关于世间宇宙结构的理论。《长阿含经》卷十八言，上至梵世界下至地狱，各有一个日月照射的地方，称为小世界，一千个小世界组成一个小千世界，一千个小千世界为一个中千世界，一千个中千世界构成一个大千世界。佛教认为三千大千世界为一佛土，是佛祖释迦牟尼教化众生的世界，也称为"娑婆世界"，六道众生处于世界中，要忍受各种苦难和烦

---

① 鲁迅校录《古小说钩沉》，齐鲁书社，1997，第242页。
② （南朝梁）僧旻、宝唱等撰集《经律异相》，上海古籍出版社，1988，第4页。

恼，以达到圆满至善的境界，佛和菩萨教化众生普度彼岸佛国净土。三千大千世界由无数个大千世界构成，是无限无量、无边无际的。每一个三千大千世界都以须弥山为中心。须弥山由金、银、琉璃、玻璃构建，山上宫殿林立、植被丰富，山高八万四千由旬，七香海和七金山层层环绕，之外有咸海，包裹着四大洲、八中洲和无数小洲，最外层由铁围山环绕。每两个世界中心的须弥山相距一百二十万三千四百五十由旬，每个世界的太阳、月亮和星星都围绕着须弥山在各自的轨道运转，距离海面四万由旬，光线被山遮住不会照射到对面，足见每一世界之高大宽广。

  佛教依据因果善恶报应，将世界分为佛国世界和众生世界。众生世界包括三种，分别为欲界、色界、无色界，皆在生死轮回过程中，是有情众生存在的三种境界。《阿毗达摩俱舍论》卷八载，欲界是受各种欲望支配的众生居所，欲望主要为食欲和淫欲，贪是一切欲望的根源。欲界分为天、人、阿修罗、畜生、饿鬼、地狱等六道，亦有"五道"说，不包括阿修罗。就其空间位置而言，地狱有八万四千个不同地狱，例如"八热地狱"置于南瞻部洲下极度炎热位置，"八寒地狱"位于南瞻部洲下极寒位置，"近边地狱"位于世界边界之外，"孤独地狱"位于地面之上荒芜之处等；人住在南瞻部洲的地面上；天神居于欲界六天，包括四天王天、忉利天、夜摩天、兜率天、化乐天、他化自在天，同样不离食欲、淫欲、生死苦痛。色界，是欲望已经断绝，居住者仍有形状和物质身体，由清净妙色构成，轻盈可以自由飞行，在欲界六天之上，共有四禅十七天，其大小与大地、小千、中千、大千世界相等，也有说前三禅天等同小千、中千、大千世界的，第四禅天广阔无垠。无色界是无欲无形体者生存处，是最高一界，共有空无边处（天）、识无边处（天）、无所有处（天）和非想非非想处（天），前三处仍有心存在，第四处为无心空了。与众生世界对应的是佛国世界，即佛所居住的世界，又称为"净土""净国""净界"。佛典中对佛国的描述不一，《无量寿经》和《佛说阿弥陀经》中是无苦尽乐的西方极乐世界，又称"弥陀净土"，《华严经》宣扬美轮美奂的莲华藏世界，《维摩诘经》则指随心而净的佛土。佛教依据因果报应和修佛程度，令众生与佛在世界中位居不同处所，地狱与佛国为恶善两极空间，修得善果者居于善位或地上，业障深重者置于恶位或地下，通过三世轮回循环与不断修为，敦促和引导众生摆脱苦痛避免落入地狱，趋利避害作善业以求得至彼岸圆满境界。

与中土有范畴限制的时空观念迥然不同，佛家的时空观是无边无垠、多层次、具有立体感的，三世十方、三千大千世界、三界六道，超越了今生一世，连接了阴阳两地，将视角拓宽至更广阔的领域中。在这样的思维观念引导下，佛教典籍和佛教文学中充满了丰富多变的时空幻境，在多维世界中超越现实局限，发展出一系列富于想象力的众生百相，引导众生在轮回中寻求超脱。《六度集经》第七十经《杀龙济一国经》，讲述恶龙吞食一国，灾难深重，菩萨兄弟二人为救济国家，化身大象狮子除掉恶龙，自命亦损，后转生第四天即兜率天，虽然戒杀生是佛教第一戒律，但为了解救众生而杀生并未落入地狱受罚。第八十八经《阿离念弥经》，讲述阿离念弥讲经说法，为三界尊师，其弟子皆转生升天，禅定者转生梵天，其次者依次转入欲界六天，再次者转为人世间王侯之家，业行品德决定转生所往境界，宿命决定转生贫富寿夭。因轮回转世，来世能上升天堂或进入幽冥地狱，"目连救母"故事较为突出地展现自由转换空间。《增一阿含经》载目连施展神力上天入地的情节，卷十二中他前往莲华地狱，卷四十七中他前往阿鼻地狱，穿梭于不同空间。《佛说盂兰盆经》《大乘本生心地观经》等经中载目连以道眼观母亲在地狱中受苦，以神力通往地狱，得佛指示获救母之法，其母终脱离饿鬼道得以解脱升天。《大智度论》《长阿含经》等佛典中记载地狱的种种恶报场所，展示幽冥世界的痛苦和恐怖，以警戒世人行善奉佛。受此影响，在志怪小说中有诸多描述地狱空间的作品，本书另有篇章专门论述。

在志怪小说中有对空间的描摹，颇有代表性的《拾遗记》中"昆仑山"条载：

昆仑山有昆陵之地，其高出日月之上。山有九层，每层相去万里。有云色，从下望之，如城阙之象。四面有风，群仙常驾龙乘鹤，游戏其间。四面风者，言东南西北一时俱起也。又有祛尘之风，若衣服尘污者，风至吹之，衣则净如浣濯。甘露蒙蒙似雾，著草木则滴沥如珠。亦有朱露，望之色如丹，著木石赭然；如朱雪洒焉；以瑶器承之，如米粕。昆仑山者，西方曰须弥山，对七星之下，出碧海之中。上有九层，第六层有五色玉树，荫翳五百里，夜至水上，其光如烛。第三层有禾穟，一株满车。有瓜如桂，有奈冬生，如碧色，以玉井水洗食之，骨轻柔能腾虚也。第五层有神龟，长一尺九寸，有四翼，万岁则升木而居，亦能言。第九层山形渐小狭，下有芝田蕙圃，皆数百顷，群仙种耨焉。傍有瑶台十二，各广千步，皆五色玉为台基。最下层有流精霄阙，直上四十丈。东有风云雨师阙。南有丹密云，望之如丹色，丹云四垂周密。西有螭潭，多龙螭，皆白色，千岁一蜕其五脏。此潭左侧有五色石，皆云是白螭肠化成此石。有琅玕璆琳之玉，煎可以为脂。北有珍林别出，折枝相扣，音声和韵。九河分流。南有赤陂红波，千劫一竭，千劫水乃更生也。①

虽然该条有道教思想和神话传说嵌入，表现昆仑山有超然仙景，乃神仙居所，但其中直言"昆仑山者，西方曰须弥山"，昆仑山的结构及每层宫廷楼台和山兽草木的布局显然受到了须弥山的影响。超现实的空间世界刻画细腻，清晰勾勒出山体全貌。此外还多处使用佛语，如"甘露""劫"等。可见，佛教思想对文本有诸多影响。

三 志怪小说的幻境时空

综观魏晋南北朝志怪小说，可以发现诸多作品中含有三千大千世界、三天六界、三世十方等时空概念，也有不同于这些概念的变

---

① （晋）王嘉撰，（梁）萧绮录，齐治平校注《拾遗记》，中华书局，1981，第221页。

异表述。如运用佛家"纳须弥于芥子"的别样方式展示空间关系,"以小见大"逐步推进,在小空间内包含巨大无限世界,将本是逻辑上矛盾的一对关系,在文字故事中给予具体表现,添加了幻化虚空成分,或让人心驰神往,或惊悚奇异,形成与现实空间强烈的反差。最为出名的例子,就是前文中提及的《灵鬼志》"外国道人"条和《续齐谐记》"阳羡书生"条,均脱胎于佛教典籍,逐步演变为中土故事。前一条,外国道人坐入笼中,"笼不更大,其人亦不更小",口吐女子乃是正常大小之人,将悭吝富人马置入罂中,将其父母置入壶中,均未改变大小,出入正常。后一条,书生寄坐在鹅笼中,口吐妻子,妻吐一男子,男子再吐一女子,所有笼、鹅、人的大小重量都未变化,一笼、一人、一壶都可藏多人多物,以小纳多、以小见大,构成了超越现实社会的真实大小、空间的冲突,并以此矛盾点反衬神通奇幻之力,有意识地烘托超现实世界的幻境,为后世的小说创作提供了素材和思路。

佛教时空概念充满幻想和夸张色彩,超越现实标准,为便于接受和理解,往往将超现实幻境与现实世界连接起来,以一个具象的入口为通道,从世俗社会中的孔洞进入,通向神异境界。此异境别有天地,处于人间的一块超凡美域,神凡相通却又与外界隔绝,带有强烈的神秘色彩,这也可视为汉代盛行神仙小说的别样延续。入口的形式多样,有山口、洞穴、枕孔等,都极为狭小隐蔽,连通现实和仙境两个世界,同样也是两个空间的分界线。

《拾遗记》"洞庭山"条:"其山又有灵洞,入中常如有烛于前。中有异香芬馥,泉石明朗。采药石之人入中,如行十里,迥然天清霞耀,花芳柳暗,丹楼琼宇,宫观异常。"[1]《搜神后记》"仙馆玉浆"条载,一人误坠入嵩高山大穴,"所饮者玉浆也,所食者龙穴石髓也"[2];"剡县赤城"条载,"羊径有山穴如门,豁然而过。既入,内甚平敞,草木皆香"[3];"韶舞"条载,何氏跟随起舞者"径向一

---

[1] (晋)王嘉撰,(梁)萧绮录,齐治平校注《拾遗记》,中华书局,1981,第235页。
[2] (晋)陶潜撰,汪绍楹校注《搜神后记》,中华书局,1981,第2页。
[3] (晋)陶潜撰,汪绍楹校注《搜神后记》,中华书局,1981,第2页。

第四章　魏晋南北朝志怪小说中的释家精神

山。山有穴，才容一人。其人命入穴，何亦随之入。初甚急，前辄闲旷"①；众所熟知的"桃花源"条载，"林尽水源，便得一山。山有小口，仿佛若有光。便舍舟，从口入。初极狭，才通人。复行数十步，豁然开朗"②；"穴中人世"条载，"入穴，穴才容人。行数十步，便开明朗然，不异世间"③。《异苑》"武溪石穴"条："武溪蛮人射鹿，逐入石穴，才容人。蛮人入穴，见其傍有梯，因上梯，豁然开朗，桑果蔚然，行人翱翔，亦不以怪。"④《幽明录》"焦湖庙祝"条载，汤林走入"枕后一小坼孔"，"见朱门，琼宫瑶台，胜于世"，与上文中的洞穴不同，此处入口是枕后的坼孔，本为微小，进入后却别有洞天，孔未变大，人未缩小。"刘晨阮肇"条，记两人入天台山仙境；"黄原"条，记随犬入穴，黄原与仙女妙音喜结连理；"痴龙珠"和"嵩高山穴"条所记与"仙馆玉浆"条情节相似。《搜神记》"审雨堂"条，记夏阳卢汾梦入蚁穴一事，入后"见堂宇三间，势甚危豁"⑤。

　　这些巧入仙境的作品，具体人物、情节各有不同，但故事主线模式基本一致。主人公通过狭小的孔洞，跨入豁然开朗的神秘空间，与日常的世俗环境迥异，令人流连忘返、难以忘怀。孔洞通道大多狭窄黑暗、路途不长，跨入异度空间后则明朗开阔、香气芬芳，人物通过入口时颇有曲径通幽之味，在回转之间领略世外美景。将广阔世界空间纳于世间一小空洞，以此小空间连接世俗和幻境，两个世界彼此反差巨大却又可相通互联。神秘空间自然是不可随意出入的，通常主人公离开后都不能再度进入，且孔洞口也消失不复存在。

　　在不同空间中人未变大或缩小，但时间进度有较大差异。在仙境中时间流逝或快或慢，全然不同于世间的时间标尺，有别于生命历程的真实体验，呈现出奇特的境遇体验，可谓"洞中方一日，人

---

① （晋）陶潜撰，汪绍楹校注《搜神后记》，中华书局，1981，第3页。
② （晋）陶潜撰，汪绍楹校注《搜神后记》，中华书局，1981，第4页。
③ （晋）陶潜撰，汪绍楹校注《搜神后记》，中华书局，1981，第7页。
④ （南朝宋）刘敬叔撰，范宁校点《异苑》，中华书局，1996，第4页。
⑤ （晋）干宝撰，汪绍楹校注《搜神记》，中华书局，1979，第123页。

魏晋南北朝志怪小说的佛教元素

间已万年",如同今日所说"相对论"的理论描述。在佛经中也有这样的时间表述,佛界空间异于世俗的时间进度。《中阿含经》卷十六载:"天上寿长,人间命短。若人间百岁,是三十三天一日一夜,如是一日一夜,月三十日,年十二月,三十三天,天寿千年。"①《阿毗达摩俱舍论》卷十一载:"人五十岁为六天中最在下天一昼一夜,乘斯昼夜三十为月,十二月为岁,彼寿五百年。上五欲天渐俱增倍,谓人百岁为第二天一昼一夜,乘此昼夜成月及年彼寿千岁。夜摩等四随次如人,二四八百千六百岁为一昼夜,乘此昼夜成月及年,如次彼寿二四八千万六千岁。"②也就是欲界六天中,四天王天一昼夜为人间五十年,忉利天(三十三天)、夜摩天、兜率天、化乐天、他化自在天一日分别为人间一百、二百、四百、八百、一千六百年。同样,地狱中的时间跨度也是巨大的,与人间不同。《佛说十八泥犁经》中十八层地狱不是指空间上的层级关系,是以受罪时间长短和罪业深重程度排列,"第一犁名曰先就乎,而是人言起无死……其人长且大,寿人间三千七百五十岁为一日,三十日为一月,十二月为一岁,万岁为人间百三十五亿岁"③,一层狱一日为人间三千七百五十年,其余十七地狱每层依次增苦二十倍,增寿一倍,罪业深重入地狱者受到的苦难之多之累,可见一斑。

志怪小说中时间有诸多不同的说法,没有统一的时间标尺。先看神异空间内表现时间飞快的情节。

《幽明录》"刘晨阮肇"条载,两人入天台山十日后被挽留住了半年,出山后,"亲旧零落,邑屋改异,无复相识。问讯得七世孙,传闻上世入山,迷不得归。至晋太元八年,忽复去,不知何所"④。距离小说开头入山时间"明帝永平五年"已经历了三百二十一年,

---

① (东晋)瞿昙僧伽提婆译《中阿含经》,《大正新修大藏经》第1册,新文丰出版公司,1992,第527页。
② (唐)玄奘译《阿毗达摩俱舍论》,《大正新修大藏经》第29册,新文丰出版公司,1992,第61页。
③ (东汉)安世高译《佛说十八泥犁经》,《大正新修大藏经》第17册,新文丰出版公司,1992,第528页。
④ 鲁迅校录《古小说钩沉》,齐鲁书社,1997,第149~150页。

第四章 魏晋南北朝志怪小说中的释家精神

山中半年,人间七世。

《拾遗记》"洞庭山"条载,采药人出山归家,"已见邑里人户,各非故乡邻,唯寻得九代孙。问之,云:'远祖入洞庭山采药不还,今经三百年也。'"① 已经隔世九代三百年之久。

《述异记》"王质烂柯"条载,王质入信安郡石室山伐木砍柴,下棋的童子给其一枣核,"质含之不觉饥。俄童子谓曰:'何不去?'质起视斧柯尽烂,既归,无复时人"②,柯烂人无,沧桑巨变不可回首。

在地狱空间中也有此类表现。《幽明录》"琅邪人"条载,地狱中"此间三年,世中是三十年"③。

在神异空间中时间快速流转,对应现实社会的漫长时间流动,除记录神异之外,无疑传达出万物变化莫测,人生世间如幻梦一场。

另外还有作品表现神异空间内时间流逝缓慢。

《幽明录》中"焦湖庙祝"条:"祝令林出外间,遂见向枕,谓枕内历年载,而实俄忽之间矣。"④ 汤林在枕中成亲生子,升迁优渥,历经多年,忽然梦醒,全在"俄忽"瞬间。

与前一类形态截然相反,此处为梦境时间漫长,而现实短暂,传达了对世俗生活的追求与珍视,意图点醒世人不宜执着于虚无缥缈的幻境梦想,否则当梦醒时分唯有怅然若失。

志怪中的时间快慢可用年、月、日、时等时间单位来计算,但其跨度过大,常理解为概数,或以形容词修饰,如"俄忽",语焉不详,无法代表确切的时间刻度。这同前文论述中提及的"劫""刹那"等佛教时间概念有相似之处,概数表陈用以模糊精准的时间跨度,意在勾勒神异梦幻的异度空间。

佛教时空观渗透进入志怪小说所展现的奇幻世界,是中土文学作品前所未有的绮丽景象,其所传达的空间幻境和时间流变,与传

---

① (晋)王嘉撰,(梁)萧绮录,齐治平校注《拾遗记》,中华书局,1981,第236页。
② (梁)任昉撰《述异记》,中华书局,1960,第10页。
③ 鲁迅校录《古小说钩沉》,齐鲁书社,1997,第171页。
④ 鲁迅校录《古小说钩沉》,齐鲁书社,1997,第202页。

统作品扁平化的直线陈述有着较大的差异。此中差别源自佛教的人生观和道德观与中国本土的迥然不同。在佛家眼中，人生是循环反复的过程，每一个体都有三生三世，每一世的业行决定着轮回的去向。且佛家遵循奉善勿恶的道德准则，因果报应主宰着个体的命运前途，因此佛家不断帮助生命在生死轮转中寻求摆脱苦痛和烦恼之道，引导众生在更加宽广延展的世界中得以度化。尽管动荡的魏晋南北朝加剧了传统儒学的衰微，促进了玄学渐盛及多元文化流行，打破了儒家礼法制度一统天下的局面，使人们开始注重内在人格，在摆脱人际关系中寻求对人生价值的探索，然而中土个体生命的意义仅存于一世，唯有在今生耕耘，这无疑限定了世人的生存和思考的空间范畴。因此佛教的三世论、人生观给世人新的希望和寄托，再加之佛教普度众生的救济精神，对于处在动荡社会中的中国人来说，自身的命运和前途又有了新的方向和期盼。这极大地鼓舞着人们在实际生活中寻求不同的人生出路，在苦难中奉佛作善，在挣扎中坚定信念与探求力量。

佛教时空观为中土文学创作搭建了广阔的异想空间，使得志怪小说在空间表现上向外无限拓展，在时间呈现上富于变化并具有鲜明反差感，在叙事实践上赋予作品更加强烈的感染力和震撼力，在亦真亦幻的文学表现中将佛家观念印刻到世人的头脑中。

第二节　因果轮回的报应观

一　中土传统的果报观

中国本土思想中很早就存在果报观念，因此佛教的因果报应观一进入中土就迅速被接纳，在社会道德伦理中立足。

在原始社会，人们对自然界的认识尚浅，认为有一种力量支配着世界，主宰着人类，这神奇的力量就是"天"。在出土于殷商时期的甲骨文卜辞中，刻写着有关占卜、请求天命的文字，小至日常生活，大至发动战争、农业生产等关乎国家命脉之事。日月星辰的变

第四章　魏晋南北朝志怪小说中的释家精神

化预示凶吉、影响人的行为,在生产力低下的情况下,秉天行事的天命观是一切活动的基本准则,在夏商周三朝中天命观尤为盛行。统治者把"天"拟人化,其同人一样有感情、有意志,被视为最高神,神名为"帝"或"上帝",其主要渗入政治活动中,成为统治者的政治辅佐工具,用于指挥监督人的政治行为。如《尚书·益稷》中禹对舜说:"傒志以昭受上帝,天其申命用休。"① 君王依天行事,上天定会用美好的事表达对其治政的满意。《尚书·盘庚上》:"先王有服,恪谨天命。"② 盘庚迁都到殷,开导臣民遵从天命。可见奉行上帝的旨意是一国之君执政的基本准则。又如《论语·泰伯》:"大哉,尧之为君也。巍巍乎!唯天为大,唯尧则之。"③ 孔子深叹尧为沟通天与人的圣人,其德可与天并称,在歌颂尧的同时也是要遵循上天的法则。统治者受天之命,替天行道,是上帝的化身,借助天的旨意被赋予了权力,实现其统治思想。《诗经·大雅·皇矣》:"皇矣上帝,临下有赫。监观四方,求民之莫。维此二国,其政不获。维彼四国,爰究爰度。上帝耆之,憎其式廓。乃眷西顾,此维与宅。"④ 上帝伟大圣明,体察人间民情,不满夏商两朝政令,而周文王德行高洁,能取信上帝得到垂青。《尚书·君奭》:"弗吊,天降丧于殷,殷既坠厥命,我有周既受。"⑤ 商纣不敬上天,导致天降下丧乱,而有德者能够接受天命。周朝君王以德论天命,以证明因天命而王,同时也吸取夏商灭亡的教训,如君王不善,上天就以灾丧警示或宣告国之灭亡,如能够实行仁政,则受天命能长远治国。上天是政治活动的主宰者,人事能感应上天,人与自然相通,这是古人信奉天人感应之说的最早形态。

　　除了治国为政外,上天也对民间善恶进行奖惩,《尚书·汤诰》有"天道福善祸淫"⑥ 之说,《国语·周语》记"天道赏善而罚

---

① (清)阮元校刻《十三经注疏》之二《尚书正义》,中华书局,1980,第141页。
② (清)阮元校刻《十三经注疏》之二《尚书正义》,中华书局,1980,第168页。
③ (清)阮元校刻《十三经注疏》之十《论语注疏》,中华书局,1980,第2487页。
④ (清)阮元校刻《十三经注疏》之三《毛诗正义》,中华书局,1980,第519页。
⑤ (清)阮元校刻《十三经注疏》之二《尚书正义》,中华书局,1980,第223页。
⑥ (清)阮元校刻《十三经注疏》之二《尚书正义》,中华书局,1980,第162页。

淫"①,《老子》(七十九章)言"天道无亲,常与善人"②,《易传·坤·文言》言"积善之家,必有余庆,积不善之家,必有余殃"③。墨子"天志"主张也强调上天对一切国家和个人都是一视同仁的,具有"兼爱"之心,天是衡量一切的标准,凡是顺应天意者将得到奖赏,违背天意者将遭到惩罚。类似这样的天命论观点,在社会中普遍存在着,上天对社会行为作出公正的判定,约束和规范着人们的行为和信念,也反映出在时代发展、社会更替中,人们对公正平等的普遍渴求。

从原始社会到先秦,这种天命观牢固扎根,社会行为也一直秉承着寄希望于上天公正的观念,但也有着诸多的质疑之声。如"浩浩昊天,不骏其德"(《诗经·雨无正》);《诗经·节南山》中连用"昊天不佣""昊天不惠""昊天不平""不吊昊天",诗作怨天之情可谓强烈;《诗经·板》连用"天之方难""天之方蹶""天之方虐""天之方懠",对上天的忠贞信仰发生了动摇,人们对世界的理性认识逐步进化。《左传·昭公十八年》中子产斥责裨灶"天道远,人道迩,非所及也,何以知之?灶焉知天道?是亦多言矣,岂不或信"④,天人分离,天道无法把握人事,代表着当时一些文人贤者朴素的人本思想特征。

司马迁在《史记·伯夷列传》中更是对"天道无亲,常与善人"提出了质疑。列举善人伯夷、叔齐,他们积仁洁行竟然饿死,孔子弟子中好学的颜渊,也因贫困饥饿而早亡,而盗跖却得以寿终。"若至近世,操行不轨,专犯忌讳,而终身逸乐,富厚累世不绝。或择地而蹈之,时然后出言,行不由径,非公正不发愤,而遇祸灾者,不可胜数也。余甚惑焉,倘所谓天道,是邪非邪?"⑤ 天道与人事相违背,上天的公正在现实中无法得以应证。

---

① 上海师范大学古籍整理组校点《国语》,上海古籍出版社,1978,第74页。
② 朱谦之撰《老子校释》,中华书局,1963,第197页。
③ (清)阮元校刻《十三经注疏》之一《周易正义》,中华书局,1980,第19页。
④ 杨伯峻编著《春秋左传注》,中华书局,1995,第1395页。
⑤ (汉)司马迁撰《史记》卷六十一《伯夷列传》,中华书局,1963,第2125页。

第四章 魏晋南北朝志怪小说中的释家精神

早期道教以家庭伦理观的形式解释这种情况产生的原因。"凡人之行，或有力行善，反常得恶，或有力行恶，反得善，因自言为贤者非也。力行善反得恶者，是承负先人之过，流灾前后积来害此人也。其行恶反得善者，是先人深有积畜大功，来流及此人也。"① 个体的善恶报应，是与家族先人的作为有着紧密联系的，先祖的得失由子孙后代承担，这即是道教的"承负"思想。道教典籍《太平经》言："承者为前，负者为后；承者，乃谓先人本承天心而行，小小失之，不自知，用日积久，相聚为多，今后生人反无辜蒙其过谪，连传被其灾，故前为承，后为负也。负者，流灾亦不由一人之治，比连不平，前后更相负，故名之为负。负者，乃先人负于后生者也；病更相承负也，言灾害未当能善绝也。"② 祖先行善积恶会影响子孙，今人的祸福是在为祖先承担后果，先人为"承"，后代为"负"，善恶报应在世代承负交替中一一实现，承负思想将报应期限扩展到五代十世，以家族血缘关系为对象，如此得以在较长时间内实现社会公正。但这一说法仍然不能从根本上完善报应之说，直至佛教传入中国，善恶报应融合了佛家轮回观念，且轮回报应都应验在个体之身，不由后代承负，这种公正性使得因果轮回观念迅速深入人心，成为不疑之信仰。

二 佛家的因果轮回报应观

佛家的因果报应是指众生"业"的善恶造成的好坏报应。所谓的"业"指造作，是人们各种活动和作为，包括心思所想的意业、以口表达的口业、付诸行动的身业，意业、口业、身业共称为"三业"。善恶的三业活动会造成苦乐，因此又称为"业因"，有因必有果，苦乐报应就被称为"业报"或"业果"，善业有善报，恶业有恶果，如果今世未报，就会在来世实现。《涅槃经》云："善恶之报，如影随形，三世因果，循环不失。"③ 这同佛家的轮回观念相融

---

① 王明编《太平经合校》，中华书局，1960，第22页。
② 王明编《太平经合校》，中华书局，1960，第70页。
③ （唐）若那跋陀罗译《大般涅槃经后分》，《大正新修大藏经》第12册，新文丰出版公司，1992，第901页。

合,"轮"指车的轮盘,"回"指车的转动,轮回犹如车轮旋转不停一般,人的生死也在循环流转,没有终点。轮回观就将因果报应延展到个体的前世、今世、来世等三世中,不会因个体死亡而终结,众生今世的善恶之业在来世将产生业果,前世的善恶业因造成了今世的业报,依次更替不曾停止。《阿毗昙心论》云:"若业现法报,次受于生报,后报亦复然,余则说不定。"① 东晋释慧远对三世报应说进行了深入分析:

> 经说:"业有三报:一曰现报,二曰生报,三曰后报。"现报者,善恶始于此身,即此身受;生报者,来生便受;后报者,或经二生、三生、百生、千生,然后乃受。受之无主,必由于心;心无定司,感事而应;应有迟速,故报有先后。先后虽异,咸随所遇而为对;对有强弱,故轻重不同。斯乃自然之赏罚,三报之大略也。②

佛家业报分为三种:一是现报,今生作今生受;二是生报,前生作今生受,或今生作来生受;三是后报,今生作要待后二生、三生甚至百生、千生之后再受。因此,因果报应要综合看三生三世,单看前后两生无法得观全貌。

这样来看,中土与佛家的报应观有很大差别。中土的报应观只体现在现世,福祸报应在自身或由子孙后代承负,呈现出直线、单一方向的延伸;而佛教因果报应观是三生三世的体现,有前世、今世、后世,生生世世轮回不停,福祸善恶皆自作自受,亲人子孙不能代受,全凭自己承担,因此呈现出个体循环流动、永不停歇的特征。三世三报弥补了中土现报观的不足,消除了对善恶行为产生的报应不对等的质疑,尤其是后报,立足于三世长远角度看,使社会

---

① (晋)僧伽提婆、慧远等译《阿毗昙心论》,《大正新修大藏经》第28册,新文丰出版公司,1992,第814页。
② (南朝梁)僧祐撰,李小荣校笺《弘明集校笺》卷第五《三报论》,上海古籍出版社,2013,第288页。

的公正平等依然能够实现。正如《三报论》中所言:"世或有积善而殃集,或有凶邪而致庆,此皆现业未就,而前行始应。"① 慧远阐释道:

> 原其所由,由世典以一生为限,不明其外;其外未明,故寻理者,自毕于视听之内。此先王即民心而通其分,以耳目为关键者也。如今合内外之道,以求弘教之情,则知会之必同,不惑众涂而骇其异。若能览三报以观穷通之分,则尼父之不答仲由,颜、冉对圣匠而如愚,皆可知矣。②

他认为由于世典将人生限定为只有今生,追求真理者也被迫受限于耳目视听,才会质疑行善不得善终,行恶反而颐养天年等不公平的矛盾现象。如果能将佛、儒、道三家融合起来,以三报观出发,就能通达其中的奥妙,对福祸报应的理解更为全面深入。

佛家三世因果报应观劝人为善,教化众生今生之苦乐皆由前世的行为所决定,今世多积累善业,方能修得来世善果。世人要想求得善果,就要无时无处不积德行善,或进一步遵守佛家的五戒十善,这强化了佛教教化世人的功能。

佛典中记有大量众生在无尽的轮回中历经善恶报应的故事,最有代表性的是佛本生故事。释迦牟尼在成佛之前,只是一名菩萨,经历过无数次的轮回转生,曾转生为动物、神、人等,行菩萨道积累功德,受因果报应,形成"本生"。这类故事大多采用佛陀现世说法的形式,描述前世中佛陀身为某种动物或神或人的一段经历,最后回到现世,由佛陀点明前世和现世的连接,指出当初行善的某某是自己,作恶的某某是现世中的某人,揭示故事寓意与佛理。如《生经》卷四《兔王经》中,佛给诸比丘讲昔日兔王学佛修行故事,

---

① (南朝梁)僧祐撰,李小荣校笺《弘明集校笺》卷第五《三报论》,上海古籍出版社,2013,第290页。
② (南朝梁)僧祐撰,李小荣校笺《弘明集校笺》卷第五《三报论》,上海古籍出版社,2013,第292页。

兔王"行四等心，慈悲喜护。教诸眷属，悉令仁和，勿为众恶，毕脱此身，得为人形，可受道教"。兔王带领群兔供养在山中修行的一位仙人，喜听诵经，当得知仙人将出山过冬后依依不舍，决心要以身供养来挽留，"便自举身，投于火中，火大炽盛，适堕火中，道人欲救，寻已命过。命过之后，生兜术天，于菩萨身，功德特尊，威神巍巍"。仙人非常感动又内疚自责，当即绝食也生到兜率天（又作"兜术天"）。结尾处佛陀告诉比丘："欲知尔时兔王者，则我身是；诸眷属者，今诸比丘是；其仙人者，定光佛是。吾为菩萨，勤苦如是，精进不懈，以经道故，不惜躯命，积功累德无央数劫，乃得佛道。汝等精勤无得放逸、无得懈怠，断除六情如救头燃，心无所著当如飞鸟游于虚空。"① 指明三世轮回关系，兔王是佛陀前生，其精进求法不惜生命，功德殊胜，死后生到兜率天，善业善果得以显见。《六度集经》卷一"乾夷王本生"条记，菩萨前生为乾夷王偏悦，仁慈智慧，在他的治理下国泰民安。他国一个邪恶的婆罗门嫉妒乾夷王，向国王索要其头颅，并拒绝用其他宝物替换，国王信守承诺把头发缠到树上，在婆罗门拔刀取头之际，树神愤怒打其脸，其手垂刀落。最后佛告诉诸沙门："时乾夷国王者即吾身也。逆心者调达是。菩萨慈惠度无极行布施如是。"② 这些佛本生故事大多为赞颂佛陀前生行善，谴责恶人恶行，体现了佛教宝贵的利他精神和积极的人间伦理内容。如《六度集经》卷五"睒道士本生"条宣扬人间孝道，讲昔日菩萨名睒，赡养失明的双亲，奉行十善，被打猎的国王误射胸部，亡前托付国王照顾双亲，父母苦诉儿之孝，感动天神，睒得以起死回生，国王令全国"奉佛十德之善，修睒至孝之行"，国丰民康，举国太平。最后佛说："时睒者吾身是。国王者阿难是。睒父者今吾父是。母者吾母舍妙是。天帝释者弥勒是也。"③ 这则故事

---

① （西晋）竺法护译《生经》，《大正新修大藏经》第3册，新文丰出版公司，1992，第94页。
② （吴）康僧会译《六度集经》，《大正新修大藏经》第3册，新文丰出版公司，1992，第2页。
③ （吴）康僧会译《六度集经》，《大正新修大藏经》第3册，新文丰出版公司，1992，第24~25页。

将奉佛十善与孝行美德结合起来宣传，善业关乎国邦安稳，这与中土伦理观念相契合，更易被国人理解接受。

此外还有很多普通人的三世轮回受因果报应的故事。如《六度集经》卷六"弥勒为女人身经"条中有诸多轮回关系，女人打儿子，殊不知儿子是其前世父亲；手里玩拨浪鼓的小孩前世为牛，死后转生为主人之子，鼓是前生的牛之皮做成；杀牛祭神者的儿子为患病的父亲请命，其父死后将转生为牛受苦，祭祀的牛转生为人脱离苦难；殴打母亲的儿子前生是妾，母亲前生是妻，妻嫉妒残暴，妾含怨命终，今生前来报仇。① 这些因果报应故事无疑在告诫众生应当醒悟，奉佛修行，遵行六度，以参透因果轮回之智慧，行善无恶，为来生轮回做妥善准备。

三 志怪小说中的善恶因果报应

魏晋南北朝志怪小说的诸多篇目，都直观地展示了佛家的因果轮回报应观念。这类志怪小说的情节充满奇幻色彩，吸引民众并得到认同，无形中将因果报应观念植入世人头脑中。颇有代表性的是《幽明录》"安世高"条：

> 安侯世高者，安息国王子，与大长者共出家，学道舍卫城。值主不称，大长者子辄恚，世高恒呵戒之。周旋二十八年，云当至广州，值乱，有一人逢高，唾手拔刀曰："真得汝矣！"高大笑曰："我夙命负对，故远来相偿。"遂杀之。有一少年云："此远国异人而能作吾国言，受害无难色，将是神人乎？"众皆骇笑。世高神识还生安息国，复为王作子，名高安侯。年二十，复辞王学道，十数年，语同学云："当诣会稽毕对。"过庐山，访知识，遂过广州，见年少尚在，径投其家，与说昔事，大欣喜，便随至会稽。过䌥山庙，呼神共语，庙神蟒形，身长数丈，

---

① （吴）康僧会译《六度集经》，《大正新修大藏经》第3册，新文丰出版公司，1992，第37~38页。

魏晋南北朝志怪小说的佛教元素

泪出,世高向之语,蟒便去,世高亦还船。有一少年上船,长跪前受咒愿,因遂不见。广州客曰:"向少年即庙神,得离恶形矣。"云庙神即是宿长者子。后庙祝闻有臭气,见大蟒死,庙从此神歇。前至会稽,入市门,值有相打者,误中世高头,即卒。广州客遂事佛精进。①

安世高知前世宿命亏欠广州少年一命,特意跋涉而来偿还,被杀后又还生为安息国王子,可谓善有善报。再次来到广州,见会稽山庙庙神为大蟒蛇,其前生为与安世高一同出家学道的大长者子,因常恚怒受恶报,为其作法脱离苦难。佛家有所谓六神通,即六种超人间自由无碍之力,其一为宿命通,指能知道自身及六道众生千百万世宿命及所做之事。安世高道行高超,知自身及众生前世业行与今生后世所受报应的关系,坦然接受和处理种种业果。梁代慧皎撰《高僧传·汉洛阳安清》采录了这则志怪故事,并言"明三世之有征也"②,指出安世高的事迹可证明三世因缘。

按照三世报应说,本书将志怪小说分为生报、现报、后报三类型,额外加一类承负型,略为举例。

1. 生报

以下几条为前生行恶业,今生一一应验,相报形式多种多样。

《宣验记》"天竺有僧"条载,因前生偷窃法食对佛法不敬,今生轮回为天竺僧人所养的乳牛,以乳还报:

> 天竺有僧,养二特牛。日得三升乳,有一人乞乳,牛曰:"我前身为奴,偷法食,今生以乳馈之。所给有限,不可分外得也。"③

---

① 鲁迅校录《古小说钩沉》,齐鲁书社,1997,第203~204页。
② (梁)释慧皎撰,汤用彤校注,汤一玄整理《高僧传》,中华书局,1992,第5~6页。
③ 鲁迅校录《古小说钩沉》,齐鲁书社,1997,第270页。

第四章 魏晋南北朝志怪小说中的释家精神

《冥祥记》"羊祜"条载，羊祜五岁时让乳母取指环，乳母不知，羊祜行至李氏家树下找到指环。李氏惊讶地发现指环是自己儿子的爱物，儿子七岁死后就不知去向，方知羊祜前世是李氏儿子。后羊祜常年头风病，建精舍送经书，以赎前生之罪：

> 或问其故，祜默然。后因忏悔，叙说因果，乃曰："前身承有诸罪，赖造此寺，故获申济，所以使供养之情偏殷勤重也。"①

《齐谐记》"道宗母亲"条载，吴道宗与母亲居住，一日有虎入室而看不到母亲，邻居和儿子很担心，母亲平淡地说："宿罪见谴，当有变化事。"② 一个月后母亲不见，虎灾不断，有人射中老虎，几日后老虎回到吴家中床上，不能恢复人形终亡。吴母自知因前生罪业，今生受报。

生时恶业不同，恶果也不尽相同。《异苑》"司马惟之奴"条载：

> 河内司马惟之奴天雄，死后还，其妇来喜闻体有鞭痕而脚著锁，问云："有何过至如此？"曰："曾因醉窃骂大家，今受此罪。"③

司马惟之奴天雄死后受鞭刑，是因为生前喝醉骂主人。

《异苑》"竺慧炽"条载，沙门竺慧炽死后显人形，向沙门道贤讲述其因贪食肉而坠入饿鬼地狱的生死因果：

> （慧炽）容貌衣服，不异生时，谓贤曰："君旦食肉美否？"曰："美。"炽曰："我生不能断肉，今落饿鬼地狱。"道贤惧誓，未及得答。炽复言："汝若不信，试看我背后。"乃回背示贤，见三黄狗形半似驴，眼甚赤，光照户内，状欲啮炽而复止，

---

① 鲁迅校录《古小说钩沉》，齐鲁书社，1997，第278页。
② 鲁迅校录《古小说钩沉》，齐鲁书社，1997，第140页。
③ （南朝宋）刘敬叔撰，范宁校点《异苑》，中华书局，1996，第59页。

魏晋南北朝志怪小说的佛教元素

贤骇怖闷绝，良久乃苏。①

佛家中死后世界体系复杂，众生造作善恶有不同受报，除了到达涅槃修成正果的终极境界外，就是六道。六道又称"六趣"，分别为天、阿修罗、人、畜生、饿鬼、地狱，一切众生升沉于这六道之中。畜生、饿鬼、地狱又称为"三恶道"，造恶业远多于善业者入此三道。慧炽死后落饿鬼地狱，死后所受报应很重，可见其前生恶业过多，所行恶业乃是食肉。佛家戒律《十诵律》中规定："我听啖三种净肉。何等三？不见、不闻、不疑。不见者，不自眼见为我故杀是畜生。不闻者，不从可信人闻为汝故杀是畜生。不疑者，是中有屠儿，是人慈心，不能夺畜生命。"② 只要不见、不闻、不疑，就不是犯戒，是可以吃净肉的。佛教东传至南北朝时，梁武帝萧衍奉佛极为虔诚，四次舍身寺院出家。其撰写的《断酒肉文》极力推行僧人禁食酒肉，如若不断酒肉会令佛法"不及外道"，僧人不如在家居士，会产生诸多修行障碍，埋下众多恶因等。在帝制禁令下，食素不食肉才逐渐成为中土僧人的戒律。慧炽前生和道贤同样食肉，可见当时僧人食肉尚未完全戒除，慧炽逝后遭到恶报，后背现恶狗形。

生报中除了恶行恶报之外，也体现善业善报。如《幽明录》"姚牛"条载，姚牛父亲被人所害，牛手持刀刃要为父报仇，县令念其孝节免其牢狱之灾，后县令打猎时得一老翁相助，躲避了落入捕兽陷坑的危险，方知老翁是姚牛的亡父，"感君活牛，故来谢恩"③，以恩报恩。

《冥祥记》"王练"条，鲜明地表现了死后轮回转生的观念：

晋王练，字玄明，琅琊人也，宋侍中。父珉，字季琰，晋

---

① （南朝宋）刘敬叔撰，范宁校点《异苑》，中华书局，1996，第48~49页。
② （后秦）弗若多罗、鸠摩罗什译《十诵律》，《大正新修大藏经》第23册，新文丰出版公司，1992，第265页。
③ 鲁迅校录《古小说钩沉》，齐鲁书社，1997，第183页。

中书令;相识有一梵沙门,每瞻珉风采,甚敬悦之,辄语同学云:"若我后生得为此人作子,于近愿亦足矣。"珉闻而戏之曰:"法师才行,正可为弟子子耳!"顷之,沙门病亡,亡后岁余,而练生焉。始能言,便解外国语及绝国之奇珍银器珠贝,生所不见,未闻其名,即而名之,识其产出;又自然亲爱诸梵,过于汉人。咸谓沙门审其先身,故珉字之曰阿练,遂为大名云云。①

梵沙门敬仰王珉风采,愿死后转生做王珉儿子,珉戏言合宜。不久沙门病亡,王珉儿子王练出生,刚能说话就懂外国语和奇珍异宝,又亲近梵法,正是沙门投胎转世。故事含蓄地表达了因果关联,正是因为沙门生前强烈期许,最终才得偿所愿。

2. 现报

现报在志怪小说中最为常见,本书选择有代表性的两类主题论述之。

一是动物报恩。自先秦以后宗族制度趋于衰落,中土"人"的观念和对"人"的认识有所提升。《礼记·大学》中孔子解读《诗经》"绵蛮黄鸟,止于丘隅"时言:"于止,知其所止,可以人而不如鸟乎!"②《风俗通义·怪神》曰"人用物精多,有生之最灵者也"③。人远优于动物,乃万物之灵,人与动物有本质区别,此种观念在当时已成为共识。但在佛家看来,万物众生都是平等的,在本质上是一样的,人和动物没有高低贵贱之分,仅生命存在的外化形态有所差异,应当珍视和平等对待一切生命。佛家慈悲为怀,有情众生皆应救助。在佛经中就有大量涉及动物的故事,有动物向人报恩,也有以动物教化众生的。如《六度集经》第四经《菩萨本生》载,哺乳的母虎疲困饥饿欲吃掉幼仔,菩萨心生悲怆,舍身饲虎,以济子命。佛家对待生命在本质上是完全平等的,保全生命脱离苦

---

① 鲁迅校录《古小说钩沉》,齐鲁书社,1997,第314页。
② (清)阮元校刻《十三经注疏》之六《礼记正义》,中华书局,1980,第1673页。
③ (东汉)应劭撰,王利器校注《风俗通义校注》,中华书局,1981,第410页。

魏晋南北朝志怪小说的佛教元素

难、度化众生是修佛行善之根本目的。又如第八经《理家本生》载，理家心怀慈悲高价赎鳖并将之放生，鳖告知水灾将至以报恩，大水中理家又救蛇、狐、浮人上船，平安后狐狸以黄金报恩，蛇巧设计谋使被冤入狱的理家化险为夷，而令理家蒙冤的正是贪婪的浮人。这则故事中浮人忘恩负义，相比之下更显动物品性高洁。《杂宝藏经》载"大龟因缘"条，大龟心生悲愍，负载遇水难的五百商人安全渡海，趁龟小睡，有不识恩者不听其他人劝阻，杀龟食肉，当夜遭到群象踩踏报应。佛典中的动物具有同人一样的感情，有聪明的头脑，有高尚的品德，能与人为善、知恩图报，甚至牺牲奉献，凡人无法企及。

志怪小说中动物报恩的故事俯拾皆是。《幽明录》《搜神后记》都记有"龟救军人"条，一军人买一白龟养在瓮中，龟长大被放生到江中。战时过江者多被淹死，军人入水后感觉踩在石头上，再看是之前放生的白龟救了他，将他安全送至对岸。[①]《幽明录》"射师"条载，射师见白鸟困于树上将被一蛇吸食，连射三箭将蛇杀死，白鸟感恩射师救了自己性命，在雷电交加时以身护之。[②]《齐谐记》"董昭之"条载，董昭之救一垂死虫王，梦中言愿报救命之恩——"君若有急难之日，当见告语"，董受牵连入狱，"取两三蚁著掌中"告知虫王，"蚁啮械已尽，因得出狱。过江投余杭山，旋遇赦得免"[③]。《续齐谐记》《搜神记》记有九岁杨宝救下受伤的黄雀，精心照料，黄雀知恩感念，虽事前并未许诺，事后却主动报恩，用送玉环的方式来表达它的美好愿望，日后果如预言一样，杨宝孝名闻天下，功高福厚。[④]《异苑》"大客"条载，种田人帮大象拔出脚上巨刺，大象报恩赠送象牙，并不再踏足田地破坏庄稼。"囊珠报恩"条载，东阳发大水，蔡喜夫的奴仆遇到大鼠，给其食物以活命，水退后大鼠

[①] 鲁迅校录《古小说钩沉》，齐鲁书社，1997，第162页。
[②] 鲁迅校录《古小说钩沉》，齐鲁书社，1997，第164页。
[③] 鲁迅校录《古小说钩沉》，齐鲁书社，1997，第138页。
[④] 王根林等校点《汉魏六朝笔记小说大观》，上海古籍出版社，1999，第1004页。

第四章　魏晋南北朝志怪小说中的释家精神

以囊珠报恩。①

　　动物报恩这类志怪的情节较为简单明了，成三段式：先交代动物受难，然后人布施助其渡过难关，最后动物感恩相报。相报的内容主要是解救危难保全生命、赠予财宝、助力升官发达，符合中土的社会价值取向。值得关注的是，与佛典中"感恩的动物"与"恩将仇报的人"之对比不同，在中土的志怪小说中并未有丑化人类、表现动物美德的故事，这与中土观念中以人为中心的思想相一致，动物始终无法优于人类，人性中卑劣之处也不可与动物相提并论。陈寅恪在《莲花色尼出家因缘跋》中指出，印度佛经载莲花色尼出家因缘为七种，而敦煌本汉译佛典则仅有六种，经查辨第七种是莲花母女共嫁一夫，所嫁之人是莲花之母所生子的乱伦孽缘，此种疏漏不是无意为之，乃是因与中土传统伦理观念不相容而刻意完整删除。佛教东传后与中土思想融合，中华民族传统文化体现了极大的包容性，但对于相互冲突和矛盾的部分也不是全然接受的，因此采用隐藏的方式杜绝传播。② 由此可见，不同文化和信仰在碰撞和交融中呈现新的表现形式，以适应本土文化，对动物报恩的接受就是采用择适而从的方式。

　　二是杀生恶报。与报恩相反的就是缺乏善念的恶行恶报。佛家以善为本，视杀生为十恶之首。《大智度论》有云，"诸余罪中，杀罪最重；诸功德中，不杀第一"③，佛法戒律中有五戒十善，第一戒即戒杀生，第一善为永离杀生，无论出家或在家皆受持。④ 基于众生平等的慈悲观，佛家珍视一切有情众生的生命，禁止和严惩任何杀生害命的恶业。敬畏生命，善待和保护万物，对修佛者而言更应在修行中助人、助它，共脱苦海。如《六度集经》第三十二经《凡夫

---

① （南朝宋）刘敬叔撰，范宁校点《异苑》，中华书局，1996，第17页。
② 陈寅恪：《莲花色尼出家因缘跋》，《清华大学学报》（自然科学版）1932年第1期。
③ （后秦）鸠摩罗什译《大智度论》，《大正新修大藏经》第25册，新文丰出版公司，1992，第155页。
④ （唐）实叉难陀译《十善业道经》，《大正新修大藏经》第15册，新文丰出版公司，1992，第158页。

❀ 魏晋南北朝志怪小说的佛教元素

本生》载，菩萨前生为通鸟语的贫苦挑夫，在为商人挑担的途中，群鸟鼓动他杀死商人窃得宝珠，群鸟也能食其肉，挑夫一笑了之。后商人询问，回之："吾睹无上正真之典籍，观菩萨之清仁，蜎飞蚑行蠕动之类，爱而不杀，草芥非己有即不取。夫好杀者不仁，好取者不清。"① 对蠕动生物尚且感怀慈爱不忍杀生，更何况是人的生命呢？同样，非己之物亦不可私自占有，佛法戒杀、戒贪，这是对修行者的基本要求，也是修成品德仁慈和清洁不污之正道的必由之路。《地藏菩萨本愿经》云："若遇杀生者，说宿殃短命报。"② 《大方广佛华严经》云："杀生之罪，能令众生堕于地狱、畜生、饿鬼；若生人中，得二种果报，一者短命，二者多病。"③ 十恶之首的杀生，其要受的报应也是最重的，或短命或多病早亡，最终落入六道中最恶三道。在志怪小说中杀生题材也多以此为结局，在一些弘佛作品中，为传播佛法、宣扬慈悲观，对能及时止损或悔过的民众从轻惩戒，达成劝善奉佛的意图。

志怪小说中杀生恶报题材，包括杀动物和杀人两类。

杀动物的有《述异记》"石玄度"条，石家黄狗生了一只白色公犬，石玄度咳嗽严重，大夫开药须入白狗肺，难以寻得，遂杀白狗做药汤，狗肉给客人食用，黄狗把白狗的骨头一一衔至土中埋葬，嚎叫悲痛，最终石玄度病情恶化，临死前终于悔悟。④ 同书"任考之"条载，任考之伐木捉住树上因怀孕未能逃脱的母猴，残忍杀害，在梦中遭神人谴责，后病重变成老虎进山后失踪。这是较为少见的杀生后变为恶虎的故事。《幽明录》"谢盛"条载，谢盛早年入湖采菱以叉杀蛟，经年无患，后自再至湖，复见叉，"心痛，还家一宿便死"。同书"桂阳老翁"条载，老翁以渔猎为生，一次大鱼食饵导

---

① （吴）康僧会译《六度集经》，《大正新修大藏经》第3册，新文丰出版公司，1992，第19页。
② （唐）实叉难陀译《地藏菩萨本愿经》，《大正新修大藏经》第13册，新文丰出版公司，1992，第781页。
③ （东晋）佛驮跋陀罗译《大方广佛华严经》，《大正新修大藏经》第9册，新文丰出版公司，1992，第549页。
④ 鲁迅校录《古小说钩沉》，齐鲁书社，1997，第109页。

致船翻人亡，老翁和鱼同被鱼线缠死，鱼腹下有文字："我闻曾潭乐，故从檐潭来。磔死弊老翁，持钓数见欺，好食赤鲤脍，今日得汝为。"① 出于报复，鱼同老翁同归于尽，并要其品尝杀鱼食鱼的苦痛。这段话文笔犀利，令人读后不寒而栗，《冥祥记》亦记此事。此外还有《宣验记》"王导"条中因为厌恶鹊鸣，断舌而杀之，兄弟三人得病不能言语，《异苑》"李增"条中因杀蛟龙而暴死等诸多记载。

《冥祥记》和《祥异记》俱载"宋阮稚宗"条。稚宗初死，魂魄被缚至一佛图，僧人言其好猎应当受报应，"便取稚宗，皮剥脔截，具如治诸牲兽之法。复纳于深水，钩口出之，剖破解切，若为脍状。又镬煮炉炙，初悉糜烂，随以还复，痛恼苦毒，至三乃止"②。念及稚宗欲活，僧人以水灌之以除罪，告知稚宗无论活物大小皆不可杀生，谨记罪福缘报。在佛法的关照下，稚宗起死回生，从此不再渔猎。作为宣佛小说，其主要内容是讲因果、轮回、地狱之说，达到弘扬佛法、吸引信众之目的。这则小说中受报情节刻画细致，直接展现了恶报之残忍不堪，起到了强烈的震慑作用。但稚宗并未实死沦入恶道，而是通过僧人教化得知如何行善，佛家赋予人以重生的机会，民众自然怀有感恩之心，诚挚奉佛守道不敢作杀生造孽之业。

佛教徒如果杀生害命或见死不救，同受报。《异苑》"释僧群"条载，清贫守节的释僧群每日去泉边汲水，一百三十岁那年，遇到一只折翅鸭子啄群，群想要用杖拨又担心伤到鸭，连续几日都是如此，群绝水几日后身亡，"临死向人说年少时，曾折一鸭翅，验此以为现报"③。《冥祥记》《高僧传》亦载此故事。释僧群清心奉佛，僻静修行至一百三十岁，仍要食年少时种下的苦果，不可逃脱因果报应的束缚。面对"现报"，即使是得道高僧也同样只能默默承受，别无他法。《搜神后记》"顾霈"条载，顾家要宰杀一只羊，此时一位

---

① 鲁迅校录《古小说钩沉》，齐鲁书社，1997，第176页。
② 鲁迅校录《古小说钩沉》，齐鲁书社，1997，第324页。
③ （南朝宋）刘敬叔撰，范宁校点《异苑》，中华书局，1996，第50页。

僧人在座，羊藏在僧人袈裟下希望能躲过一劫，不料僧人未救之。当僧人食肉时，喉咙肿痛异常，僧人发出羊叫声，不久身亡。这是僧人见死不救且食之肉，罪孽深重之现报。

另外还有杀人的题材。"皆释家报应之说"的《冤魂志》中载有多条这类故事。其中"太乐伎"条（《述异记》亦载）情节较为简略，讲陶继之身为县令，"不详审"案，草菅人命，将无辜的太乐伎与劫犯一同斩首。太乐伎临刑前言："枉见杀害，若死无鬼则已，有鬼必自陈诉。"在阳世得不到公正的判决，死后定要控诉。太乐伎托梦而来，跳入陶口进入腹中，陶醒后不久身亡，家道中落，儿孙亦受祸。① 《幽明录》"陈良"条载，李焉图财害命，杀了共同致富的陈良，最终在官府的督办下伏罪。《齐谐记》"薛道询"条载，薛道询得病发狂，失踪后变为虎，食人无数，一年后恢复人形，与人言往事，同坐之人得知其是食父子兄弟之人，其被官府捕后饿死狱中。

这类杀人行恶故事中，多反映当时社会乱象，控诉统治阶级滥杀无辜的暴行，表现百姓在兵荒马乱时代所遭遇的苦难。恶人结局基本上为两种，一种是被冤魂复仇直接身亡，另一种是通过官府将杀人犯绳之以法。后一种数量不多，原因有三：一是当时社会黑暗，草菅人命现象随处可见，上至统治阶层，下至普通官吏对百姓的性命多冷漠视之；二是既然现实生活中的苦难冤情无法申诉，黎民百姓只有期待鬼魂不散，以复仇报冤，契合中土传统鬼神观念，人力不可为，则靠鬼神；三是佛家的因果报应观强化了百姓渴求正义的愿望，轮回报应不会令恶人逃脱惩罚，也不会让善人绝望无奈。基于这三点，当时要通过公平正义的官府法吏和廉洁高尚的清官为百姓申冤除害着实不易，佛教也借此机缘得以为中土世人伸张正义。

3. 后报

后报类的故事为死后多次轮回、受几世报应以承受生时业果。

《冥祥记》"程道惠"条载，程道惠不信佛，常诋毁佛教"古来正道，莫逾李老。何乃信惑胡言，以为胜教"，病死魂至地狱，比丘

---

① （北齐）颜之推著，罗国威校注《〈冤魂志〉校注》，巴蜀书社，2001，第64页。

第四章　魏晋南北朝志怪小说中的释家精神

和旁人都说他"宿福","佛弟子行路,复胜人也",由此程道惠回忆起前世奉佛,"已经五生五死,忘失本志"①。历经五次生死轮回,因其前生福业众多,今生虽对佛不敬仍无须受地狱之刑,续得善报,被遣还活,应证对因果轮回的肯定。

同书"李清"条载,李清得病死后魂游阴间,遇到沙门云:

> 汝是我前七生时弟子。已经七世受福,迷著世乐,忘失本业。背正就邪,当受大罪,今可改悔。和尚明出,当相佐助。

李清是沙门前七生弟子,善恶行事皆得业果,逐世循环轮回,后在僧人点拨下,奉受佛法,"革心为善,归命佛法,归命比丘僧:受此三归,可得不横死。受持勤者,亦不经苦难"②,得以死而复活。

经历五世、七世的轮回转生,当事者已忘记前生所作所为,而因果联系不会消失,它在循环轮转中无限延展,有因必有果,有果必应验,几经尘世波折,善恶终得报。此类后报故事在志怪中表现不多,其根源在于,弥补了中土传统报应观的不足,世人乐于相信报应终会显现,但多生多世的流转过度拉长了善恶福祸的轮回周期,过迟过远的应验也会产生漫长等待之感,而现报和生报快速应验,能让读者看后深感大快人心。

4. 承负型

宣佛小说中不乏这种带有承负思想的故事,其以道家观念调和佛理,查寻两家相互契合之处,融入佛家视角和观点。

《搜神后记》"三薔茈"条(《宣验记》亦载),讲述周某三个儿子成人后只发音不会说话,在一客人(后变为僧人)的帮助下周某回忆起自己小时候曾取三薔茈喂三只幼燕,皆毒死,"昔有此事,今实悔之"③,自身作恶报应在儿子身上。这段情节中是儿子成为父辈恶业的承担者,不同于佛教的业力自受的观点,更贴近承负观。但

---

① 鲁迅校录《古小说钩沉》,齐鲁书社,1997,第300页。
② 鲁迅校录《古小说钩沉》,齐鲁书社,1997,第294页。
③ (晋)陶潜撰,汪绍楹校注《搜神后记》,中华书局,1981,第11页。

有趣之处在于，借助僧人发掘事情原委，结尾处僧人言"君既自知悔，罪今除矣"，三子得以言语，佛法宽容为善的精神得以体现。

《宣验记》"吴唐"条载，吴唐儿子射中幼鹿，吴唐藏在草中射鹿母，箭反射中自己儿子，吴唐悲痛不已，此时听到空中言："吴唐，鹿之爱子，与汝何异？"① 这则故事同属于父亲施恶，报应在儿子身上的承负关系。而空中所言的鹿爱子同父爱子，又是佛家众生平等之体现。

轮回报应观念下的志怪小说"大抵记经像之显效，明应验之实有，以震耸世俗，使生敬信之心，顾后世则或视为小说"②。在创作这类作品时，作者明显以此向民众表达佛教旨意，这些明正应验的故事来自社会现实，其中不乏名人真事，具有较高的可信度，同时在艺术表现上也更为注重文学色彩呈现，可读性较强，民众及后人乐于传阅。

由上所述，可以看出魏晋南北朝志怪小说因果轮回观念的两大特点。

一是佛教因果观与中土传统观念的融合。中土传统果报观古已有之，这为佛教观念的流布奠定了坚实基础。佛教传入后，因果观就同中土观念结合，在道德伦理层面站稳了脚跟。作者通过志怪小说所传达的佛教善恶因果、生死轮回的思想，多着意与中土思想相契合，以世人能够接受的形式表述，施加宗教关怀，启迪世人觉悟。

在上述分类中可见志怪小说并未完全遵从三生三报固定模式，现报观与承负观杂糅交织。"三蔷茨"条和"吴唐"条都含有承负思想，父亲有过失遗其恶果于儿子，并非纯粹的自作自受的佛家因果观。但在情节的叙述上又非对传统的中土善恶观的直接表达，采用僧人及佛家话语道破其中因果关系，且都是此生受报，可谓三世轮回报应观的别样表达。在不与基本教义背道而驰的前提下，自觉地接受并主动融入中土已有观念，结合民众接受能力选择性地进行

---

① 鲁迅校录《古小说钩沉》，齐鲁书社，1997，第269页。
② 鲁迅先生纪念委员会编《鲁迅全集》卷九《中国小说史略》，人民文学出版社，1973，第194页。

第四章 魏晋南北朝志怪小说中的释家精神

加工,以变通的方式宣传释家观念。志怪小说也因此拓宽了故事的表现领域,其精神理念也更加丰富立体。

二是广泛从中土故事中取材。特别是选自史传记载的源于现实的人物和事件。基于历史事件和人物的真实存在,在报应描述上做适当调整或者重新编排撰写,使得志怪小说与史料故事相比在情节发展方面产生了新的变化,被赋予一定宗教特性。因其为真人实事,故能起到警诫教化众人的作用,新内容的编排则实现惩恶向善的宣佛功效。《四库全书总目》列举了《冤魂志》部分内容:"然齐有彭生,晋有申生,郑有伯有,卫有浑良夫,其事并载《春秋传》。赵氏之大厉,赵王如意之苍犬,以及魏其、武安之事,亦未尝不载于正史。"[①] 即《冤魂志》一书内容多从正史中取材。如"夏侯玄"条,夏侯玄被司马师出于嫉妒而杀害,死后显灵申冤:"'吾得诉于上帝矣,司马子元无嗣也。'……有巫见帝云:'家倾覆,正由曹爽、夏侯玄二人,诉怨得申故也。'"[②] 夏侯玄被杀一事见《三国志》,而小说为了推出果报观念,加工编撰报应过程,形成了统治阶层为争权夺位、排除异己而倾轧残杀,最终亡国丧家的现报结局。同书中"窦婴"条,讲述西汉窦婴为宰相后被免不得志,只与太仆灌夫交往融洽,两人与新宰相田蚡交恶,在酒宴中灌夫对田蚡言辞不逊被杀弃市。窦婴上见皇帝禀灌夫无罪为其鸣不平,皇帝虽然知道田蚡不正直无理,但受制于太后,因此判窦婴死罪。随后田蚡大病,"天子使祝鬼者瞻之,见窦婴、灌夫共守,笞蚡,蚡遂死。天子亦梦见婴而谢之"[③]。此事在《史记·魏其武安侯列传》及《汉书·窦田灌韩传》中有载,正史陈述了田蚡仗势欺辱导致灌夫、窦婴被处死的真实悲剧,从史传记载的事件中采集素材,更能证明因果报应真实可信,实现警世作用。同时,作者并非引用史传全篇,而是精选鬼魂报应片段,并丰富情节,进行润色加工或重新编撰,窦婴临死前大

---

① 《四库全书总目》,文渊阁四库全书电子版,上海人民出版社。
② (北齐)颜之推著,罗国威校注《〈冤魂志〉校注》,巴蜀书社,2001,第26~27页。
③ (北齐)颜之推著,罗国威校注《〈冤魂志〉校注》,巴蜀书社,2001,第11页。

骂"若死无知则已,有知,要不独死",扬言定有报应,这是在史书中未见的,此处增加的描写与之后灌、窦冤魂鞭打田致其死相互对应,达成宣扬因果报应之说的目的。可见,引用史书典籍中记载为题材的志怪小说作品,颇受佛教因果报应观念影响,使其成为宣传法理的通俗载体,反映出佛教传播的意图。

第三节 灵魂不灭的地狱观

一 佛法东渐前的中土幽冥世界

人死后去往何处?当生命终结,超越人的认知能力和掌握范围的现象发生时,人类必然要思考、回答这样的问题。中土先人早已开始关注和思索这个问题,在充分发挥想象力的基础上建筑了诸多死亡归所。

"心之精爽,是谓魂魄。魂魄去之,何以能久?"[①] 在先秦典籍中,魂与魄是人体中支配精神与肉体的力量,魂魄离去,生命将不久。魂连通精神,魄与肉体连通,"魂盛为神,魄盛为鬼;而魂属天,魄属地"[②]。因此人死后,精神与肉体消散,魂魄分离,前往两个归所,或上于天,为五行之神,或下于地,得以子孙祭拜。在此主要讨论后者,先人灵魂归置地下的幽冥世界。在先秦至汉的文献中,可见先民对幽冥世界有诸多称呼,如黄泉、九原、幽都、蒿里、泰山等,以下分别阐述。

有"黄泉"之说。《左传》载,隐公元年郑庄公因不满母亲姜氏连同共叔段密谋篡反,"而誓之曰:'不及黄泉,无相见也!'"[③]《管子·小匡》:"管仲再拜稽首曰:'应公之赐,杀之黄泉,死且不朽。'"[④]

[①] 杨伯峻编著《春秋左传注》,中华书局,1995,第1456页。
[②] 萧登福:《先秦两汉冥界及神仙思想探原》,文津出版社,1990,第16页。
[③] 杨伯峻编著《春秋左传注》,中华书局,1995,第14页。
[④] (唐)房玄龄注,(明)刘绩补注,刘晓艺校点《管子》,上海古籍出版社,2015,第141页。

有"九原"之说。《礼记·檀弓下》："是全要领以从先大夫于九京也。"郑玄注云："晋卿大夫之墓地在九原。京盖字之误,当为原。""赵文子与叔誉观乎九原,文子曰:'死者如可作也,吾谁与归?'"① 后来的九泉疑似也是讹写而来的。

有"幽都"之说。《楚辞·招魂》："魂兮归来!君无下此幽都些。土伯九约,其角觺觺些。"王逸注："幽都,地下后土所治也。地下幽冥,故称幽都。""土伯,后土之侯伯也。"② 幽都成为死后世界,由土伯掌管。

也有"蒿里"之说。《汉书》卷六十三《武五子传》载,广陵王胥将死时吟歌云:"蒿里召兮郭门阅,死不得取代庸,身自逝。"③《乐府诗集·蒿里》"蒿里谁家地,聚敛魂魄无贤愚。鬼伯一何相,催促人命不得少踟蹰"④,在这首诗中传达出"蒿里"只是死后魂魄聚集之地,没有贤愚差异之分,没有赏罚惩戒意图。亦有"高里""耗里""下里"等称法。

至东汉时期"泰山"为鬼府一说盛行。《后汉书·乌桓鲜卑列传》言:"人死者魂神归岱山。"⑤ 清代顾炎武曾作文考证"泰山治鬼"⑥ 传说,他认为此说最早出于谶纬之书,而后引《遁甲开山图》所言"泰山在左,亢父在右,亢父知生,梁父主死",及《博物志》所言"泰山一曰天孙,言为天帝之孙,主召人魂魄,知生命之长短者"。见于史书是在《后汉书·方术传》中,"尝笃病三年,不愈,乃谒泰山请命",《后汉书·乌桓鲜卑列传》亦云"中国人死者魂神归岱山也",《三国志·管辂传》载:"其弟辰曰:'但恐至泰山治鬼,

---

① (清)阮元校刻《十三经注疏》之六《礼记正义》,中华书局,1980,第1315~1316页。
② (宋)洪兴祖撰,白化文点校《楚辞补注》,中华书局,1983,第201页。
③ (汉)班固撰,(唐)颜师古注《汉书》卷六十三《武五子传》,中华书局,1964,第2762页。
④ (宋)郭茂倩编《四库家藏 乐府诗集》,山东画报出版社,2004,第218页。
⑤ (宋)范晔撰,(唐)李贤等注《后汉书》卷九十《乌桓鲜卑列传》,中华书局,1965,第2980页。
⑥ (清)顾炎武著,周苏平、陈国庆点注《日知录》,甘肃民族出版社,1997,第1313页。

不得治生人，如何？'"顾炎武经过系列考证，认为泰山为鬼府之说起源于东汉时期，人亡后魂归泰山。志怪小说《列异传》"蔡支"条、"胡母班"条，《搜神记》"胡母班"条、"蒋济亡儿"条，都对泰山冥府世界充满想象，描绘了鬼府的神异景象，也体现出魏晋时期世人信奉泰山冥府基本成为主流。

纵观中土对死后幽冥世界的描绘，可见幽冥世界有几个特征。

一是幽冥世界是人死后去所。关于幽冥世界的称呼各异，其形态也不尽相同，但其基本功能都是人类死后灵魂之归所，是生命形态的另一种延续，并且生时的善恶行为对此没有影响，也不存在死后灵魂受到惩戒或者轮转超度等内容，体现出朴素简单的生死观念，这与佛教所宣扬的地狱观有本质差异。

二是古人在构建冥界时，是参照社会现实想象的。古人认为死后世界应和生时相同，满足衣食住行用等日常之需和社会交往等情感或组织需求。从墓葬中发掘的各类出土文物都反映出这一情况。湖北江陵高台18号墓出土木牍载：

> 七年（前173）十月丙子朔庚子，中乡起敢言之：新安大女燕自言，与大奴甲、乙，（大）婢妨徙安都，谒告安都，受名数，书到，为报，敢言之。十月庚子，江陵龙氏丞敢移安都丞，亭户手。

江陵凤凰山168号墓出土木牍载：

> 十三年（前167）五月庚辰，江陵丞敢告地下丞：市阳五大夫遂自言，与大奴良等廿八人，大婢益等十八人，轺车二乘、牛车一两，驷马四匹、□马二匹、骑马四匹，可令吏以从事，敢告主。①

---

① 刘屹：《敬天与崇道——中古经教道教形成的思想史背景》，中华书局，2005，第64~65页。

第四章　魏晋南北朝志怪小说中的释家精神

上述两则出土木牍记载的是前往死后世界的告地策，以此为凭证告知冥府官员，死者带着奴婢、牲畜及其他物品入地，希望被接纳放行。"敢言之""敢告"等都是官文用语，行文格式与汉代出行之人证明身份的传、棨相似，基本上告地策就是人间通行文书的再现。"安都丞""地下丞"等都是冥府官员，负责操办死人入冥相关手续，也从侧面反映出地下冥界同地上社会一样运行着官府统治体制，其组织形态、官吏人员、文书手续等都是复制人间社会的管理模式。其中所列随葬品清单，能确保死者在冥界与生前享受同等的物质生活，也可见死后世界同生时人间一样，是灵魂延续的别样方式，生与死是生命历程的必经阶段。

幽冥世界延续着人间的为人处世法则，这使得对地下世界的幻想成了志怪小说一大重要题材，在故事描述中可见人间冷暖在幽冥世界中保持同步。《幽明录》"索卢贞"条，讲述索卢贞病死入冥，得知性命"算未尽"，而地吏正是其官场上司中郎将之子，借助这样的关系私自偷换人名得以遣活。《搜神后记》"李除"条，讲述李除死后看到别人向地下官吏贿赂能免死，三更时暂死的李除突然坐起摘下妻子手臂上的金钏，送给地下官吏后也得以还生。《搜神记》"蒋济亡儿"条，讲述蒋济为领军将军，其妻子梦见死去的儿子为"泰山伍伯"劳累受苦，他希望父亲能够找到将被任命为"泰山令"的孙阿，把他调到轻松快乐的地方，他两次托梦让父亲找人说情。孙阿被召见，答应了此事并得到了蒋济的奖赏，不久便死，入冥后兑现了承诺。纵然"生死异路"，但在生死边界仍然可以返活还生，或托梦沟通，更为关键的是幽冥世界中处事方式和人间完全一样，社会现实中的官吏疏于职守、腐败不公、权钱交易等黑暗现象在地下同样存在，可以运用任何手段满足个人的需求。

对于人间的伦常恩情，冥府也是接纳和认同的。《搜神记》中"徐泰"条载，孝顺的徐泰辛勤侍奉病重的叔父，感动了前来带人的勾魂使者，保住了叔父性命。《幽明录》"琅邪人"条载，琅邪人王某暴死，妻子早亡，留下两个儿子，王某坎坷悲惨的经历令冥府地吏动容，尽管其命已尽，但特批三年阳寿，乃人间三十年，得以顺利抚养幼子。无论是世间的负面现象还是感人至深的人伦常情，冥府世界都全然接纳，成为人间社会的直接投射。

三是描绘的幽冥世界一般情况下是恐怖可怕的。在《楚辞·招魂》中有对"幽都"的详尽描述："土伯九约，其角觺觺些。敦脄血拇，逐人駓駓些。参目虎首，其身若牛些。此皆甘人，归来！恐自遗灾些。"① 既描绘了地下恐怖莫测，同时还讲述天上、东、西、南、北等各方均不可乐，唯有故居是"高堂邃宇""翡翠珠被"，展现了故乡丰富多彩的美人、歌舞、游戏、食物等，极力渲染故居生活的安闲舒适之乐，借此强烈对比来劝导灵魂返乡，这是作品创作者的精心编排。虽然"招魂"这种特殊文体，要求极力书写恐怖景象，营造阴森莫测的氛围，但通过招魂这一风俗，可以基本断定地下幽冥世界是可怕的，令人心生畏惧的。

二　佛教的地狱观

"地狱"是梵文"Niraya"（泥犁、泥犁耶）或"Naraka"（那洛迦）的意译，本义为无有，又译为"不乐""可厌""苦器"等，是"六道"中最恶道，是恶人死后受罪受苦的地方，没有喜乐可言。但佛教对地狱说法不一，所指位置并不都在地下，有位于地面上荒芜之处的"孤独地狱"，但因中土观念影响，人死后入地，因此译为地狱，便于理解。另外，东汉时有"魂归泰山"之说，"泰"通"太"，又作"太山"，也有将泥犁翻译成"太山""太山地狱"的。康僧会译《六度集经》频繁使用"太山"，如《六度集经》卷三："福尽罪来，下入太山、饿鬼、畜生，斯谓之苦。"② 佛家称三恶道为地狱、饿鬼、畜生，经中不言地狱，而用"太山"代地狱，试图与中土幽冥泰山联系起来，让民众对佛教地狱有更为形象的认识。虽牵强附会，难免有误解之意，但在中印两国语言尚不能自由转化、两种思想处于初碰时期，这种形象的比附表达起到了积极作用。安

---

① （宋）洪兴祖撰，白化文点校《楚辞补注》，中华书局，1983，第201~202页。
② （吴）康僧会译《六度集经》，《大正新修大藏经》第3册，新文丰出版公司，1992，第16页。

世高、支谦译经时常多种译法混用，亦承袭中土使用习惯并附和传统冥界信仰，便于中土民众快速理解和接受。正如前文所言，在佛家视野中众生死后入六道，而地狱只是其中一道，限定于生时作恶业者进入，是以世人的善恶业力来衡量的，因此佛家"地狱"概念同中土的冥界观念有根本差异。

东汉时佛教地狱说便传入中国，通过佛经汉译广泛传播。桓、灵二帝时，安世高译《佛说十八泥犁经》《佛说罪业应报教化地狱经》，灵、献二帝时支娄迦谶译《道行般若经》卷三《泥犁品》，康巨译《问地狱事经》，支谦译《大明度经》卷三《地狱品》。魏晋以后详尽记载地狱观的佛经大为增多，法立、法炬译《大楼炭经》卷二《泥犁品》，竺昙无兰译《佛说泥犁经》《佛说铁城泥犁经》，鸠摩罗什译《小品般若波罗蜜经》卷三《泥犁品》，佛陀耶舍、竺佛念译《长阿含经》卷十九《世纪经地狱品》，以及《大智度论》卷十六、《观佛三昧海经》卷五等都有关于地狱之说的内容。这些佛典译传，加速了佛教地狱观念在中土的蔓延，其开始在社会中产生强烈反响。

因果轮回报应观是佛教思想的基石，众生的善恶业行都有报应。佛典中地狱的设置和地狱受苦惩戒的观念就是为了支撑因果报应这一基本教义，劝诫民众避免坠入恐怖世界，令其产生畏惧之心，诱导他们追求理想境界，形成敬仰之情和宗教意识，重新昭示人生走向，引导完成度化目的。在佛教各部派典籍中，对地狱的内容和地狱观的描述也不尽相同，但总体特征有如下几点。

一是以因果报应和六道轮回为基础。地狱是欲界六道中最低最苦的一道，是恶业恶报的惩罚场所，恶业众生都要在此接受呵责和审判。若生时行恶业较轻则不会在地狱中生死轮回，能投生他处。因此佛教的地狱与中土的幽冥世界有着本质的差别。

二是地狱种类多样，数量庞大。关于地狱的构成有多种说法，《佛说十八泥犁经》提出众人熟知的"十八层地狱"，但经中所言十八泥犁并非指地狱有十八层，而是指十八种惩罚的恶业类型。《大楼炭经》卷二《泥犁品》有八大泥犁，名字分别为：想、黑耳、僧乾、卢猎、噭嚾、烧炙、釜煮、阿鼻摩诃。一泥犁复有十六子泥犁，分别称为：黑界、沸屎、五百钉、车帖、饮、一铜釜、多铜釜、磨、脓血、高峻、斫板、斛、剑树叶、挠捞河、狼野干、寒冰。另外，还有十大泥犁：阿浮、尼罗浮、阿呵不、阿波浮、阿罗留、优钵、修揵、莲花、拘文、分陀利。《长阿含经》卷十九《世纪经地狱品》与《大楼炭经》属异译，八大地狱名称分别为：想、黑绳、堆压、叫唤、大叫唤、烧炙、大烧炙、无间。每一大地狱由十六小地狱环绕，与上述基本一致。《阿毗达摩俱舍论》等经，总体将地狱分为根本地狱、近边地狱、孤独地狱三类。根本地狱包括八热地狱和八寒地狱，前者有等活、黑绳、众合、号叫、大叫唤、炎热、大焦热、阿鼻，后者有頞部陀、尼剌部陀、頞哳咤、臛臛婆、虎虎婆、嗢钵罗、钵特摩、摩诃钵特摩。八热地狱各有十六小地狱，四方再有四道地狱：煻煨、尸粪、锋刃、烈河。各类地狱分布在地下或地表上的荒芜之处，数量多，层层叠叠形成巨大的地狱世界。

三是地狱是痛苦恐怖的受刑场。因生时行恶业而进入地狱，唯有以受苦受刑为惩罚。地狱中的刑罚形形色色，且残忍惨烈，从上述的地狱名目中可见刑罚多样、招数百出。如八热地狱中地面为灼焰烧铁，上空乃火雹炽浆，猛火燃烧逐层增烈，狱卒用各种恐怖刑具施罚，受刑之人呼号悲哀，样貌惨不忍睹，在万死万生中不停煎熬；八寒地狱中则寒冰刀锋、雪虐冰饕，众生赤裸在酷寒中，身体从冻得僵硬、生疱疮到皮肉裂成碎瓣；孤独地狱中，众生或在火中烧炙，或藏于树中，随着树被砍伐，其四肢百骸也被割断，或煎炒烹炸，或困于冰中。这些苦难都不曾停歇，受苦众生死而复生，生而再死，循环重复，在地狱煎熬中接受恶业报应。佛典记录中的地狱完全没有中土幽冥世界的人情世故，没有商讨回旋的余地，有的仅是更为惨烈恐怖的酷刑，也因此才打造了世界中最可怕、最惊悚的地方，让恶有恶报深切入心，让世人深感敬畏，杜绝恶行，倡导奉善。

四是阎罗王是地狱的统治者，同样自身受苦并公平审判。阎罗王是梵语"Yamarājā"的意译，音译为"焰摩罗"，亦作"焖魔"

"阎魔王""阎罗""阎王"等，原为古印度神话中管理阴间之王，后佛教沿用其说。《经律异相》卷四十九转引"阎罗王，昔为毗沙国王，经与维陀始王共战，兵力不敌，因立誓愿，愿为地狱主。臣佐十八人领百万之众，头有角，耳皆悉忿怼，同立誓曰：'后当奉助治此罪人。'毗沙王者今阎罗是，十八大臣者诸小王是，百万之众诸阿傍是，隶北方毗沙门天王"①。阎罗王发誓成为地狱王，十八位臣子成为十八层地狱判官，追随他的百万之众成为狱卒。《一切经音义》卷五载："梵音焰魔，义翻为平等王，此司典生死罪福之业，主守地狱八热八寒以及眷属诸小狱等，役使鬼卒于五趣之中，追摄罪人，搥拷治罚，决断善恶，更无休息。"② 按此说，阎罗王又称为"平等王"，公平无私地审判业行。

阎罗王虽身为地狱之王，但生前受恶业所累，每日皆受酷刑三个时辰，大臣亦同，皆不能逃脱罪罚之苦。"阎罗王昼夜三时，有大铜镬自然在前。若镬出宫内，王见畏怖，拾出宫外。若镬出宫外，王见畏怖，拾入宫内。有大狱卒，捉阎罗王卧热铁上，以铁钩擗口使开，洋铜灌之，烧其唇舌，从咽至腹，通彻下过，无不燋烂。受罪讫已，复与诸婇女共相娱乐。彼诸大臣同受福者，亦复如是。"③惩罚严，受刑重，不间断，是同旁人没有差异的。可见佛家的因果报应说适用于一切有情众生，自受业行福祸之果，上至诸佛，下至阎罗王，众生平等。

正因为前世恶业所招，因果报应入地狱受罚，所以阎罗王审判时意图点醒众生，指明造成恶果乃因"自作自受"，别无他因。《长阿含经》卷十九载阎罗王审问堕地狱者：

（阎罗）王复语言："汝自放逸，不能修身、口、意，改恶

---

① （南朝梁）僧旻、宝唱等撰集《经律异相》，上海古籍出版社，1988，第262页。
② （唐）慧琳撰《一切经音义》，《大正新修大藏经》第54册，新文丰出版公司，1992，第338页。
③ （后秦）佛陀耶舍、竺佛念译《长阿含经》，《大正新修大藏经》第1册，新文丰出版公司，1992，第126页。

从善，今当令汝知放逸苦。"王又告言："今汝受罪，非父母过，非兄弟过，亦非天帝，亦非先祖，亦非知识、僮仆、使人，亦非沙门、婆罗门过。汝自为恶，汝今自受。"①

如此呵责审问，意在教化世间众生，因果报应全因自造，此生受罪不关他人是非，唯有自受苦难。

阎罗王自生念言："世间众生迷惑无识，身为恶行，口、意为恶，其后命终，少有不受此苦。世间众生若能改恶，修身、口、意为善行者，命终受乐，如彼天神。我若命终生人中者，若遇如来，当于正法中剃除须发。服三法衣，出家修道，以清净信修净梵行，所作已办，断除生死，于现法中自身作证，不受后有。"②

最后阎罗王现身说法，强调因果报应的必然性，告诫众生应亲近圣贤不得放逸，修意、口、身，而为善行，奉佛修道摆脱生死之苦，以度忧虑畏惧。这同前文阐述中土幽冥世界中处处存在人间社会的徇私枉法、受贿改判等黑暗现象形成了强烈的对比。

三 佛教地狱观的中土化演变

佛教强调"诸行无常、有漏皆苦、诸法无我、涅槃寂静"，它们合称为"四法印"，是佛教的主要教义，是衡量真正佛法的标准，是与印度其他学说教派相区别的重要标志。其中"诸法无我"理论，是指众生无常无我，一切事物无常无我，否定自我的存在，世界上没有独立存在的实体，是法无我。这联系到佛教同时肯定业力存在，主张业报轮回，就存在着巨大的矛盾。为了解决这个矛盾，原始佛

---

① （后秦）佛陀耶舍、竺佛念译《长阿含经》，《大正新修大藏经》第1册，新文丰出版公司，1992，第126页。
② （后秦）佛陀耶舍、竺佛念译《长阿含经》，《大正新修大藏经》第1册，新文丰出版公司，1992，第127页。

第四章　魏晋南北朝志怪小说中的释家精神

教各派提出了调和办法。上座系的犊子部提出"人我"（补特伽罗）是"有"的。补特伽罗，意译为"数取趣"，是可以数数轮回生死的主体，"是全部生命活动的统一体，是从前世转到后世、从世间转向出世间的联系者，实质上是指与'人'或'有情'形象类似的灵魂，也是变相的'我'"①。这个概念的提出用以肯定能够承担世间轮回和修道的主体。其他各部派也提出不同的概念说法，其作用都是含蓄地承认"我"的存在，以完善佛教教义，既坚持"无我"，又肯定业报轮回和奉道修行。

佛教教义在中国传播过程中，将中土灵魂观融入其中，把灵魂作为轮回报应的主体。如前文所述，中土称灵魂为魂魄，认为人死后灵魂与肉体分开，灵魂脱离肉体却不灭不死，死后的灵魂仍然与生时的现实社会、家族亲人保持着原本紧密的联系。灵魂观最突出的特点即将人的生命历程从生延续到死，将生的现实社会延展至死后幽冥世界，生命诉求不因死亡而终止，这就为仅有一次无法重生的生命赋予了丰富的色彩并拓展了时长。《礼记·祭法》言："其万物死皆曰折，人死曰鬼，此五代之所不变也。"② 鬼是人死后的灵魂，依旧延续着生的命运，蒙冤而亡的鬼魂会向生时施暴者报仇。《左传》中载有诸多鬼魂复仇故事，如郑国大夫伯有在作乱中被杀，化为厉鬼复仇，大开杀戒，子产让伯有之子继承爵位，祭祀伯有鬼魂，最终得以平复。《左传》和《史记》中均载，晋太子申生受骊姬陷害自缢身亡，以鬼魂形式现身告知狐突其灭国复仇之计，晋将败于秦，晋惠公夷吾被俘。先秦两汉时期，灵魂不灭及人死后为鬼的观念已经根深蒂固。"鬼象生人之形，见之与人无异"③，鬼同人一样需要得到尊重、食物、财物等，生者要为其祭祀，使"鬼有所归，乃不为厉"④。如果得不到祭享和供奉，鬼就会变成厉鬼作怪报

---

① 杜继文主编《佛教史》，江苏人民出版社，2007，第38页。
② （清）阮元校刻《十三经注疏》之六《礼记正义》，中华书局，1980，第1588页。
③ （东汉）王充著，陈蒲清点校《论衡》卷二十一《死伪》，岳麓书社，1991，第335页。
④ 杨伯峻编著《春秋左传注》，中华书局，1990，第1292页。

复，变成可怕形象。从殷商时期出土的甲骨文中可见，当时祭祀盛行，体现出对鬼神的敬意。

佛教在调和"诸法无我"与业报轮回之矛盾中，接纳中土灵魂观，将灵魂观与业报轮回结合，借灵魂不灭之说推动业报轮回观念传播，促进世人接纳生死轮回。地狱本是六道轮回中的一恶道，但在中土视角下已经同其他的冥界概念混同，泛指死后的灵魂归所，因此佛教东渐过程中舍弃了印度佛教的一些内容，以中土灵魂观为基础、以灵魂为轮回主体的地狱观念更适应中国民众的接受心理。试看以下几条经文。

《佛说阿难四事经》中佛陀告知阿难："愁忿之日，即切绝之，困极乃终，魂神不灭，复更求身。"① 可见死后灵魂不散，又能与新的肉身连接拥有全新生命。《法句经》卷二载"生死品者，说诸人魂，灵亡神在，随行转生"②，人死后不但灵魂永在，还能转生，是轮回报应的主体。《六度集经》卷六《小儿闻法即解经》中一个七岁牧童被老虎害死，"小儿命终，魂神即转，生长者家，第一夫人作子"③，小儿死后"魂神"不灭，依附新的生命肉体，转迁重生，开启轮回之门。《六度集经》卷四载，象王得一莲花赠予妻子，小妾因嫉妒而气死，"魂灵感化为四姓女"④，美颜博学成为国王夫人，后设计谋害象王。《旧杂譬喻经》卷一载，沙弥昼夜思念龙宫生活，"昼夜思想于彼不食，得病而死。魂神即生为龙作子，威神致猛，其父命尽得脱生人中"⑤，沙弥死后转为龙子，其父龙死后转为人。

在这里鲜见中土使用的"魂魄""灵魂"概念，而是用"魂神"

---

① （吴）支谦译《佛说阿难四事经》，《大正新修大藏经》第14册，新文丰出版公司，1992，第757页。
② （吴）维祇难等译《法句经》，《大正新修大藏经》第4册，新文丰出版公司，1992，第574页。
③ （吴）康僧会译《六度集经》，《大正新修大藏经》第3册，新文丰出版公司，1992，第35页。
④ （吴）康僧会译《六度集经》，《大正新修大藏经》第3册，新文丰出版公司，1992，第17页。
⑤ （吴）康僧会译《旧杂譬喻经》，《大正新修大藏经》第4册，新文丰出版公司，1992，第512页。

第四章 魏晋南北朝志怪小说中的释家精神

"魂灵""魂""神"等词表述与人肉体相对应的精气。而且经中表述"魂神"即转、即生，能够立刻进入轮回过程，依附新一轮的人身肉体，成为"不灭的灵魂"，佛家的灵魂拓展出更加丰富的内容。

此外，佛教地狱观逐步深入中土各阶层，尤其受到士人的广泛关注和热烈探讨。东晋郗超著有《奉法要》一文，是早期论述佛教要点、弘扬佛法精神的篇章，其中论及因果报应所对应的三界五道之境时，有地狱一道，"十善，则生天堂……十恶毕犯，则入地狱"，"地狱苦酷，多由于恚"①，可见其对善恶有报、五道轮回、地狱惩罚等佛法要义非常熟悉。东晋士人宗炳就《白黑论》在同何承天辩驳时有《宗答何书》一文，言"夫心不贪欲，为十善之本，故能俯绝地狱，仰生天堂，即亦服义蹈道理端心者矣，今内怀虔仰，故礼拜悔罪"，又言"至于启导粗近，天堂地狱，皆有影响之实……厉妙行以希天堂，谨五戒以远地狱"②，引天堂与地狱之说进行对比辩白，又强调此说对于教化民众奉善行事诸恶莫作有启迪作用。宗炳是东林十八高贤之一，所著《明佛论》宣扬"精神不灭，人可成佛，心作万有，诸法皆空"③，秉承慧远所大力倡导的"神不灭"观。此观是三世报应说能够确立的基础，在《沙门不敬王者论》《三报论》《明报应论》等文中都有阐述，其不拘泥教理法度，将传统信仰与外来佛教结合，虽批评争论不断，却激发了民众的信仰热情和虔诚礼拜。同时，与慧远交往习佛的弟子众多，在其倡议下"息心贞信之士百有二十三人"集结于庐山阿弥陀佛像前敬香发愿："夫缘化之理既明，则三世之传显矣；迁感之数既符，则善恶之报必矣。推交臂之潜沦，悟无常之期切；审三报之相催，知险趣之难拔。此其同志诸贤，所以夕惕宵勤，仰思攸济者也。盖神者可以感涉，

---

① （南朝梁）僧祐撰，李小荣校笺《弘明集校笺》卷第十三《奉法要》，上海古籍出版社，2013，第714~715页。
② （南朝梁）僧祐撰，李小荣校笺《弘明集校笺》卷第三《答何承天书难白黑论》，上海古籍出版社，2013，第164~165页。
③ （南朝梁）僧祐撰，李小荣校笺《弘明集校笺》卷第二《明佛论》，上海古籍出版社，2013，第84页。

而不可以迹求"①。其中"三报"指现报、生报、后报，"险趣"指畜生、饿鬼、地狱三恶道。此次集结为"白莲社"向大众传播因缘幻化、三世转生之理，因果变迁、善恶报应之规律，深感三报催促，自力无法脱拔三恶道之苦，祈求仰仗佛法之力，以期能够共进"西方极乐世界"，可见佛教地狱观已经被一批士者文人所接纳。东晋史学家袁宏在《后汉纪》卷十中记载佛并宣扬佛教教义，其言"人死精神不灭，随复受形，生时所行，善恶皆有报应。故所贵行善修道，以炼精神而不已，以至无为而得为佛也"，又言"王公大人观死生报应之际，莫不矍然自失"②，首次在史书中将灵魂不灭与轮回报应连接起来。由此，在士人、史学家的弘扬下，在同异说的争论辩驳中，在中印思想及观念碰撞交融的环境里，中土佛教地狱观得以形成、生根并发展起来，完善了中土化的生命体系，逐步成为社会各阶层普遍接受的信仰，亦为中土文学创作提供了合宜的空间。

四　志怪小说中的地狱生死

受到佛教地狱观的影响，魏晋南北朝志怪小说中多含有巡游地狱情节，集中在《幽明录》和《冥祥记》两部作品中。《搜神记》《列异传》《搜神后记》中也有一些暂死去幽冥处接受惩罚或巡游观之，最终死而复生的故事，但透过文字未能看到冥界即是地狱，不能确认是弘佛作品，因此本节所讨论的篇章均选取能够传达佛教教义思想、展现佛教地狱景貌的作品。《幽明录》中涉及地狱观的作品有"舒礼""赵泰""康阿得""石长和"四条，《冥祥记》中有"赵泰""支法衡""张应""李清""唐遵""程道惠""慧达""石长和""陈安居""僧规""李旦""释昙典""智达""王四娘"十四条，"赵泰""石长和"各记一次，故按十六条计算。这十六条内容各不一致，但在故事架构上有着相似的模式，可概括为五环节，

---

① （梁）释慧皎撰，汤用彤校注，汤一玄整理《高僧传》，中华书局，1992，第214页。

② （晋）袁宏撰，周天游校注《后汉纪校注》，天津古籍出版社，1987，第276～277页。

即暂死入冥、地狱审判、地狱巡游、复活还生、悔过革新，呈现出固定的故事叙述规律。且这类作品篇幅较长，完整地阐述故事发展，有适度艺术加工，增强了作品感染力。下面逐一列举分析五环节。

一是暂死入冥。如表4-1所示，死亡的原因多为"病""暴病""暴疾"。"赵泰"条言因"心痛"，其他未明病痛情况，此外仅"张应"条是梦入冥间，"康阿得"、"石长和"（《幽明录》）两条未录因由。

入冥方式也千差万别。有受到优渥待遇的，如土地神亲自送舒礼入地狱；有二人为石长和开道，间距五十步并随着石的步速调整；传教持信幡唤李清、李旦见公，礼让客气；智达因体羸而乘舆；释昙典坐辇。有粗暴对待被缚入冥的，如程道惠、慧达、陈安居、僧规，后因遇到他人言"此人宿福，未可缚也"，程道惠和陈安居免受苦辱；赵泰、康阿得均为扶腋而行，行动受到控制。支法衡、唐遵、王四娘是跟随鬼吏进入地狱。之所以有差别，与其是否为佛家弟子身份、福恶作业不无关系，舒礼为巫师，石长和、程道惠（先五世）是佛弟子且在入冥之路上可"独行平道"免受两侧棘刺之苦，李清前七生时为佛家弟子，智达、释昙典本是佛徒，程道惠、陈安居则因宿福未缚。如上所述，在入冥之初，善因恶果的地狱惩罚就拉开了帷幕。

表4-1 各篇主人公暂死原因及入冥方式

篇目	暂死原因	入冥方式
"舒礼"	病死	土地神将送诣太山
"赵泰"	忽心痛而死	有二人乘黄马，从兵二人，但言捉将去，二人扶两腋东行
"康阿得"	无	两人扶腋，有白马吏驱之
"石长和"	无（《幽明录》） 病一月余日亡（《冥祥记》）	见二人治道，在和前五十步，和行有迟疾，二人治道亦随缓速，常五十步（《冥祥记》）
"支法衡"	得病旬日亡	有人将去

续表

篇目	暂死原因	入冥方式
"张应"	夜梦入冥	
"李清"	于府得病,还家而死	见传教持信幡唤之,云公欲相见
"唐遵"	暴病而死	云有人呼将去,至一城府
"程道惠"	病死	见十许人缚录将去。逢一比丘,云此人宿福,未可缚也
"慧达"	暴病而死	见有两人执缚将去
"陈安居"	病发,遂绝	有人若使者,将刀数十,呼将去,从者欲缚之,使者曰:"此人有福,未可缚也。"
"僧规"	无疴忽暴死	有五人,炳炬火,执信幡,径来,入屋叱咀,僧规因顿卧恍然,五人便以赤绳缚将去
"李旦"	暴病	有一人,持信幡来至床头,称府君教唤,旦便随去
"释昙典"	忽暴疾而亡	初亡时,见二人驱将去,使辇米
"智达"	病死	见两人皆著黄布裤褶,一人立于户外,一人径造床前,曰:"上人应去,可下地也。"达曰:"贫道体羸,不堪涉道。"此人复曰:"可乘舆也。"言卒而舆至,达既升之
"王四娘"	病死	有二人录其将去

资料来源:《幽明录》《冥祥记》,鲁迅校录《古小说钩沉》,齐鲁书社,1997。

二是地狱审判。中土幽冥世界是阳界社会的延续,依然用人间的为人处事法则,是人死后的魂魄归宿。而佛教地狱观基于因果报应、业行轮回理论,进入地狱即是要惩罚前世的恶行罪业,这关乎对死者生时善恶业行的评定,也决定着此后的地狱苦难程度,甚至影响着来世轮转的境况。那么怎样评定恶业?如何惩罚?这些问题就由死后灵魂接受审判这一重要环节来确定。

志怪小说记载的地狱审判过程严格,有着一定的程序,如《幽明录》"赵泰"条载审判过程:

> 将泰名在第三十,须臾将入,府君西坐,断勘姓名,复将南入黑门。一人绛衣,坐大屋下,以次呼名前,问生时所行事,有何罪故,行何功德,作何善行,言者各各不同。主者言:"许汝等辞,恒遣六师督录使者,常在人间,疏记人所作善恶,以

相检校。人死有三恶道，杀生祷祠最重，奉佛持五戒十善，慈心布施，生在福舍，安稳无为。"泰答："一无所为，上不犯恶。"断问都竟，使为水官监作吏。①

审判前要排列顺序，亡者等候唤名依次进入，赵泰排第三十位；其次要"断勘姓名"，进行核对，目的是看是否捉错了，误捉的情况也是较多的，程道惠就因"小鬼谬滥，枉相录来"，康阿得、王四娘等都是误捉；再次是询问死者生时善恶业行，并同地狱使者平日在人间记录相互验校，以证真伪，如"慧达"条写刘萨荷否认生前杀生，未料立刻还原现场情景：

> 有人执笔，北面而立，谓荷曰："在襄阳时，何故杀鹿？"跪答曰："他人射鹿，我加创耳。又不啖肉，何缘受报？"时即见襄阳杀鹿之地，草树山涧，忽然满目。所乘黑马，并皆能言。悉证荷杀鹿年月时日。荷惧然无对。②

面对这样严苛却公平的审判，任何亡灵都会得到公正的对待，这同中土幽冥世界中存在大量的财物利益交换、误判等现象形成强烈反差，也正因为佛家地狱观体现出的公平正义，佛法要义深入人心，民众"奉佛持五戒十善，慈心布施"，"不犯恶"。

审判最后要做出裁定，并以此受报，其中作恶者会即刻受到惩罚，严惩重判不留私心。赵泰未作恶被命为水官监作吏；陈安居无罪且事佛，有大德，府君遣其还生，曰"若可还去，善成胜业，可寿九十三，努力勉之！勿复更来也"③；智达因在沙门时不诵戒受轻报，主事者曰"可送置恶地，勿令太苦"④；刘萨荷杀生受恶报，"有

---

① 鲁迅校录《古小说钩沉》，齐鲁书社，1997，第 199 页。
② 鲁迅校录《古小说钩沉》，齐鲁书社，1997，第 303 页。
③ 鲁迅校录《古小说钩沉》，齐鲁书社，1997，第 312 页。
④ 鲁迅校录《古小说钩沉》，齐鲁书社，1997，第 336 页。

魏晋南北朝志怪小说的佛教元素

人以叉叉之,投镬汤中。自视四体,溃然烂碎"①,身体复原后再如此重复;"舒礼"条中,府君将舒礼杀生裁定为"其罪应上热熬","使吏牵著熬所,见一物,牛头人身,捉铁叉,叉礼著熬上,宛转,身体焦烂,求死不得。已经一宿二日,备极冤楚"②。根据生时业行善恶和罪业深重程度进行定罪,因果报应在此得以充分体现,报应善恶分明令亡灵俯首。

审判中还出现诸如"罪簿""罪福秤"等物,利于公正判罚。"陈安居"条载"一人服冠冕,立于囚前,读诸罪簿"③,"僧规"条载"可开簿检其罪福"④。"罪簿"是在审判前将亡者生前的罪行恶业等逐一记录,在审判时由地狱官吏阅读、查看,可据"罪簿"所载内容对亡灵进行审判,不需亡者再重复叙述,可避免亡者混淆是非或藏匿罪恶。"僧规"条载:

> 有顷,吏至长木下,提一匮土,县铁梁上称之,如觉低昂,吏谓规曰:"此称量罪福之秤也。汝福少罪多,应先受罚。"俄有一人,衣冠长者,谓规曰:"汝沙门也,何不念佛?我闻悔过,可度八难。"规于是一心称佛,衣冠人谓吏曰:"可更为此人称之,既是佛弟子,幸可度脱。"吏乃复上匮称之,称乃正平。⑤

文中称量僧规之业,称"福少罪多",当受罚,后念佛增福、为善积福,"称乃正平"。"罪福秤"称量人的罪福业行,罪福善恶不是有重量的实物,本无法称重,但地狱审判的目标是公平公正地评价个体前世今生的行为,如果不为所种业因做合理裁定,人们难免认为不公,而"秤"意味着公平、正义、客观,契合地狱观的基本

---

① 鲁迅校录《古小说钩沉》,齐鲁书社,1997,第 303 页。
② 鲁迅校录《古小说钩沉》,齐鲁书社,1997,第 161 页。
③ 鲁迅校录《古小说钩沉》,齐鲁书社,1997,第 311 页。
④ 鲁迅校录《古小说钩沉》,齐鲁书社,1997,第 313 页。
⑤ 鲁迅校录《古小说钩沉》,齐鲁书社,1997,第 313 页。

思想，能够助力公正审判的顺利实施。这段情节充满了想象色彩，但恰好满足了民众在生时遭遇不公只得寄希望于在地狱中寻求平等的心理需求。

三是地狱巡游。亡魂在接受审判后在地狱巡游，目睹地狱种种惨烈酷刑，还会遇到接受惩罚的已故家人亲友的灵魂，借由所见所闻向世人展现因果报应和地狱惩戒的真实存在，以约束人间行为，达到教化众生的宣佛意图。

志怪小说极尽描写之能事，将地狱刻画成恐怖残酷之境，无论受罚者、巡游者或是小说之外的读者，都深感不寒而栗、苦痛不堪。如"李旦"条云"见群罪人，受诸苦报，呻吟号呼，不可忍视"①，"智达"条云"见有铁镬十余，皆煮罪人，人在镬中，随沸出没，镬侧有人，以扠刺之，或有攀镬出者，两目沸凸，舌出尺余，肉尽炘烂而犹不死"②，目及所至皆暴虐残忍，生死两界莫不被其震慑。

巡游记载了种类多样的地狱，所行惩戒不尽相同。"赵泰"担任地狱官职，到"泥犁地狱"，眼见火树堕火至四周利剑，贯穿受罚者身体，到"受变形城"中见生时作恶者变形诸相——"杀者云当作蜉蝣虫，朝生夕死，若为人，常短命；偷盗者作猪羊身，屠肉偿人；淫逸者作鹄鹜蛇身，恶舌者作鸱鸮鸺鹠，恶声人闻，皆咒令死；抵债者为驴马牛鱼鳖之属……生时不作恶，亦不为善，当在鬼趣千岁，得出为人"③，至"地中罚"城中见受者无衣服遮体，饥恶困顿相扶啼哭。以下还有对多个地狱的描述：

凡见十狱，各有楚毒，狱名"赤沙"、"黄沙"、"白沙"，如此"七沙"，有刀山剑树，抱赤铜柱。（"康阿得"条）④

遥见一城，类长安城，而色甚黑，盖铁城也。见人身甚长

---

① 鲁迅校录《古小说钩沉》，齐鲁书社，1997，第317页。
② 鲁迅校录《古小说钩沉》，齐鲁书社，1997，第336页。
③ 鲁迅校录《古小说钩沉》，齐鲁书社，1997，第200页。
④ 鲁迅校录《古小说钩沉》，齐鲁书社，1997，第207页。

大，肤黑如漆，头发曳地。沙门曰："此狱中鬼也。"其处甚寒，有冰如席，飞散著人，著头，头断；著脚，脚断。二沙门云："此寒冰狱也。"……次见刀山地狱。次第经历，观见甚多。狱狱异城，不相杂厕。（"慧达"条）①

以往人们对佛教地狱的认识多来自佛经，深感复杂抽象。作为初入中土的外来宗教本就不易令人信服，这类有弘佛意图的志怪小说就通过亡灵亲身经历拉近了与民众间的距离，以主人公的视角描绘地狱诸相。慧达巡游寒冰狱、刀山地狱之后言"楚毒科法，略与经说相符"②，陈安居在贵人带领下游遍诸地狱后有"备观众苦，略与经文相符"③。亲游地狱，全面观看和体验地狱受刑之苦，证实了佛经所言不虚。

巡游中还载有与亲友亡灵相遇情节，熟识之人在地狱遭遇的苦难对主人公而言是更强烈的精神冲击。

赵泰见父母弟弟在狱中涕泪，告知狱吏三人事佛可免除生时罪过，最终得以去福舍；康阿得先见到未奉佛的亡伯父母、亡叔父母"皆著杻械，衣裳破坏，身体脓血"④，后在福舍再次见到事佛后的亡伯父母、亡叔父母，与先前截然不同；石长河见到故人和孟承夫妻，其中夫妻二人生时对佛精进不同，死后遭遇亦迥然；唐遵见从叔，听闻姑姑和姐妹在地狱受到苦难报应；王四娘见嫂子正受苦刑，"四体碜缚，如装鹅鸭法，县于路侧，相见悲号"⑤……生时如果精进奉佛能抵偿地狱受难，否则定要尝食苦果恶报。志怪小说中主人公亲眼见证种种残境，是地狱观、善恶因果报应的形象体现，再借由复活还生，向人间传达地狱报应真实不假及其惩处之严苛。

四是复活还生。为应证地狱惩戒确实存在，令民众畏惧地狱、

---

① 鲁迅校录《古小说钩沉》，齐鲁书社，1997，第302页。
② 鲁迅校录《古小说钩沉》，齐鲁书社，1997，第302页。
③ 鲁迅校录《古小说钩沉》，齐鲁书社，1997，第311页。
④ 鲁迅校录《古小说钩沉》，齐鲁书社，1997，第207页。
⑤ 鲁迅校录《古小说钩沉》，齐鲁书社，1997，第341页。

心服佛理，相信奉佛精诚可抵恶业苦报，这类志怪小说在情节上设置了死而复生、还活人间的环节，安排了把地狱所见传达给世间众人的通道。

通常复活还生是因为被鬼吏误捉、阳寿未尽，也有因功德多而脱死还生。赵泰生时未作恶，"有算三十年，横为恶鬼所取，今遣还家"①；康阿得余算三十五年，误抓小吏因此受罚，"处罚一百，血出流漫"②；王四娘被误录，误录者被鞭四十。尽管被鬼吏误抓的情况时有发生，严苛的地狱官府仍能秉公执法，逐一核对罪簿，未有滥杀枉戮发生，及时放生遭还误录者，惩罚不尽责的小吏，弥补过失，也再一次体现地狱审判处置之公平。

李清"先是福人，当易拔济耳"③；程道惠虽杀人，却因宿福甚多，恶报未至；陈安居生前事佛，乃大德之人，寿命至九十三，受符返活；石长和亦佛教弟子，仍余四十年之贤者；慧达还生"是福力所扶"④。主人公功德福多得善报，能够脱离地狱之苦回人间享福报，还活后也更加精进佛事、虔诚礼拜，带动周遭善男信女。

灵与肉分离为死，魂入肉尸复合乃再生，复活环节中也交代了还活的具体过程：

> 见尸大如牛，闻尸臭，不欲入其中。绕尸三匝，长和叹息，当尸头前，见其亡姊于后推之，便踏尸面上，因即苏。（"石长和"条）⑤

> 遵既附尸，尸寻气通。（"唐遵"条）⑥

---

① 鲁迅校录《古小说钩沉》，齐鲁书社，1997，第201页。
② 鲁迅校录《古小说钩沉》，齐鲁书社，1997，第207页。
③ 鲁迅校录《古小说钩沉》，齐鲁书社，1997，第295页。
④ 鲁迅校录《古小说钩沉》，齐鲁书社，1997，第303页。
⑤ 鲁迅校录《古小说钩沉》，齐鲁书社，1997，第208页。
⑥ 鲁迅校录《古小说钩沉》，齐鲁书社，1997，第297页。

魏晋南北朝志怪小说的佛教元素

> 道人推典著尸腋下,于是而苏。("释昙典"条)①

> 见其尸骸,意甚憎恶,不复愿还;不觉有人排其踏著,乃得就身而稍苏活。("王四娘"条)②

纵然亡灵不愿入臭尸恶骸,但在旁边魂魄的助力下或自行附尸,便即刻灵肉复合,已死的生命苏醒灵动,与平时一样。死时身魂分离,活着两者结合,正是中土佛教灵魂观的特殊体现。

五是悔过革新。主人公亡灵还活后,纷纷奉佛诵经,也有多位出家作佛徒。

> 由是大小发意奉佛,为祖及弟悬幡盖,诵《法华经》作福也。("赵泰"条)③

> 于是出家,持戒菜食。昼夜精思,为至行沙门。("支法衡"条)④

> 于是归心三宝,勤信佛教,遂作佳流弟子。("李清"条)⑤

> 劝示亲识,并奉大法。("唐遵"条)⑥

> 奉法精勤,遂即出家,字曰慧达。("慧达"条)⑦

---

① 鲁迅校录《古小说钩沉》,齐鲁书社,1997,第329页。
② 鲁迅校录《古小说钩沉》,齐鲁书社,1997,第341页。
③ 鲁迅校录《古小说钩沉》,齐鲁书社,1997,第201页。
④ 鲁迅校录《古小说钩沉》,齐鲁书社,1997,第281~282页。
⑤ 鲁迅校录《古小说钩沉》,齐鲁书社,1997,第295页。
⑥ 鲁迅校录《古小说钩沉》,齐鲁书社,1997,第297页。
⑦ 鲁迅校录《古小说钩沉》,齐鲁书社,1997,第304页。

第四章　魏晋南北朝志怪小说中的释家精神

斋戒愈坚，禅诵弥固。（"智达"条）①

巡游地狱经历对主人公身心造成巨大影响，地狱是否存在的疑虑被消除，对地狱严审和酷刑实施的亲身体验、亲眼所见无疑让人幡然悔悟，不敢再犯恶作孽，承蒙宿命因果得以重回人间的幸运等种种经历皆令人们对生命有了新的认识，期望在余下人生中勤做功德，也唯有诚心奉佛、戒恶行善方能真正免受地狱之苦。以复活还生为作品结尾，是为读者指明拔脱苦难、通向往生的最佳路径，更是佛家慈悲精神对众生的劝慰和关怀。

这些志怪小说以暂死入冥、地狱审判、地狱巡游、复活还生、悔过革新五环节将死后入地狱的全过程描述得跌宕起伏，充分展现了佛教地狱观念已经深入民心，使民众对死后灵魂去向有所了解，敬畏地狱的公正审判，深知生死相连，死后处境完全取决于生时业念和宗教态度，对曾有恶行者也有弥补救赎之法，达成佛教吸引信众、宣扬教法之意图。

佛教观念的浸染和洗礼使巡游地狱志怪小说形成独特的表现风格。

首先，强调了故事真实性。作为"辅教"小说，需要通过产生令人印象深刻的故事内容来展现佛法思想和宗教魅力。与其在内容上进行巧夺天工的编排创作，不如用简明、具象的事例来应证真实不假，形成更大震撼力和冲击力，取信于民众。

在地狱巡游类志怪小说的各篇故事开头首先交代主人公的身世和事件发生的时间地点等基本信息。"赵泰字文和，清河贝邱人，公府辟不就，精进典籍，乡党称名。年三十五，宋太始五年七月十三日夜半，忽心痛而死。"②点明确有其事，颇有史传实录之风。在故事结尾处往往再次直陈说明此事不假，言主人公至今健在或有证人可证明。如"王四娘"条"其人今休然尚存"③，"智达"条"达今

---

① 鲁迅校录《古小说钩沉》，齐鲁书社，1997，第337页。
② 鲁迅校录《古小说钩沉》，齐鲁书社，1997，第198页。
③ 鲁迅校录《古小说钩沉》，齐鲁书社，1997，第341页。

犹存，在索寺也"①，列举活人生者以现身说法。《冥祥记》"赵泰"条："时亲表内外候视泰者，五六十人，同闻泰说。泰自书记，以示时人。"② 当事者自写传示众。《冥祥记》"石长和"条结尾处："道人支法山时未出家，闻和所说，遂定入道之志。法山者，咸和时人也。"③ 听闻石长和的地狱经历，支法山决定奉佛出家，从侧面应证真实不虚。"陈安居"条："受五戒师字僧昊，襄阳人也，末居长沙，本与安居同里，闻其口说。安居之终，亦亲睹，果九十三焉。"④ 僧人听闻陈安居口述幽冥之事又亲见其寿终，验证事情属实。这些证人都是亲见死而复生的当事者，又身为佛家弟子不敢妄言，大大增强了故事的真实可信度，使其得以被民众广泛接受。

其次，增强故事劝诫力。地狱巡游志怪小说借由主人公死而复生转述地狱审判严苛、描写地狱恐怖景象和残酷受难等内容，让生者心生敬畏，或积极行善，或悔悟革新。为增强劝诫之力，在不少篇章中出现了奉佛者与非信徒在地狱中遭受差别对待，从通往地狱之路开始奉佛者道路平坦，其余则荆棘丛生，在地狱审判时奉佛者都是"大德之人"，可免除地狱惩戒，更可还活复生，非信徒则注定接受酷刑。由此番对比直接可见事佛礼敬对亡灵有着极大的庇护作用，无论亡者生前的身份或社会地位如何，在地狱中只看是否奉佛行善，别无他法。"赵泰"条中主吏告知唯有精进奉佛持戒才可得乐报，即便以往有罪过也可消除：

泰问主者曰："人有何行，死得乐报？"主者唯言："奉法弟子，精进持戒，得乐报，无有谪罚也。"泰复问曰："人未事法时，所行罪过，事法之后，得以除不？"答曰："皆除也。"⑤

---

① 鲁迅校录《古小说钩沉》，齐鲁书社，1997，第337页。
② 鲁迅校录《古小说钩沉》，齐鲁书社，1997，第280页。
③ 鲁迅校录《古小说钩沉》，齐鲁书社，1997，第308页。
④ 鲁迅校录《古小说钩沉》，齐鲁书社，1997，第312页。
⑤ 鲁迅校录《古小说钩沉》，齐鲁书社，1997，第280页。

第四章 魏晋南北朝志怪小说中的释家精神

"慧达"条中观世音菩萨说法千余言,含义相同,即"勤诚忏悔者,罪即消灭"①。僧规问天帝世间之厄如何济免,帝曰:"广设福业,最为善也;若不办,尔可作八关斋;生免横祸,死离地狱,亦其次也。"② 唯有勤做善业修福德一条通路。借由故事中各色人物之口告诫主人公皈依佛法、弃恶从善,直接明了地将佛法旨意传达出来。使用各异的情节安排、众家评说等方式无疑都为作品提升了教化作用,增强了故事的劝诫效果,使这类地狱巡游作品成为志怪小说中的代表作。

再次,提升了作品的艺术感染力。佛家观念在民众中产生巨大影响力不仅是因为佛理传播震撼人心,还因为文学叙事手法将地狱惩戒、因果报应、生死轮回等佛家生死理念以具象方式展现,讲述了完整故事情节,塑造了鲜明真实人物,大大增强了志怪小说的艺术感染力,也为佛家观念与民众亲近创造了捷径。

如前所述,这类题材通常采用史传叙事方式,所述地狱鬼神异事实则有之,叙事自然流畅,也得以广泛传播,语言表述平实质朴,未刻意雕章琢句。收录在《冥祥记》中的诸篇作品篇幅较长,"慧达"条一千二百余字,"陈安居"条一千一百余字,这一方面是故事情节曲折所定,另一方面是作者加工使得叙事更加细致具体,刻画入微,且无拖沓冗长之感,语言则保持一贯的简练风格。对比《幽明录》和《冥祥记》中的"赵泰"条,前者九百余字,后者叙事内容多,有一千一百余字,还载前者未有的自书地狱之事以示他人等,编排更为细致有序。

佛教地狱观对中土幽冥世界产生了巨大影响,大量描写地狱的故事出现,缔造了地狱巡游类志怪小说,创造了既有强烈宗教导向又颇具艺术感染力的作品,引导着中土民众思考生死问题,将原本仅关注今世和后代的有限视野扩展到三生三世的广阔时空,亦

---

① 鲁迅校录《古小说钩沉》,齐鲁书社,1997,第 302~303 页。
② 鲁迅校录《古小说钩沉》,齐鲁书社,1997,第 313 页。

魏晋南北朝志怪小说的佛教元素

专注于转世轮回间的因果联系。这种思考也为后世的文学创作提供了素材，在佛教鼎盛时期——唐代，宣佛小说常以地狱巡游为故事主题，随着唐传奇的出现，小说自身逐步发展成熟，促使这类作品叙述更为曲折动人，既有佛教教理深度又兼具生活气息，屡添新篇佳作。

结　语

　　志怪小说草创于先秦，在两汉获得较大发展，至魏晋南北朝进入鼎盛阶段，在文坛中占有一席之地，同诗歌、辞赋、散文等并驾齐驱，可谓中国文学发展史中浓墨重彩的一笔。魏晋南北朝志怪小说的成熟也昭示着小说作为一种独立的文学体裁、创作方式和内容表现进入了崭新的发展时代。

　　魏晋南北朝志怪小说承袭了上古神话传说和中土迷信思想，在先秦两汉志怪的基础之上发展起来，其繁荣发展有着深刻的社会原因，最为主要的原因是宗教昌盛及其带来的深刻影响力，尤其是佛教的兴隆，其影响力胜过道教，更适应社会各阶层民众的精神需求。在魏晋南北朝时期，佛教得到了统治阶层的大力倡导，帝王皇室普遍崇佛奉法，礼敬沙门，全国各地佛寺遍布，僧尼数量急剧增多，在俗的佛教徒及信仰者更是广博，其中不乏士族文人，他们著书立说，或研习佛法义理，或弘扬教法旨意。随着佛典大量翻译和广泛传播，文人学士借用富有文学意蕴的佛经故事开展文学创作，亦采用志怪小说作为弘扬佛法的媒介通道，因此志怪小说有了丰富的佛教故事素材和自由驰骋的想象空间。再加之知识分子尤喜清谈，掌握各类奇闻逸事、古今典故，在谈风盛行中，他们思想活跃，创作更加多元，缔造了魏晋南北朝辉煌的文学高峰，这种环境无疑对志怪小说创作产生了诸多有益影响，推动其艺术表现力进一步提升。

　　受到佛教影响，志怪小说或直接援引佛经内容，或进行演绎改写。观音菩萨是佛教汉化过程中最受欢迎的，因此在文学创作中也是表现最为充分的，出现了一系列反映观音信仰的应验小说。志怪小说中常表现僧尼神术异迹，塑造了佛徒伟岸不朽的形象，强化了

魏晋南北朝志怪小说的佛教元素

民众对佛法的敬畏之心。此外，有关佛、道、巫之间的斗争与共生的内容也占据了大部分篇章，可见志怪小说在题材上受佛教诸多沾溉。

作为异域思想，佛教有着与中土迥然有别的时空观和人生观。在同儒、道思想碰撞和融合下，释家的精神意蕴也发生了变化调整，并在志怪小说中呈现出多元文化交汇的特质，集中向民众传递劝善惩恶的主题。因此，志怪小说就成为魏晋南北朝佛教观念世俗化的重要载体，在社会各阶层的广泛流传中传递佛教教义。

总而言之，在佛教与佛教文学的影响下，志怪小说在其艺术特征、题材内容和观念主旨方面发生了诸多变化，这些变化开拓了志怪小说发展的新局面。佛教观念激发了创作者无限的想象潜能，拓宽了文学作品的思维空间，引领了全新的人生观念和生活态度，令志怪小说在文坛中呈现出前所未有的艺术风貌。魏晋南北朝志怪小说是中国古代文学遗产中重要的组成部分，是志怪小说这一文体的繁盛阶段，为唐代小说的发展和繁荣奠定了坚实的基础，也影响了后世小说作品的创作。

参考文献

1. 佛典及古代文献

（后汉）安世高译《佛说十八泥犁经》，《大正新修大藏经》第 17 册，新文丰出版公司，1992。

（汉）班固撰，（唐）颜师古注《汉书》，中华书局，1964。

（唐）般剌密帝译《大佛顶如来密因修证了义诸菩萨万行首楞严经》，《大正新修大藏经》第 19 册，新文丰出版公司，1992。

（魏）曹丕等撰，郑学弢校注《列异传等五种》，文化艺术出版社，1988。

（后秦）道略集《杂譬喻经》，《大正新修大藏经》第 4 册，新文丰出版公司，1992。

（唐）道世集《诸经要集》，《大正新修大藏经》第 54 册，新文丰出版公司，1992。

（唐）道宣撰《广弘明集》，《大正新修大藏经》第 52 册，新文丰出版公司，1992。

（唐）道宣撰《续高僧传》，《大正新修大藏经》第 50 册，新文丰出版公司，1992。

（唐）段成式撰《酉阳杂俎》，中华书局，1981。

（西晋）法炬译《前世三转经》，《大正新修大藏经》第 3 册，新文丰出版公司，1992。

（唐）法琳撰《辨正论》，《大正新修大藏经》第 52 册，新文丰出版公司，1992。

（宋）范晔撰，（唐）李贤等注《后汉书》，中华书局，1965。

（唐）房玄龄等撰《晋书》，中华书局，1974。

（唐）房玄龄注，（明）刘绩补注，刘晓艺校点《管子》，上海古籍出版社，2015。

（隋）费长房撰《历代三宝纪》，《大正新修大藏经》第 49 册，新文丰出版公司，1992。

（后秦）佛陀耶舍、竺佛念等译《四分律》，《大正新修大藏经》第 22 册，新文丰出版公司，1992。

（后秦）佛陀耶舍、竺佛念译《长阿含经》，《大正新修大藏经》第 1 册，新文丰出版公司，1992。

（宋）傅亮、（宋）张演、（齐）陆杲撰，孙昌武点校《观世音应验记（三种）》，中华书局，1994。

（晋）干宝撰，（晋）陶潜撰，李剑国辑校《新辑搜神记 新辑搜神后记》，中华书局，2007。

（晋）干宝撰，汪绍楹校注《搜神记》，中华书局，1979。

（清）顾炎武著，周苏平、陈国庆点注《日知录》，甘肃民族出版社，1997。

（宋）郭茂倩编《四库家藏 乐府诗集》，山东画报出版社，2004。

（明）胡应麟撰《少室山房笔丛》，上海书店出版社，2001。

（北魏）吉迦夜、昙曜译《杂宝藏经》，《大正新修大藏经》第 4 册，新文丰出版公司，1992。

（清）纪昀：《阅微草堂笔记》，天津古籍出版社，1994。

（后秦）鸠摩罗什译《大智度论》，《大正新修大藏经》第 25 册，新文丰出版公司，1992。

（后秦）鸠摩罗什译《妙法莲华经》，《大正新修大藏经》第 9 册，新文丰出版公司，1992。

（后秦）鸠摩罗什译《维摩诘所说经》，《大正新修大藏经》第 14 册，新文丰出版公司，1992。

（东晋）瞿昙僧伽提婆译《增一阿含经》，《大正新修大藏经》第 2 册，新文丰出版公司，1992。

（东晋）瞿昙僧伽提婆译《中阿含经》，《大正新修大藏经》第 1 册，新文丰出版公司，1992。

（吴）康僧会译《旧杂譬喻经》，《大正新修大藏经》第 4 册，新文丰出版公司，1992。

（吴）康僧会译《六度集经》，《大正新修大藏经》第 3 册，新文丰出版公司，1992。

（宋）李昉等编《太平广记》，中华书局，1961。

（唐）李延寿撰《南史》，中华书局，1975。

（南朝宋）刘敬叔撰，范宁校点《异苑》，中华书局，1996。

（南朝宋）刘义庆撰，郑晚晴辑注《幽明录》，文化艺术出版社，1988。

（唐）陆德明撰《经典释文》，中华书局，1983。

（战国）吕不韦著，陈奇猷校释《吕氏春秋新校释》，上海古籍出版社，2002。

（元）马端临撰《文献通考》，浙江古籍出版社，1988。

（梁）任昉撰《述异记》，中华书局，1960。

（清）阮元校刻《十三经注疏》，中华书局，1980。

（晋）僧伽提婆、慧远等译《阿毗昙心论》，《大正新修大藏经》第 28 册，新文丰出版公司，1992。

（南朝梁）僧旻、宝唱等撰集《经律异相》，上海古籍出版社，1988。

（唐）僧详撰《法华传记》，《大正新修大藏经》第 51 册，新文丰出版公司，1992。

（南朝梁）僧祐撰，李小荣校笺《弘明集校笺》，上海古籍出版社，2013。

（宋）绍德、慧询等译《菩萨本生鬘论》，《大正新修大藏经》第 3 册，新文丰出版公司，1992。

（梁）沈约撰《宋书》，中华书局，1974。

（战国）尸佼著，（清）汪继培辑，朱海雷撰《尸子译注》，上海古籍出版社，2006。

（梁）释宝唱著，王孺童校注《比丘尼传校注》，中华书局，2006。

（唐）释道世著，周叔迦、苏晋仁校注《法苑珠林校注》，中华书局，2003。

（梁）释慧皎撰，汤用彤校注，汤一玄整理《高僧传》，中华书局，1992。

（梁）释僧祐撰，苏晋仁等点校《出三藏记集》，中华书局，1995。

（汉）司马迁撰《史记》，中华书局，1963。

（北凉）昙无谶译《大般涅槃经》，《大正新修大藏经》第12册，新文丰出版公司，1992。

（唐）唐临撰，方诗铭辑校《冥报记》，中华书局，1992。

（晋）陶潜撰，汪绍楹校注《搜神后记》，中华书局，1981。

（东汉）王充著，陈蒲清点校《论衡》，岳麓书社，1991。

（晋）王嘉撰，（梁）肖绮录，齐治平校注《拾遗记》，中华书局，1981。

（清）王先谦撰《庄子集解》，中华书局，1999。

（吴）维祇难等译《法句经》，《大正新修大藏经》第4册，新文丰出版公司，1992。

（北齐）魏收撰《魏书》，中华书局，1974。

（唐）魏徵等撰《隋书》，中华书局，1982。

（梁）萧统编，（唐）李善注《文选》，上海古籍出版社，1986。

（梁）萧子显撰《南齐书》，中华书局，1974。

（东汉）许慎撰《说文解字》，中华书局，1985。

（唐）玄奘译，辩机撰《大唐西域记》，《大正新修大藏经》第51册，新文丰出版公司，1992。

（唐）玄奘译《阿毗达摩俱舍论》，《大正新修大藏经》第29册，新文丰出版公司，1992。

（北齐）颜之推著，罗国威校注《〈冤魂志〉校注》，巴蜀书社，2001。

（汉）扬雄原著，郑万耕校释《太玄校释》，北京师范大学出版社，1989。

（唐）姚思廉撰《陈书》，中华书局，1972。

（唐）姚思廉撰《梁书》，中华书局，1973。

参考文献

（东汉）应劭撰，王利器校注《风俗通义校注》，中华书局，1981。
（唐）元康撰《肇论疏》，《大正新修大藏经》第45册，新文丰出版公司，1992。
（晋）袁宏撰，周天游校注《后汉纪校注》，天津古籍出版社，1987。
（宋）赞宁撰，范祥雍点校《宋高僧传》，中华书局，1987。
（晋）张华撰，范宁校正《博物志校正》，中华书局，1980。
（汉）张衡著，（明）张溥校《张河间集》，信述堂，1879。
（西晋）竺法护译《生经》，《大正新修大藏经》第3册，新文丰出版公司，1992。
〔法〕迭朗善译，马香雪转译《摩奴法典》，商务印书馆，1996。
董志翘：《〈观世音应验记三种〉译注》，江苏古籍出版社，2002。
〔日〕高楠顺次郎等《大正新修大藏经》，新文丰出版公司，1992。
郭良鋆译《经集》，中国社会科学出版社，1990。
洪兴祖撰，白化文点校《楚辞补注》，中华书局，1983。
李剑国：《唐前志怪小说辑释》，上海古籍出版社，2011。
鲁迅校录《古小说钩沉》，齐鲁书社，1997。
上海师范大学古籍整理组校点《国语》，上海古籍出版社，1978。
失译《菩萨本行经》，《大正新修大藏经》第3册，新文丰出版公司，1992。
失译《沙弥十戒法并威仪》，《大正新修大藏经》第24册，新文丰出版公司，1992。
《四库全书总目》，上海大东书局，1930。
王根林等校点《汉魏六朝笔记小说大观》，上海古籍出版社，1999。
王明编《太平经合校》，中华书局，1960。
吴毓江撰，孙启治点校《墨子校注》，中华书局，1993。
杨伯峻编著《春秋左传注》，中华书局，1995。
（明）袁宏道参评，屠隆点阅《虞初志》，中国书店，1986。

2. 专著

陈洪：《佛教与中古小说》，学林出版社，2007。

陈平原：《中国小说叙事模式的转变》，上海人民出版社，1988。
陈寅恪：《读书札记三集》，生活·读书·新知三联书店，2015。
陈引驰编注《佛教文学》，上海人民美术出版社，2003。
陈允吉：《佛教与中国文学论稿》，上海古籍出版社，2010。
陈允吉：《古典文学佛教溯缘十论》，复旦大学出版社，2002。
程毅中：《古小说简目》，中华书局，1981。
丁福保编《佛学大辞典》，上海书店，1991。
丁敏：《中国佛教文学的古典与现代：主题与叙事》，岳麓书社，2007。
董乃斌：《中国文学叙事传统论稿》，东方出版中心，2017。
杜继文主编《佛教史》，江苏人民出版社，2007。
杜继文：《汉译佛教经典哲学》，江苏人民出版社，2008。
方立天：《佛教哲学》，中国人民大学出版社，2012。
方立天：《中国佛教与传统文化》，上海人民出版社，1988。
龚贤：《佛典与南朝文学》，江西人民出版社，2008。
郭良鋆：《佛陀和原始佛教思想》，中国社会科学出版社，2011。
郭良鋆、黄宝生译《佛本生故事选》，人民文学出版社，1985。
侯传文：《佛经的文学性解读》，中华书局，2004。
侯忠义：《汉魏六朝小说史》，春风文艺出版社，1989。
胡适撰，骆玉明导读《白话文学史》，上海古籍出版社，1999。
黄征、吴伟编校《敦煌愿文集》，岳麓书社，1995。
蒋述卓：《佛经传译与中古文学思潮》，江西人民出版社，1990。
蒋维乔撰，邓子美导读《中国佛教史》，上海古籍出版社，2004。
李剑国：《唐前志怪小说史》，人民文学出版社，2011。
李伟昉：《英国哥特小说与中国六朝志怪小说比较研究》，中国社会科学出版社，2004。
李小荣：《汉译佛典文体及其影响研究》，上海古籍出版社，2010。
梁启超撰《佛学研究十八篇》，上海古籍出版社，2009。
梁启超：《中国佛教研究史》，中国社会科学出版社，2008。
刘守华：《佛经故事与中国民间故事演变》，上海古籍出版社，2012。
刘文英：《中国古代时空观念的产生和发展》，上海人民出版社，1980。

刘湘兰：《中古叙事文学研究》，北京大学出版社，2011。

刘叶秋：《历代笔记概述》，中华书局，1980。

刘叶秋：《魏晋南北朝小说》，中华书局，1961。

刘屹：《敬天与崇道——中古经教道教形成的思想史背景》，中华书局，2005。

鲁立智：《中国佛事文学研究：以汉至宋为中心》，中国社会科学出版社，2015。

鲁迅：《中国小说史略》，中华书局，2010。

鲁迅先生纪念委员会编《鲁迅全集》，人民文学出版社，1973。

吕澂：《中国佛学源流略讲》，中华书局，1979。

吕大吉：《宗教学通论新编》，中国社会科学出版社，2010。

吕思勉：《两晋南北朝史》，上海古籍出版社，2010。

罗钢：《叙事学导论》，云南人民出版社，1994。

罗竹风主编《宗教学概论》，华东师范大学出版社，1991。

宁稼雨主编《六朝小说学术档案》，武汉大学出版社，2011。

普慧：《南朝佛教与文学》，中华书局，2002。

普慧：《中古佛教文学研究》，世界图书出版公司，2014。

普慧：《中国佛教文学研究》，中华书局，2012。

钱锺书：《管锥编》，中华书局，1979。

饶宗颐：《饶宗颐二十世纪学术文集》，新文丰出版公司，2003。

任继愈：《佛教大辞典》，江苏古籍出版社，2002。

任继愈主编《中国道教史》，上海人民出版社，1990。

任继愈主编《中国佛教史》，中国社会科学出版社，1985。

〔俄〕舍尔巴茨基：《佛教逻辑》，宋立道、舒晓炜译，商务印书馆，2010。

孙昌武：《佛教文学十讲》，中华书局，2014。

孙昌武：《佛教与中国文学》，上海人民出版社，1988。

孙昌武：《文坛佛影》，中华书局，2001。

孙昌武：《中国佛教文化史》，中华书局，2010。

孙昌武：《中国文学中的维摩与观音》，高等教育出版社，1996。

孙芳芳、温成荣：《魏晋南北朝志怪小说探微》，山西人民出版社，2009。

孙逊：《中国古代小说与宗教》，复旦大学出版社，2000。

汤用彤：《汉魏两晋南北朝佛教史》，中华书局，2016。

汤用彤：《汤用彤学术论文集》，中华书局，2016。

万绳楠整理《陈寅恪魏晋南北朝史讲演录》，贵州人民出版社，2012。

王国良：《六朝志怪小说考论》，文史哲出版社，1988。

王国良：《冥祥记研究》，文史哲出版社，1999。

王国良：《搜神后记研究》，文史哲出版社，1978。

王国良：《魏晋南北朝志怪小说研究》，文史哲出版社，1984。

王国良：《续齐谐记研究》，文史哲出版社，1987。

王国良：《颜之推冤魂志研究》，文史哲出版社，1995。

王国维：《王国维文学论著三种》，商务印书馆，2010。

王立：《佛经文学与古代小说母题比较研究》，昆仑出版社，2006。

王连儒：《志怪小说与人文宗教》，山东大学出版社，2002。

王平：《中国古代小说叙事研究》，河北人民出版社，2001。

王青：《魏晋南北朝时期的佛教信仰与神话》，中国社会科学出版社，2001。

王青：《西域文化影响下的中古小说》，中国社会科学出版社，2006。

王晓平：《佛典·志怪·物语》，江西人民出版社，1990。

王振复：《汉魏两晋南北朝佛教美学史》，北京大学出版社，2018。

王枝忠：《汉魏六朝小说史》，浙江古籍出版社，1997。

吴海勇：《中古汉译佛经叙事文学研究》，学苑出版社，2004。

萧登福：《道家道教与中土佛教初期经义发展》，上海古籍出版社，2003。

萧登福：《先秦两汉冥界及神仙思想探原》，文津出版社，1990。

〔日〕小南一郎：《中国的神话传说与古小说》，孙昌武译，中华书局，1993。

谢明勋：《六朝志怪小说研究述论：回顾与论释》，里仁书局，2011。

薛惠琪：《六朝佛教志怪小说研究》，文津出版社，1995。

阳清：《先唐志怪叙事研究》，人民出版社，2015。
余嘉锡：《四库提要辨证》，中华书局，1980。
俞晓红：《佛教与唐五代白话小说研究》，人民出版社，2006。
袁行霈、侯忠义编《中国文言小说书目》，北京大学出版社，1981。
张庆民：《魏晋南北朝志怪小说通论》，首都师范大学出版社，2000。
郑振铎：《插图本中国文学史》，人民文学出版社，1957。
郑振铎：《中国俗文学史》，商务印书馆，2010。
周次吉：《六朝志怪小说研究》，文津出版社，1986。
周秋良：《观音故事与观音信仰研究——以俗文学为中心》，广东高等教育出版社，2011。
朱庆之：《佛典与中古汉语词汇研究》，文津出版社，1992。
朱庆之：《佛教汉语研究》，商务印书馆，2009。
朱天顺：《原始宗教》，上海人民出版社，1964。

3. 论文

曹道衡：《论王琰和他的〈冥祥记〉》，《文学遗产》1992年第1期。
陈洪：《〈旧杂譬喻经〉研究》，《宗教学研究》2004年第2期。
陈洪、刘浩：《六朝志怪小说的形态学分析》，《南京师范大学文学院学报》2012年第2期。
陈寅恪：《敦煌本维摩诘经文殊师利问疾品演义跋》，《金明馆丛稿二编》，生活·读书·新知三联书店，2001。
陈寅恪：《莲花色尼出家因缘跋》，《清华大学学报》（自然科学版）1932年第1期。
陈寅恪：《童受喻鬘论梵文残本跋》，《清华大学学报》（自然科学版）1927年第2期。
储晓军：《魏晋南北朝民间信仰研究》，博士学位论文，西北大学，2009。
方广锠：《再谈佛教发展中的文化汇流》，《敦煌研究》2011年第3期。
盖晓明：《佛学与六朝文论》，博士学位论文，武汉大学，2011。

郭良鋆：《佛教神通观》，《南亚研究》1994年第2期。

洪修平：《儒佛道三教比较研究若干问题的思考》，《哲学研究》2013年第1期。

洪修平：《儒佛道三教关系与中国佛教的发展》，《南京大学学报》（哲学·人文科学·社会科学版）2002年第3期。

蒋述卓：《佛经翻译理论与中古文学、美学思想》，《文艺研究》（人文社会科学版）1988年第5期。

蒋述卓：《试论汉魏两晋中国对印度佛教的接受》，《福建论坛》（人文社会科学版）1987年第4期。

蒋述卓：《中古志怪小说与佛教故事》，《文学遗产》1989年第1期。

李大伟：《佛音缭绕的六朝文学》，博士学位论文，山东大学，2009。

李剑国：《文言小说的理论研究与基础研究——关于文言小说研究的几点看法》，《文学遗产》1998年第2期。

李裕群：《山西平定开河寺石窟》，《文物》1997年第1期。

刘惠卿：《佛经文学与六朝小说母题》，博士学位论文，陕西师范大学，2006。

刘琳：《佛教对南朝志怪小说的影响研究》，硕士学位论文，河南师范大学，2013。

刘守华：《佛典譬喻经与中国民间故事》，《文化遗产》2010年第3期。

刘湘兰：《论儒释道梦观念对六朝志怪小说的楔入》，《安徽大学学报》（哲学社会科学版）2011年第2期。

宁稼雨：《六朝小说概念的"Y"走势》，《山西大学学报》（哲学社会科学版）2007年第3期。

普慧：《佛教对六朝志怪小说的影响》，《复旦学报》（社会科学版）2002年第2期。

宋道发：《中国佛教史观研究导论》，《西南民族大学学报》（人文社科版）2008年第1期。

苏曼如：《六朝志怪中人的生命周期之主题探析》，博士学位论文，台湾"清华大学"，2011。

王红:《汉译佛经叙事研究》,博士学位论文,西北大学,2012。

王昕:《志怪"小说"研究一百年——以文学、史学与文化史的研究转向为线索》,《中国人民大学学报》2017年第4期。

韦凤娟:《从"地府"到"地狱"——论魏晋南北朝鬼话中冥界观念的演变》,《文学遗产》2007年第1期。

魏世民:《魏晋南北朝小说的嬗变》,博士学位论文,华东师范大学,2003。

吴维中:《志怪与魏晋南北朝宗教》,《兰州大学学报》(社会科学版)1990年第2期。

杨欢:《六朝志怪小说的文化解读》,硕士学位论文,华侨大学,2012。

宇恒伟、李利安:《两晋南北朝佛教的民间化》,《五台山研究》2011年第2期。

袁武:《魏晋南北朝小说的叙述者》,《贵阳学院学报》(社会科学版)2015年第5期。

张静二:《"壶中人"故事的演化——从幻术说起》,李志夫主编《佛教与文学——佛教文学与艺术学研讨会论文集(文学部份)》,台北法鼓文化事业股份有限公司,1998。

张跃生:《佛教文化与南朝志怪小说》,《华南理工大学学报》(社会学版)1998年第1期。

郑振铎:《中国小说史家的鲁迅》,《人民文学》1949年第1期。

郅强:《吴均〈续齐谐记〉研究》,硕士学位论文,山东师范大学,2010。

图书在版编目(CIP)数据

魏晋南北朝志怪小说的佛教元素/冷艳著. -- 北京：社会科学文献出版社，2022.5
ISBN 978 - 7 - 5201 - 9976 - 6

Ⅰ.①魏… Ⅱ.①冷… Ⅲ.①志怪小说 - 文学研究 - 中国 - 魏晋南北朝时代②佛教 - 宗教文化 - 研究 - 中国 - 魏晋南北朝时代　Ⅳ.①I207.41②B949.2

中国版本图书馆 CIP 数据核字（2022）第 060735 号

魏晋南北朝志怪小说的佛教元素

著　　者 / 冷　艳
出 版 人 / 王利民
组稿编辑 / 宋月华
责任编辑 / 胡百涛
文稿编辑 / 许文文
责任印制 / 王京美

出　　版 / 社会科学文献出版社·人文分社（010）59367215
　　　　　地址：北京市北三环中路甲29号院华龙大厦　邮编：100029
　　　　　网址：www.ssap.com.cn
发　　行 / 社会科学文献出版社（010）59367028
印　　装 / 三河市尚艺印装有限公司

规　　格 / 开　本：787mm × 1092mm　1/16
　　　　　印　张：14　字　数：201千字
版　　次 / 2022年5月第1版　2022年5月第1次印刷
书　　号 / ISBN 978 - 7 - 5201 - 9976 - 6
定　　价 / 148.00元

读者服务电话：4008918866

版权所有 翻印必究